KB044304

이상문학상 작품집

2023년 제46회 이상문학상 작품집
대상 수상작 최진영 「홈 스위트 홈」 외 5편

2023년 제46회 이상문학상 작품집

홈 스위트 홈 외 5편

문학사상

제46회 이상문학상
대상 수상작 선정 이유

대상 수상자: 최진영 ┃ 대상 수상작: 「홈 스위트 홈」

이상문학상 심사위원회는 2023년도 제46회 이상문학상 대상 수상작으로 최진영 작가의 단편소설 「홈 스위트 홈」을 선정합니다.

최진영 씨는 2006년 문단에 등단한 후 『끝나지 않는 노래』 『나는 왜 죽지 않았는가』 『이제야 언니에게』 『구의 증명』 『내가 되는 꿈』 등의 장편소설을 발표했고 여러 권의 소설집을 발간하여 문단의 주목을 받아 온 중견작가입니다.

「홈 스위트 홈」은 온전한 자신의 집을 갖지 못한 채 살아온 화자가 말기 암 진단을 받은 후 얻은 폐가를 자기만을 위한 공간으로 고쳐 현재의 삶에 충실하려는 과정을 간결하면서도 섬세한 문체로 그려 낸 아름다운 작품입니다.

제46회 이상문학상 심사위원회는 인간의 삶이 집이라는 공간과 합쳐져 만들어 내는 기억의 심오한 의미를 존재론적으로 규명하고 있는 이 작품의 문학적 성취를 높이 평가하여 2023년 제46회 이상문학상 대상의 영예를 드립니다.

2023년 1월
제46회 이상문학상 심사위원회
권영민, 구효서, 김종욱, 윤대녕, 전경린
(주)문학사상 대표 임지현

차례

제46회 이상문학상 대상 수상작 선정 이유   5

2023년 제46회 이상문학상 작품집

1부

대상 수상작

그리고 작가 **최진영**

최진영 崔眞英

1981년 서울에서 태어났다. 2006년『실천문학』을 통해 작품 활동을 시작했다. 소설집『팽이』『겨울방학』『일주일』, 장편소설『당신옆을 스쳐간 그 소녀의 이름은』『끝나지 않는노래』『나는 왜 죽지 않았는가』『구의 증명』『해가 지는 곳으로』『이제야 언니에게』『내가 되는 꿈』, 짧은 소설『비상문』등을 펴냈다. 한겨레문학상, 신동엽문학상, 백신애문학상, 김용익소설문학상, 만해문학상 등을 받았다.

홈 스위트 홈

기억 속 최초의 집에는 우물이 있었다. 평소에는 나무판자로 우물 위를 덮어 두었다가 필요할 때마다 판자를 열고 두레박으로 물을 길어 올렸다. 마당은 흙바닥. 지붕은 검은 기와. 대문은 없었고 외양간인지 창고인지 알 수 없는 작은 별채를 사이에 두고 마당과 골목을 구분했다. 환하고 건조한 날씨가 오래 지속되는 계절에도 우물의 돌덩이에는 초록색 이끼가 피어 있었다. 그리고 노란 민들레. 댓돌과 흙바닥 틈새에, 벽과 벽의 모서리에 뿌리를 내렸던 별 같은 꽃. 비가 그친 어느 날에는 툇마루에 청개구리가 나타났다. 당시 두어 살이던 내 손바닥보다 작고 깨끗해 보이던 연두색 생명체. 나는 손을 뻗었고 청개구리는 폴짝폴짝 뛰어 사라져 버렸다. 나는 울었다. 왜 울었을까? 그때 내가 운 이유는 아무도 모른다. 나조차 잊어서 영영 모를 것이 되었다. 그런 일들에 대해 요즘 자주 생각한다. 분명 일어났으나 아무도 모르는 일들. 기억하는 유일한 존재와 함께 사라져 버리는 무수한 순간들.

그런 것들에 무슨 의미가 있나 싶다가도 한 사람의 인생이란 바로 그런 것들의 총합이라고 생각하면 의미가 없을 수만은 없고. 폭우의 빗방울 하나. 폭설의 눈송이 하나. 해변의 모래알 하나. 그 하나가 존재하는 것과 존재하지 않는 것에 무슨 차이가 있을까? 그렇지만 나는 청개구리를 기억한다. 이유를 망각한 나의 울음을 기억한다. 아주 많은 것을 잊으며 살아가는 중에도 고집스럽게 남아 있는 기억이 있다. 왜 남아 있는지 나조차 알 수 없는 기억들. 나의 선택으로 기억하는 것이 아니라 기억이 나를 선택하여 남아 있는 것만 같다. 청개구리가 나를 선택했다.

　얼마 지나지 않아 우리는 그 집을 떠났다. 그 집에 새로 들어간 사람들은 지붕과 벽을 허물고 벽돌집을 지었다. 우물을 메우고 마당에 잔디를 깔고 대문을 만들었다. 옛집은 완전히 사라졌다. 몇 년 전, 엄마와 함께 그 집 앞을 지나갈 일이 있었다. 수십 년의 세월만큼 낡은 벽돌집을 가리키며 나는 기와집과 우물에 대한 기억을 불쑥 말했고 엄마는 놀라서 대답했다. 그래, 우물을 중앙에 둔 기역 자 형태의 집이 여기 있었어. 하지만 네가 그것을 기억한다는 건 말이 안 돼. 나 역시 말이 안 된다고 생각했지만 기억은 기억. 말이 안 되는 기억이 적지 않은 데다 이제 나는 시간을 이전과 다른 방식으로 해석하므로 말이 안 되는 일도 가능하다고 믿는 편이다. 미래를 기억할 수 있을까? 육체의 눈과는 차원이 다른 정신의 눈이 있어 미래를 보고 기억할 수도 있지 않을까? 나는 인생이 한 방향으로만, 그러니까 책장을 넘기듯 오른쪽에서 왼쪽으로, 현재에서 미래로만 흐른다는 생각을 버렸다.

시간은 인간의 언어. 측정 도구. 약속. 인간이 발명하고 이름 붙인 것. 그러므로 다르게 해석할 수도 있을 것이다. 이를테면 다음처럼.

시간은 발산한다.

과거는 사라지고 현재는 여기 있고 미래는 아직 오지 않은 것이 아니라, 하나의 무언가가 폭발하여 사방으로 무한히 퍼져나가는 것처럼 멀리 떨어진 채로 공존한다. 과거는 사라지지 않는다. 기억하거나 기억하지 못할 뿐. 미래는 어딘가에 있다. 쉽사리 볼 수 없는 머나먼 곳에. 나는 종종 과거와 미래를 헷갈리는 것만 같다. 과거의 일이라고 기억하는 상황을 현재에 그대로 겪을 때가 있으며 미래의 일을 짐작하여 이야기하면 예전에 그런 일이 있었지 않았느냐는 대꾸를 듣는 경험들. 인류가 동시에 과거, 현재, 미래라는 개념을 망각한다면 어떻게 될까. 혼란에 빠질까? 누군가는, 아주 찰나일지라도, 평생 경험한 적 없는 엄청난 자유를 실감할지도 모른다. 출생과 죽음, 성장과 노화, 발생과 소멸을 시간이란 개념 바깥에서 이해하고 싶다. 얼음이 물이 되고 물이 수증기가 되듯 바뀌어 달라지는 것. 시간을 배제하고 변화를 말할 수 있을까. 죽음 다음이 있다면, 어쩌면, 시간에서 해방된 무엇 아닐까.

기억 속에는 이런 집도 있다. 작은 방 하나. 창문이 있다. 불투명한 유리창. 창틀은 갈색. 한쪽 벽을 채운 자개장. 민트 색깔의 낡은 나무 문. 청동색의 동그란 손잡이. 방문을 열면 욕실 겸 주방이 나온다. 벽도 바닥도 잿빛 시멘트. 모퉁이에 작은 싱크대. 양철 문의 오른쪽에 수도꼭지가 있고 쪼그려 앉아 빨래를 하거나 머리를 감기에 알맞은 개수대가 있다. 수챗구멍은 플라스틱 채반으로 막아 두었다. 양철 문 위쪽에는 불투명하고 올록볼록한 유리창이 달려 있다. 유리창 너머는 환하다. 문을 열면 빛이 파도처럼 넘쳐 올 듯 밝다. 나는 그 문을 열고 집으로 들어오거나 바깥으로 나간 적이 없다. 그 집에 살지 않았다는 뜻이다. 하지만 그 집을 기억한다. 물에 젖은 시멘트 냄새와 빛바랜 벽지의 거칠한 촉감을 안다. 꿈인가, 꿈에서 보았나 생각하다가 엄마에게 물어본 적이 있다. 엄마는 놀라며 대답했다. 엄마가 신혼일 때 그런 집에서 잠시 산 적이 있다고. 그러므로 네가 그 집을 기억하는 건 말이 안 된다고. 그즈음 엄마는 나에 관하여 '말이 안 된다'는 말을 자주 했다. 때로 나는 그 말을 이해했고 어느 때는 상처받았으나 (사랑하기 때문에) 미안하다고, 하지만 이게 나의 최선이라고 소용없는 사과를 건넸다. 또 다른 때는 지쳐서 대꾸했다. 그만해, 엄마. 어디에서 어떻게 죽을지는 내가 결정해. 내 삶이고 내 죽음이야.

*

일하기에 편한 옷과 챙이 넓은 모자를 챙기고 있을 때 초인종이 울렸다. 현관문을 열자 엄마가 서 있었다.

뭐야. 비번 알려 줬잖아.

내 집도 아니고, 남의 집에 그렇게 들어가는 건 경우가 아니지.

남의 집?

너도 앞으로 우리 집 올 때 초인종 눌러.

초인종 달았어?

물어보면서 생각했다. 백자가 없어서 초인종을 달았나. 누군가 대문 앞을 서성이는 기척이 있으면 백자는 꼭 서너 번씩 짖었다. 그 소리에 엄마는 재미 삼아 사람 말을 붙이곤 했다. 오지 마. 저리 꺼져. 반가워. 누구야. 어서 오게. 백자는 엄마와 십오 년 가까이 살았고 서너 달을 앓다가 죽었다. 백자가 죽고 몇 주가 지난 뒤에야 엄마는 나에게 '백자가 떠났다'고 어렵게 소식을 알렸다. 엄마는 백자를 무명으로 감싸서 마당의 감나무 근처에 깊이 묻었다고 했다. 그 말을 들으며 나는 죽음 이후에 남을 나의 시체를 생각했다. 사람들은 시체가 마치 나인 것처럼 생각하며 장례를 치르겠지. 시체는 정말 나일까? 내가 나의 시체까지 처리할 수 있다면 좋을 텐데. 백자는 흙이 될까? 그 자리에 무언가가 피어날 수도 있을까? 당신의 땅에 백자를 묻은 엄마의 마음을 나는 이해했다. 그러니 엄마 또한 내 마음을 이해하고 있을지도 모르지. 이해하면서도 이해하려 하지 않으려는 그 마음을 나 또한 모른다고 말할 수는 없고.

발코니에서 소형 예초기를 꺼내 오는 나를 보고 엄마가 물었다.

그걸 돈 주고 샀어?

당연한 걸 물어봐서 대답하지 않았다. 엄마가 예초기를 뺏어 들려고 했다. 아니, 엄마는 저거 들어 줘. 식탁에 올려 둔 가방을 눈짓으로 가리키며 말했다. 간식으로 먹을 사과와 떡, 보리차를 넣어 둔 가방이었다. 엄마는 내 손에서 예초기를 뺏어 들고 먼저 집을 나섰다.

공동 현관을 나서며 엄마의 자동차를 찾아 주변을 둘러봤다. 엄마는 주차장 끄트머리의 소형 트럭으로 다가가 짐칸에 예초기를 실었다. 짐칸에는 낫, 호미, 삽, 옥외용 쓰레받기 같은 장비와 함께 다른 예초기가 이미 실려 있었다. 내가 산 것보다 훨씬 크고 성능이 좋아 보였다. 트럭에 올라타며 엄마에게 물었다.

웬 트럭?

잠깐 빌렸어.

예초기도?

인부를 부르면 좀 좋아.

시동을 걸며 엄마는 못마땅하다는 듯 말했다.

힘든 일은 당연히 전문가한테 맡기지. 근데 이 정도는 내가 하고 싶다고.

땡볕에 풀 뽑는 게 보통 힘든 줄 알아?

일단 해보고…… 주말에 어진이랑 마저 하기로 했어.

돈이 없어 그러는 거면 내가 준다니까.

엄마는 좋겠다. 돈 많아서.

내가 무슨 돈이 많아.

뭔 일만 있으면 돈 준다니까 하는 말이지.

준다는 돈을 좀 받아서 쓰면 안 돼?

아, 엄마는 노후 생각 안 해?

엄마는 입을 다물고 일정한 속도로 트럭을 몰았다. 라디오에서 흘러나오는 옛 노래를 듣다가 나는 동생 부부의 안부를 물었다. 엄마의 형제자매들과 성당 사람들의 안부도 생각나는 대로 물었다. 누구는 신장이 좋지 않아 입원했고 누구는 요즘 손주를 보살피느라 정신이 없고 누구는 누구랑 사이가 틀어져서 엄청 속을 태운다는 이야기를 듣다가 깜빡 잠이 들었다. 눈을 떴을 때 차는 멈춰 있었다. 차창 밖으로 눈에 익은 풍경이 보였다. 엄마는 핸들에 이마를 기댄 채 눈을 감고 있었다. 나는 엄마의 옆얼굴을 가만히 바라봤다. 나와 가장 닮은 사람. 내가 나이 들면 저런 얼굴이겠지. 미래를 보고 있는 것만 같았다. 엄마가 눈을 떴다. 우리는 말없이 서로를 바라봤다. 엄마는 나를 보며 과거를 생각할까?

괜찮겠어?

엄마가 물었다. 나는 고개를 끄덕였다. 트럭에서 내려 기지개를 켜며 폐가를 바라봤다. 내 키만큼 웃자란 채 마당을 가득 메운 잡초 때문에 집의 외관은 거의 보이지 않았다. 모자와 마스크와 목장갑과 장화를 착용한 뒤 엄마와 힘을 합쳐 짐칸의 예초기를 바닥으로 내렸다. 엄마는 낫을 들고 마당의 가장자리 풀부터 능숙하게 베어 냈다. 엄마에게 다가가 바꾸자고 했다.

뭘 바꿔?

나 저거 다룰 줄 몰라.

예초기를 가리키며 말했다.

할 줄도 모르는 일을 하겠다고 나선 거야?

엄마한테 배우려고 했지. 어차피 여기서 살면 예초기 계속 쓸 테니까.

엄마 표정이 조금 환해졌다. 엄마는 낫으로 안전하게 풀 베는 방법부터 가르쳐 줬다. 엄마는 나를 영영 이해하지 못할 수도 있다. 이해하지 못한 채로도 이렇게, 도대체 말이 안 된다고 하면서도 나보다 먼저 무언가를 말이 되게 할 것이다. 엄마가 알려 준 대로 낫질을 반복하는데 엄마가 나를 불렀다. 예초기를 가리키며 이리 와서 보고 배우라고 했다.

*

태어나서 지금까지 내가 실제로 거주한 집은 대략 열일곱 집. 거주한 적은 없으나 기억하는 집까지 더하면 스무 집. 열일곱 집 중 여덟 집은 내가 미성년이었던 때 부모와 살던 집. 성인이 되어 내 이름으로 계약한 집은 아홉 집. 스무 살 때 서울 생활을 시작하면서 대학교 기숙사에서 일 년을 살았다. 두 명이 함께 사용하는 방이었지만 어쨌든 돈을 지불하고 내 이름으로 빌린 공간이었다. 대학 2학년 때부터 자취를 시작했고 자주 이사했다. 보증금 300만 원에 월세 30만 원, 창문 없는 고시원, 보증금 500만 원에 월세 40만 원, 보증금 1,000만 원에 월세 60만 원, 보증금 3,000만 원에 월세 40만 원, 보증금 5,000만 원에 월세 40만 원, 전세보증금 8,000만 원……. 서울에서 김포로, 김포에서 수원으로, 수원에서 평택으로. 거주지의 환경과 임대료는 매번 달랐으나 방의 구조나 형태는 비슷했다. 열 평 남짓한 하나의 방. 싱크대를 머리맡이나 발밑에 두고 냉장고 소리를 듣다가 잠들던 날들.

삼십 대 중반에 어진을 만나 동거를 시작했다. 간소하다고 생각했던 각자의 짐을 하나의 집으로 모으니 집은 더 좁아졌고 우린 가진 것을 계속 버려야 했다. 창밖으로는 다른 집의 창이 바투 보여서 늘 커튼을 치고 살았다. 이웃의 웃음과 울음, 다툼과 화해, 사랑과 비극이 어렴풋이 들렸다. 나도 모르게 숨소리를 죽이고 이웃의 소리에 집중하고 있음을 깨달은 어느 날은 큰 죄를 지은 것만 같아 수치스러웠다. 어진과 나의 생활도 그렇게 노출되었겠지. 이후 보지 않더라도 텔레비전을 켜두는 습관이 생겼다. 텔레비전 속 요란한 수다나 웃음소리에 스트레스를 받으면 클래식이나 종교 방송으로 채널을 바꿨다.

동거 생활 삼 년에 접어들면서 우리 사이는 위태로워졌다. 야근과 회식으로 애사심을 강요하는 조직 분위기와 강압적이고 말 많은 상사 때문에 어진은 단단히 지쳐 있었고, 지쳐서 짜증이 늘어 가는 어진에게 나도 지쳐 갔다. 신경질적인 다툼과 개운치 않은 화해를 반복하던 끝에 우리는 결론을 내렸다. 우리에게 필요한 건 이별이 아닌 변화라고. 우리는 서로를 버릴 수 없었다. 그래서 도시를 버리기로 했다. 직장을 옮기는 것처럼 어느 한 사람의 변화만으로는 부족했다. 우리를 둘러싼 분위기 자체를 새롭게 바꿔야 했다.

서로 가진 돈을 합쳐 충청남도 보령의 작은 빌라로 이사했다. 앞뒤 창으로 계절마다 색이 변하는 뒷동산과 멀리, 아주 멀리

구름처럼 희뿌연 해수면이 보이는 집이었다. 어진은 출퇴근 시간이 명확하고 주말과 법정공휴일에는 틀림없이 쉴 수 있는 일을 구했다. 이전보다 수입은 줄었으나 생활에는 여유가 생겼다. 나는 일러스트 작업을 계속했다. 중요한 미팅이 있을 때만 서울에 다녀오고 집에서 작업하는 일상은 변함없었으나, 밤낮 가리지 않던 작업시간을 정오에서 저녁 여섯 시까지로 한정했다. 그런데도 수입에는 큰 차이가 없었다. 피로, 교통체증, 소음, 수면 부족, 무기력감, 느닷없이 솟구치는 분노와 인간에 대한 환멸에서 우리는 조금씩, 어긋나듯 비껴갔다. 환기가 수월한 집에서 저녁 시간을 함께 보낼 수 있게 되자 외식이나 배달 음식으로 끼니를 때우는 일이 줄었다. 우리의 가장 중요한 주제는 '저녁에 무엇을 만들어 먹을까'로 바뀌었다. 함께 만든 음식을 하얀 그릇에 담아서 같은 방향을 바라보며 천천히 먹다가 시원한 보리차를 마시면, 물이 정말 달았다. 정성스럽게 만든 음식을 먹으면서도 '물이 제일 맛있다'는 말을 주고받으며 우리는 실없이 웃곤 했다.

그 집에서 사십 대가 되었다. 나는 무슨 일이든 어진과 상의할 수 있다고, 곤란하고 힘든 일도 함께 겪어 낼 수 있다고 믿었다. 사고가 나면 수습하고, 싸우면 화해하고, 고장 나면 고치고, 잃어버리면 같이 찾고, 상대가 악몽에 갇혀 있을 때는 작은 소리로 이름을 부르고 또 불러 서로를 천천히 구원하는 일상. 나에게 미래란 내일이었다. 내일도 오늘과 별반 다르지 않으리라는 기도와 같은 기대만으로 충분했다. 나는 미래를 걱정하지 않았다.

어느 주말, 점잖은 옷차림에 난초 화분을 껴안고 엄마가 찾아왔다. 화분을 건네주며 엄마는 말했다. 적당히 관심을 주면 꽃이 필 거다. 엄마는 풍광이 좋은 한식당을 예약해 두었다고, 같이 밥을 먹으러 가자고 했다. 조용하고 환한 룸에 앉아 후식까지 다 먹은 다음 엄마는 테이블 건너편의 협상가처럼 제안했다. 결혼식이 정 번거롭고 무의미하다면 혼인신고라도 하라고. 그건 결혼식처럼 돈이 들지도 복잡하지도 않고 서류 한 장만 내면 끝이라고. 나는 알겠다고 대답했으나 바로 실천에 옮기지는 않았다. 급하지 않다고 생각했다. 그리고 얼마 지나지 않아 암 진단을 받았다. 어진은 혼인신고를 미룬 것을 울면서 후회했다. 나는 울지 않았다. 후회하지도 않았다. 나는 여전히 그것을 미루면서 병이 다 나으면 하자고 어진을 설득했다. 수술하고 치료만 잘 받으면 금방 나을 거라고 믿었으니까. 어진과 엄마는 나보다 더욱 확신했다. 엄마의 지인 중에는 암에 걸린 뒤 완치 판정을 받은 사람이 몇 있었다. 우리는 그들의 결과에만 집중했다. 병을 극복했다는 경험담에만 귀를 기울였다. 당시 우리에게 완치를 제외한 모든 경우는 실패였다. 죽음은 비극이었다. 그때는 그랬다.

*

수술과 항암 치료 종료 후 일 년도 지나지 않아 재발. 그리고 다시 2차 재발. 재발 확률이 높은 병이란 건 알고 있었다. 그러나 엄마도 어진도 나도, 불길한 징조를 막으려는 사람들처럼 높은 확률의 재발 가능성에 대해서는 대화하지 않았다. 의사는 3차 재발을 경계해야 한다고 당부했다. 죽음이란 검은 구멍이 한발 앞에 있는 것 같았다. 한발 뒤에도, 한발 옆에도. 죽음은 두려웠다. 고통에 짓눌릴 때는 차라리 죽는 게 나을 것 같았다. 고통을 대가로 몇 주 혹은 몇 달을 사들이는 것만 같았다. 내가 피하려고 하는 것이 고통인지 죽음인지도 알 수 없었다. 나는 강한 사람이 아니었다. 아니, 거듭되는 치료와 재발을 겪으며 강함을 다 써버렸다. 재발하지 않으리라는, 내가 낮은 확률에 속하리라는 것과는 다른 차원의 믿음이 필요했다. 회복, 차도, 건강에 대한 염원, 기적을 바라는 기도, 나의 상태를 나타내는 숫자 바깥에 있고 싶었다.

건강이란 뭘까. '건강하다'는 어떤 상태일까. 건강과 죽음은 큰 연관이 없다. 건강해도 죽을 수 있고 건강하지 않아도 오래 살 수 있다. 십 대 때는 두통과 변비를, 이십 대 때는 두통과 위통과 생리통과 변비를, 삼십 대 때는 위통과 생리통과 어깨의 만성적 결림과 이석증으로 인한 어지럼증과 불면을 자주 겪었다. 환절기마다 감기에 걸렸고 언제나 피곤했다. 가스레인지 불과 전기장판을 껐는지, 욕실의 수도꼭지는 잠갔는지, 현관문을 제대로 닫았는지 확신할 수 없어 집을 나설 때마다 불안했다. 사람과의 관계에서도 혹시 오해를 부를 만한 행동을 했을까 봐 걱정이 많은 편이었다. 일을 할 때도 불안과 강박이 심해 같은 것을 수차례 확인하느라 스트레스를 받았다. 나의 성과나 실력을 스스로 불신했고 매사 죄책감이 컸다. 만성적 통증과 적당한 피로, 자잘한 스트레스와 타고난 성격이랄 수 있는 예민함. 그러니까 나는 대체로 건강한 편이었다. 말기 암 진단을 받기 전까지는.

내 잘못이라고 생각했다. 내가 건강을 제대로 관리하지 못해서라고. 나의 생활 방식, 식습관, 성격을 하나하나 따져 보며 문제점을 찾으려고 했다. 커피를 너무 많이 마셨나. 즐겨 마시던 와인이 문제였나. 유산소운동을 했어야 했다. 인스턴트 음식 때문인가. 잡곡밥을 먹었어야 했나. 남들처럼 영양제를 챙겨 먹었어야 했나. 일을 줄였어야 했나. 걱정 많은 성격이 문제였나. 병에 걸린 이유를 찾기 위해 생각에 생각을 거듭할수록…… 터무니없었다. 커피와 술을 마셔도 암에 걸리지 않는 사람들이 많다. 걱정 많은 성격을 고치려다가 더 큰 스트레스를 받았을 것이다. 병을 겪으며 새삼스럽게 깨달았다. 세상에는 건강 관련 정보가 넘치도록 많다는 것을. 당장 사 먹지 않으면 큰일 날 것만 같은 식품들, 보조제들, 항암 작용과 면역력 증진과 노화 예방에 좋다는 각종 제품에 대한 콘텐츠를 멍하니 쳐다보고 있으면…… 내가 뭔가를 잘못했기 때문이라는 자책을 지울 수가 없었다.

몸을 고치려는 치료가 아니라 고통 속에서 서서히 죽이려는 계획이 아닐까 하는 망상에 사로잡힐 만큼 지친 상태로 병원 로비를 지나갈 때였다. 느닷없이 날아온 누군가의 말이 나를 후려쳤다. 아직 젊은 사람이 대체 어떻게 살았으면 그런 병에 걸리냐. 반사적으로 고개를 돌렸다. 중년 남녀 네 명이 테이크아웃 잔에 담긴 음료를 마시고 있었다. 이제 웬만한 암은 초기에 발견해서 금방 고칠 수 있다던데. 백세시대란 말이 괜히 있나. 건강검

진만 제때 받아도 아플 일이 없지. 요즘처럼 좋은 세상에 자기 관리만 제대로 했어도 그 지경까지 안 갔을 텐데. 딱하다는 듯 혀를 차면서 그들이 주고받던 말. 아픈 사람에게 책임을 묻는, 네가 아픈 건 모두 네 탓이라는 그 말들. 그들은 어쩐지 뿌듯해하는 것처럼 보였다. 그리고 확신하는 것 같았다. 자신은 절대 아프지도 병들지도 않을 거라고. 나는 지쳐 있었다. 소리를 지르거나 울 힘도 없을 만큼 고통에 묻혀 있었다. 그들에게 다가가 발을 구르며 아픈 사람들 천지인 이곳에서 제발 말조심하라고 경고하고 싶었지만, 사지가 고통에 파묻혀 꼼짝할 수도 없었다. 그때 나는 잠시 지옥에 서 있었다. 인간들의 지옥. 그들의 말은 나의 자책과 다르지 않았다. 내 잘못을 찾는 방법으로 난 무엇을 얻고 싶었던 거지? 아프다는 이유로 잘못 산 사람이 될 순 없었다. 어디선가 익숙한 멜로디가 흘러나왔다. 기계의 알림 또는 경고음 같았다. 나는 그 멜로디의 가사를 어릴 때부터 알고 있었다. 배운 기억도 없이 저절로 외우고 있었다. "즐거운 곳에서는 날 오라 하여도 내 쉴 곳은 작은 집 내 집뿐이리." 어서 집으로 돌아가고 싶었다. 그러나 그 집은 아직 없었다.

*

나는 죽어 가고 있다. 살아 있다는 뜻이다. 죽음을 죽음 자체로 두기 위해 오래 바라볼수록 두려움보다 슬픔이 커졌다. 두려움은 막연했으나 슬픔은 구체적이었다. 거기 나의 희망이 있었다.

슬픔을 위해서 움직일 힘이라면 아직 남아 있었다.

미래를 기억할 수 있을까?

3차 재발한다면 화학적 치료는 하지 않겠다고 어진에게 말했다.

어진은 재발할 일 없을 거라고 대답했다. 재발 확률은 70퍼센트. 내가 30퍼센트에 속할 수도 있다는 희망에는 70퍼센트만큼의 절망이 깃들어 있었다. 나는 재발의 가능성을 먼저 생각한다고 대답했다.

그럼 또 치료하면 돼. 지금까지 잘해 왔잖아.

이제 항암은 하지 않을 거야

그건 의사가 결정할 일이야. 새로운 약도 많이 나오고 있다잖아.

의사는 선택지를 주는 거야. 결정은 내 몫이고.

내성 생기면 다른 약 쓰면 되니까 포기하지 말자.

물론이야, 나는 포기하지 않아.

나는 선택하고 싶었다. 나의 미래를. 나의 하루하루를. 살고 싶다는 생각이 아닌 살아 있다는 감각에 충실하고 싶었다. 내가 원하는 치료는 그런 것이었다.

내가 말한 적 있나?

나는 어진에게 살아 본 적은 없으나 기억하는 집에 대해, 기억한다고 말하는 건 말이 안 되는 집에 대해 말했다. 그리고 노트를 펼쳐 주택 평면도와 입체도를 그렸다.

이 집도 그중 하나야.

그림은 단순했다. 기역 자 형태의 단층 주택. 본채는 기차의 객실처럼 침실, 거실, 주방이 나란히 이어진다. 침실과 거실 앞에 툇마루가 있고 주방 앞에는 댓돌이 있다. 주방의 오른편, 동쪽 방향에 별채가 있다. 본채와 별채 사이 라일락나무. 마당의 서쪽에는 텃밭이 있다. 담을 대신하는 사철나무와 낮은 대문. 거실 앞의 툇마루를 가리키며 말했다.

비 오는 날 여기에 앉아 부추전을 만들어 먹었어. 텃밭을 가리키며 이어 말했다. 이 텃밭에서 부추를 가위로 잘라 와서.

어진이 물었다. 언제?

나는 대답했다. 미래의 어느 여름날.

주방 앞을 가리키며 덧붙였다. 여기에 하얀 꽃이 피어날 거야. 구절초나 마거리트 같은. 내가 씨앗을 뿌린 기억은 없지만.

어진이 대답했다. 그런 꽃은 저절로 피어나기도 해.

나는 고개를 끄덕이며 중얼거렸다. 그래. 저절로 피어도 좋겠다.

어진이 물었다. 지붕은 무슨 색이야?

하늘색.

텃밭에는 무엇을 키워?

초록색과 빨간색들.

대문은?

노란색.

좋다. 부추전 말고 또 뭐가 있어? 무언가를 먹은 기억.

콩국수. 채 썬 오이랑 당근 얹어서. 눈이 많이 내리는 날에는 김치볶음밥. 계란 지단 얹어서.

　잠시 그림을 바라보다 말했다.

　나는 이 집에서 죽어.

　그 순간, 내 주변 어딘가에 분명히 존재하는 미래와 희망을 느꼈다.

　그럼 나는?

　어진이 눈물을 닦으며 물었다.

　나와 같이 여기서 살지.

　이 집은 어디에 있어?

　완치하리라는 희망보다 훨씬 단단한 확신을 담아 대답했다.

　이제 우리가 찾아낼 거야.

*

읍사무소에 미리 연락해서 연결해 둔 수도로 마당에 물을 뿌려 먼지를 잠재웠다. 풀을 다 베어 내고 뿌리까지 뽑아 정리하는 데 사흘이 걸렸다. 무엇을 어떻게 해야 하는지 엄마를 보고 많이 배웠다. 훤히 드러난 폐가 앞에서 엄마와 나는 한동안 아무 말도 하지 않았다. 다양한 새소리가 들렸다. 무성한 나뭇잎이 바람에 휩쓸리는 소리도. 엄마가 먼저 폐가로 들어섰다. 무너져 가는 집을 살펴보며 엄마의 표정은 점점 심란해졌다. 나는 엄마를 따라다니면서 설명했다. 여기서부터 여기까지 침실로 만들 거야. 이 벽을 이만큼 터서 넓은 창을 낼 거야. 여기까지가 거실이고 저기는 주방으로 쓸 거야. 주방에서 설거지나 요리를 하면서 뒷산을 바라볼 수 있도록 기다란 창을 낼 거야. 서까래는 최대한 살려 달라고 할 거야.

바닥이 무너질까 겁내는 사람처럼 조심스럽게 걸으며 곳곳을 살펴보던 엄마가 불쑥 물었다.

너 키가 몇이지?

엄마랑 비슷하잖아. 160 정도?

그럼 넌 언제 138이었나.

엄마가 바라보는 문틀에는 먼저 살았던 사람의 흔적이 남아 있었다. 볼펜의 촉처럼 뾰족한 도구로 새겨 놓은, 아래서부터 시작한 키 재기 흔적. 숫자는 95에서 시작해 138에서 끝났다.

모르지. 나는 작은 편이었으니까 중학생 때일 수도 있어.

네가 작은 편이었어?

응. 늘 앞자리에 앉았는데.

그럼 언제 제일 많이 컸나?

눈에 띄게 자란 적은 없어. 조금씩 야금야금 자랐을걸.

엄마는 허공을 바라보며 무언가를 생각하다가 물었다.

13센티미터면 어느 정도지?

여기, 이 정도겠지.

문틀에 새겨진 숫자 125에서 138까지를 가리키며 대답했다. 나의 엄지와 검지 사이 간격을 물끄러미 쳐다보다가 엄마는 중얼거렸다.

누군지 몰라도 한 번에 많이도 컸네. 훌쩍 크려면 아팠을 텐데.

갑자기 크면 아픈가?

너도 자다가 깨서 팔다리 아프다고 울고 그랬어.

그런 기억은 없다. 중학생 때 어울려 놀았던 친구들, 고민들, 즐거웠던 일도 거의 기억나지 않는다. 대신 도시락 반찬의 맛은 기억한다. 그때는 집에서 도시락을 싸가야 했다. 점심시간이면 서너 명이 둘러앉아 책상에 도시락을 두고 서로의 반찬을 나눠 먹었다. 친구 중 한 명의 동그란 반찬 통과 그 안에 들어 있던, 케첩을 머금은 꼬마 돈가스 맛이 아주 생생하게 떠올랐다. 그건 당시 엄마가 만들어 주던 후추 향이 강하고 넓적한 돈가스와 매우 다른 맛이었다. 친구의 반찬이므로 나는 그것을 딱 한 개만 먹을 수 있었다. 다음 날부터 점심시간에 친구가 반찬 통을 열기 직전이면 심장이 빨리 뛰었다. 나는 속으로 주문을 외웠다. 나와라, 꼬마 돈가스. 꼬마 돈가스는 가끔 나왔다. 그래서 나는 주문 외우는 버릇을 버릴 수 없었다. 이런 기억은 오직 나만 아는 것. 나만 기억하다가 나와 함께 사라지는 것.

집 뒤쪽의 작은 창문 하나는 깨지지 않은 채였다. 먼지 더께가 앉은 유리에 야광별 스티커가 여러 개 붙어 있었다. 부착용이 아닌 판박이 스티커였다. 문틀에 뒤통수를 대고 키를 쟀던 아이가 붙였을까. 그전이나 뒤에 살던 다른 아이가 붙였을까. 누구든 이제는 아주 높은 확률로…… 어른이 되었겠지. 기억하고 있을까? 야광별 스티커를 붙이던 순간의 마음을, 잠들기 전 야광별을 바라볼 때의 그 마음을.

　말끔하게 정리된 마당을 다시 한번 둘러보고 트럭에 타면서 엄마는 말했다. 집을 어떻게 고치겠다는 건지 모르겠지만 지금 같아서는 귀신 나올까 무섭다고. 나는 물었다. 엄마는 귀신을 겪어 봤어? 엄마는 살면서 사람들에게 들었던 기묘한 이야기를 전해 주었다. 할머니가 전쟁 중에 봤다는 아픈 귀신들. 어릴 적 이웃집에서 벌였던 굿판. 동네의 빈집에서 새어 나오던 노랫소리. 바람도 불지 않던 밤 갑자기 넘어져 깨져 버린 화분. 엄마의 이야기를 들으며 생각했다. 귀신이 죽은 자의 영혼이라면 그들은 그저 나타나거나 노래하거나 화분을 깨트릴 뿐. 그저 그뿐. 나도 귀신을 무서워했던 적이 있었다.

　엄마는 영혼을 믿어?

　엄마는 으스대는 시늉을 하며 대답했다. 나 성당 다니는 사람이야.

　나는 웃으며 물었다. 그거 주말에 하는 취미 활동 같은 거 아니었어?

　엄마는 진지하게 대답했다. 내가 요즘 기도를 얼마나 열심히 하는데.

　나는 웃음을 거두고 다시 물었다. 그래서 엄마는 영혼을 믿어?

　두 손으로 핸들을 잡고 구부정한 자세로 한동안 정면만 바라보던 엄마가 혼잣말처럼 대답했다. 그건 사람이 믿고 말고 할 문제가 아니야. 핸들을 부드럽게 왼쪽으로 돌리며 덧붙였다. 어쨌든 나는 반가워서 말을 걸 거야. 네 영혼이 나타나면 너무 반가워서. 돌이켜 보면, 엄마는 그때 처음 받아들인 것 같다. 말도 안돼, 말도 안 된다는 말로 밀어내던 높은 확률의 미래를.

그럴 일은 없어, 엄마.

그러나 나는 엄마를 기다리는 사람으로 두고 싶진 않았다.

나는 영혼만 남기고 갈 생각 없거든. 내 몸이 죽으면 내 영혼도 죽는 거야. 그러니까 죽은 나를 위해서 기도하고 봉헌하고 그런 거 절대 하지 마.

나쁜 년.

엄마가 말했다.

이럴 때 보면 넌 진짜 지독하게 나쁜 년이야.

*

폐가를 고쳐서 살겠다는 내 계획을 들었을 때도 엄마는 말도 안된다고 했다. 아픈 사람일수록 생활이 편리하고 큰 병원이 가까이 있는 도시에 살아야 한다고, 병을 고칠 생각은 하지 않고 어째서 시골의 다 쓰러져 가는 집에 기어들어 갈 생각을 하는 거냐고, 불길하다고, 제발 정신을 차리라고 말했다. 그러면서도 지인들에게 연락해서 매매 가능한 폐가나 주택부지를 알아봐 달라고 부탁했다. 엄마의 지인들은 다시 지인들에게 부탁했다. 같이 폐가를 보러 다니면서도 엄마는 이건 말도 안 되는 짓이라고 했다.

나는 병원 침대에서 죽고 싶지 않아. 집에서 죽고 싶어.

왜 죽을 생각부터 해. 병원에 가면 살 수 있는데.

살 수 있다는 생각만 하다가 죽고 싶진 않단 말이야. 나는 내가 할 수 있는 일을 하려는 거야.

네가 할 일은 건강을 되찾는 거야.

건강을 어디 맡겨 둔 것처럼 말하지 마.

아픈 사람이 어떻게든 나을 생각을 해야지.

아픈 사람이란 말 좀 그만해, 엄마. 나는 나을 수 없을지도 몰라. 하지만 더 행복해질 수는 있어.

우리는 차 안에서 자주 다퉜다. 다투지 않을 때는 하나 마나 한 말이지만 하고 나면 이상하게 마음이 편안해지는 말을 나눴다. 산을 보면 산이 참 높다고, 바다를 보면 바다가 참 넓다고, 꽃을 보면 꽃이 참 곱다는 말들. 그리고 어느 날엔 이런 이야기들. 사전연명의료의향서를 쓸 거야. 자연스럽게 떠날 수 있도록 두라는 뜻이야. 내 몸에 어떤 튜브도 넣지 말고 나를 살리겠다고 나의 가슴을 짓누르지도 말란 뜻이야. 엄마, 잘 기억해. 나는 꼭 작별 인사를 남길 거야. 마지막으로 내가 한숨을 쉬면 그건 사랑한다는 뜻이야. 비명을 지르면 그건 사랑한다는 뜻이야. 간신히 내뱉는 그 어떤 단어든 사랑한다는 뜻일 거야. 듣지 못해도 괜찮아. 나는 사랑을 여기 두고 떠날 거야. 같은 말을 어진에게도 했다. 사랑을 두고 갈 수 있어서 나는 정말 자유로울 거야. 사랑은 때로 무거웠어. 그건 나를 지치게 했지. 사랑은 나를 치사하게 만들고, 하찮게 만들고, 세상 가장 초라한 사람으로 만들기도 했어. 하지만 대부분 날들에 나를 살아 있게 했어. 살고 싶게 했지. 어진아, 잘 기억해. 나는 이곳에 그 마음을 두고 가볍게 떠날 거야. 그리고 하나 더.

*

우리가 찾던 집은 야산을 등진 작은 마을의 끄트머리에 방치되어 있었다. 1934년에 건축물대장에 최초로 기록된 집이었다. 마을에 들어설 때부터 느낌이 좋았다. 마을 초입의 오래된 떡갈나무와 그 너머로 펼쳐진 밭, 모퉁이를 돌면 나타나는 초등학교와 마을의 삼거리에 있는 작은 슈퍼도 낯설지 않았다. 문과 창은 파괴되었으며 벽과 지붕은 오래되어 삭았으나 집을 받치는 기둥만큼은 튼튼해 보였다. 본채와 창고가 기역 자 형태로 있어 내가 그린 평면도처럼 개조할 여지도 있었다. 마을 초입에서 사오십 분 정도 걸으면 서쪽 바다에 닿을 수 있었다. 보령에서도 멀지 않아 어진이 새 직장을 구하지 않아도 된다는 점도 좋았다.

벽과 지붕을 철거하기 전, 키 재기 흔적이 남아 있는 문틀과 야광별 스티커가 붙어 있는 유리창은 절대 버리지 말아 달라고 업체에 당부했다. 그런 흔적은 나에게 '나와라, 꼬마 돈가스'와 비슷했다. 내게 남은 기억. 나와 함께 사라질 기억. 나는 육체고 이름이며 누군가의 무엇이다. 그러나 그보다 깊은 영역에서, 나란 존재는 나만이 알고 있는 기억의 합에 더욱 가까웠다. 사람들이 말하는 영혼이란 기억의 다른 이름인지도 모른다. 사람은 떠났고 집은 버려졌어도 거기 흔적이 남아 있었다. 그런 것을 폐기

물로 처리하고 싶지 않았다.

전문가들은 지붕과 벽의 부식된 곳은 조심스럽게 허물고 살릴 수 있는 부분은 최대한 살렸다. 창을 낼 곳을 뚫고 낡은 수도관을 교체하고 전기선 작업을 마친 다음 벽에 석고를 발랐다. 바닥을 모두 걷어 내고 보일러 배관을 깔고 시멘트로 덮었다. 엄마는 매일 현장에 나갔다. 사람들을 도와 자재를 나르고 폐기물을 치우고 적극적으로 의견을 내는 엄마는 나보다 훨씬 젊어 보였다. 엄마는 '말도 안 된다'는 말을 더는 하지 않았다. 대신 이런 말을 했다. 너는 추위를 많이 타니까 단열재를 신경 써야 해. 휠체어를 탈 수도 있으니 기둥이나 문턱을 없애고 슬라이딩도어로 바꾸는 건 어때. 벽을 따라 지지대를 만들어 두면 나중에 늙어서 쓰기에도 좋을 거야. 미끄러운 타일은 안 돼. 창문을 리모컨으로 작동하게 할 수는 없을까. 더는 나를 '아픈 사람'이라 칭하지 않으면서도 엄마는 내가 더 아플 경우를 대비하려 했다. 더 나아지진 않으리란 나의 생각은 더 나빠지진 않으리란 생각으로 변하고 있었다.

공사를 도우며 집 안 곳곳에서 여러 물건을 주웠다. 플라스틱 헤어핀, 문구사 앞 뽑기 기계에서 뽑았을 듯한 통통 튀는 고무공, 닳은 지우개, 몽당연필, 발목에 앵두 자수가 있는 양말 한 짝, 노란 슬리퍼 한 짝, 스누피가 그려진 볼펜, 빨간색 레고 블록, 유리구슬, 티스푼, 손뜨개 인형, 열쇠고리, 베이지색 단추……. 그런 것을 발견하면 흙을 털어 내고 물로 깨끗이 씻어 작은 바구니에 모아 두었다. 누군가 그것을 찾으러 올지도 모르니까. 실례지만 혹시 이곳에서 손잡이에 꽃 모양 장식이 있는 티스 푼을 보지 못했습니까. 하늘색 고무공을 찾지 못했습니까. 오래 전 이곳에 살 때 잃어버린 것이 있습니다. 네잎클로버 모양의 열 쇠고리인데요, 제가 지금에야 그것을 찾는 이유는……. 과거에 잃어버린 것을 기억하고 그것을 찾기 위해 멀리까지 찾아와 대 문을 두드리는 사람을 상상하면 행복했다. 그들이 찾는 것을 기 적처럼 꺼내어 건네주는 상상은 천국 같았다. 또한 나의 천국은 다음과 같은 것. 여름날 땀 흘린 뒤 시원한 찬물 샤워. 겨울날 따 뜻한 찻잔을 두 손으로 감싸 쥐고 바라보는 밤하늘. 잠에서 깨었 을 때 당신과 맞잡은 손. 마주 보는 눈동자. 같은 곳을 향하는 미 소. 다정한 침묵. 책 속의 고독. 비 오는 날 빗소리. 눈 오는 날의 적막. 안개 짙은 날의 음악. 햇살. 노을. 바람. 산책. 앞서 걷는 당 신의 뒷모습. 물이 참 달다고 말하는 당신. 실없이 웃는 당신. 나 의 천국은 이곳에 있고 그 또한 내가 두고 갈 것.

*

공사는 무사히 끝났다. 이삿짐을 옮길 일만 남은 집을 바라보며 엄마가 말했다.

자잘한 건 매일매일 고치면서 살아야 해. 이런 집에 살면 손볼 구석이 계속 생기니까. 텃밭도 그래. 매일 풀을 뽑고 흙을 다지고 물을 주고 벌레를 잡고. 그런 사소한 일을 게을리하면 안 돼.

엄마는 여전히 나를 이해할 수 없다고 말했다. 죽음은 이해의 문제가 아니니까. 미래를 이해하는 건 불가능하니까. 나는 이제 미래를 기억할 수 있다고 믿는다. 지금 눈앞에 내가 기억하는 미래가 나타났으므로. 어느 여름날에는 툇마루에 청개구리가 나타날지도 모른다. 나는 그것을 향해 손을 뻗고 청개구리는 사라지고, 나는 이유를 모른 채 울어 버릴지도. 나는 다시 아플 수 있다. 어쩌면 나아질 수도 있다. 그리고 언젠가는 죽을 것이다. 탄생과 죽음은 누구나 겪는 일. 누구나 겪는다는 결과만으로 그 과정까지 공정하다고 말할 수는 없겠지. 이제 나는 다른 것을 바라보며 살 것이다. 폭우의 빗방울 하나. 폭설의 눈 한 송이. 해변의 모래알 하나. 그 하나가 존재하는 것과 존재하지 않는 것 사이에는 차이가 있다. 물론 신은 그런 것에 관심 없겠지만.

대상 수상 작가 최진영

수상 소감

다시 한 걸음

내 작품이 수상작으로 선정되었다는 소식을 들으면 불안이 먼저 찾아옵니다. 내게 그럴 만한 자격이 있는가 의심하다 보면 죄책감이 스며들고, 행운이 나를 찾아온 이유를 곰곰이 찾아보게 됩니다. 그 이유란 대개 스스로를 깎아내리는 것들이어서 더욱 초조해집니다. 요 며칠 머릿속을 맴도는 기억이 있습니다. 이제 막 어른의 세계로 들어섰던 대학생 때 일입니다. 민주적인 교내 운영과 구성원의 권리 보장을 위해 앞장서던 사람들이 있었습니다. 그들이 목소리를 낼 때 나는 도서관에서 책을 읽거나 학교 옥상에서 김밥을 먹거나 아르바이트를 했습니다. 그리고 그들의 노력과 희생으로 얻어 낸 것들을 편하게 누렸습니다. 이십여 년이 흘렀지만 여전히 그렇게 살고 있습니다. 조금도 성장하지 못한 것 같아 부끄럽습니다.

그보다 어렸던 열아홉 살에는 하루 중 열다섯 시간을 학교에서 보냈습니다. 교실에 앉아 문제집을 풀던 어느 밤, 문득 속초에 가고 싶다고 생각했습니다. 겨울이 다가올수록 그 바람은 강렬해졌습니다. 당시까지 속초에 가본 적은 없었어요. 지명으로만 알던 그곳이 마치 외국처럼 느껴졌습니다. 두 계절 가까이 속초를 꿈꿨고 그곳으로 가는 여정과 풍경을 구체적으로 그렸습니다. 상상 속 속초는 흐리고 광활하고, 거센 바람이 부는 곳이었어요. 고등학교 졸업을 앞두고 혼자 그곳으로 갔습니다. 기차와 버스를 갈아타며 다다른 속초의 바다는 내가 그리던 곳과 거의 같았습니다. 너무 비슷해서 마치 여러 번 다녀간 곳처럼 느껴졌어요. 오랫동안 꿈꾸면 기억이 됩니다. 기억이 된 미래는 마침내 나타납니다.

「홈 스위트 홈」을 쓰기 전 조한진희 작가님의 『아파도 미안하지 않습니다』(동녘, 2019)를 읽었습니다. 그 책을 읽으며 많은 것을 깨닫고 반성했습니다. 시사 주간지 『시사IN』의 2020년 기획 시리즈 「죽음의 미래」에도 영향을 받았습니다. 연재 기사 각각의 제목은 「당신은 어디에서 죽고 싶습니까」「'아픈 몸'을 거부하는 사회에게」「의학은 돌봄을 가르치지 않았다」「존엄한 죽음은 존엄한 돌봄으로부터」「죽음의 미래를 찾아서」입니다. 다큐멘터리 「엔드 게임: 생이 끝나갈 때」(2018)도 인상 깊게 봤습니다. 그리고 소설을 썼습니다. 이번에도 소설을 통해 사랑을 전하고 싶었습니다. 그것은 나를 쓰는 사람으로 살게 하는 강한 동력입니다. 죽어 가면서 살아가는 존재로서 남기고 싶은 가장 소중한 것입니다.

소설에 영향을 끼친 책과 기사와 영상이 있듯, 한 편의 소설을 쓰기 위해서는 많은 사람의 도움을 받을 수밖에 없습니다. 소설을 발표하고 출간하기까지도 그렇습니다. 사람들은 서로를 돕는지도 모르고 도와줍니다. 자기 일을 열심히 하는 방법으로 누군가를 돕고, 지키고, 응원하고, 살아가게 하는 사람들이 있어 나 또한 이곳에서 나의 일을 할 수 있습니다. 글쓰기는 혼자 하는 일이라고 생각한 적이 있습니다. 그렇지만은 않다는 것을 너무 늦지 않게 깨달아서 다행이라고 생각합니다. 각자의 영역에서 자기 몫의 일을 해내고 계신 분들에게 존경과 감사의 인사를 드립니다.

『내가 되는 꿈』이란 소설을 쓰지 않았다면 「홈 스위트 홈」을 쓰지 못했을 겁니다. 두 소설 사이에 연결되는 사유가 있고 해답을 찾지 못한 질문이 있습니다. 『이제야 언니에게』를 쓰지 않았다면 『내가 되는 꿈』 또한 쓰지 못했을 거예요. 「겨울방학」이란 단편과 「유진」 또한 그런 관계를 맺고 있습니다. 그렇게 나의 모든 소설들은 유사한 질문의 고리로 이어집니다. 제자리를 맴도는 것 같지만 한 걸음씩 방향을 바꾸며 꾸준히 살펴보고 있습니다. 풍경과 향기와 바람과 날씨는 매번 다릅니다. 그러니 어쩌면 다음 소설도 쓸 수 있지 않을까요. 그처럼 나 또한 나를 돕는 중이라는 믿음으로 오늘도 쓰고 있습니다. 그 믿음이 부디 나를 등지지 않기를 바랄 뿐입니다.

한 걸음 방향을 바꿔 봅니다. 사랑과 천국을 두고 가기 위해, 오늘은 오늘의 일을 하자고 다짐합니다.

2023년 1월
제주에서 최진영

대상 수상 작가 최진영

문학적 자서전

오늘을 쓰는 삶

이 글을 쓰려고 어제 하루 내내 애썼지만 결국 한 글자도 쓰지 못하고 컴퓨터를 껐다. 오늘 다시 컴퓨터를 켰고 하얀 화면을 두 시간 넘게 바라보다가 마침내 글을 시작한다. 문학적 자서전이란 무엇일까…… 생각하면서 지난 시간을 돌아보니 마치 주먹만한 먼지 뭉치를 마주하는 것만 같다. 먼지 깊숙한 곳에 잃어버린 줄 알았던 무언가가 숨겨져 있을 것만 같다. 그렇다면 잃어버린 그대로 두는 것도 좋지 않을까. 한편으로 내가 무엇을 잃어버렸는지 확인하고 싶은 마음도 없진 않다.

어떤 글이든 첫 문장 쓰기가 가장 어렵다. 팽팽하게 부풀어 오른 생각의 주머니에서 한 글자라도 꺼내려면 어디에든 작은 구멍 하나를 뚫어야 하는데, 그것을 시도하기까지 시간이 걸린다. 시작하려는 모든 글은 새로운 글이며 쓰고자 하는 나에게도 낯선 글이다. 사는 동안 수많은 처음을 경험했고 대부분 잊었다. 태어

나서 처음 본 것은 무엇일까? 처음 한 말은? 처음 본 글자는? 처음 느낀 감정은? 처음 읽은 책은? 처음 한글을 배운 기억은 어렴풋이 남아 있다. 초등학교에 입학한 다음에 글자와 숫자를 배웠다. 매일 받아쓰기 시험을 쳤고 많은 문제를 틀렸다. 자리에서 일어나 소리 내어 교과서를 읽어야 했고 자주 더듬거렸다. 틀리고 못하는 게 부끄러워서 학교에 가기 싫었다. 배가 아프다고 거짓말한 뒤 결석했을 때의 죄책감을 기억한다. 아니, 거짓말을 들킬까 두려운 마음이 먼저였을 것이다. 여러 번 거짓말하면서 한글을 익혔다. 글로 타인을 만나고 나의 생각과 감정을 표현하는 세계로 들어섰다. 책을 읽고 글을 쓰는 사람이 된 것이다. 가끔 완전히 새로운 일을 맞닥뜨려 기초부터 차근차근 배워야만 할 때, 도저히 할 수 없을 것 같다는 상심이 먼저 들 때면 여덟 살 최진영 어린이를 생각한다. 한글 앞에서 막막해하던 어린이가 마침내 자음과 모음을 외우고 한글의 원리를 깨우쳐서 자유롭게 읽고 쓸 수 있게 된 과정을 상기한다.

열한 살 때 교내 백일장에서 처음 상을 받았다. 그때 받은 상장이 남아 있어 '받았었구나' 짐작할 뿐 어떤 글을 썼는지 기억에 없다. 이후에도 이런저런 백일장에서 가끔 상을 받았지만 스스로 글을 잘 쓴다고 여기진 않았다. 상을 받지 못할 때가 훨씬 많았으니까. 상을 자주 받았더라도 '나는 글을 잘 쓴다'고 생각하진 못했을 것이다. 오히려 최선을 다해 나를 깎아내리면서 곧 커다란 불행이 닥칠 것처럼 불안해했겠지. 어쩌다 나는 자기 비하가 심한 사람이 되었나, 골똘하게 생각하던 시절이 있었다. 어느 정도 답을 구한 뒤 질문의 방향을 조금 바꾸었다. 자기 비하가 심한 나의 성격은 글쓰기에 어떤 영향을 미치는가.

고등학생 때는 글을 쓰며 스트레스를 풀었다. 매일 밤 일기를 썼다. 새벽 두 시까지 꾸벅꾸벅 졸면서 무언가를 쓰다가 책상에 엎드린 채 잠든 적도 많다. 졸면서 쓴 일기는 글자를 거의 알아볼 수 없었지만 상관없었다. 다시 읽지 않았으니까. 그때는 기록이나 성찰을 위해 일기를 쓰지 않았다. 오직 배설하고 토로하기 위해, 들끓어 오르고 폭발할 것만 같은 감정을 덜어 내거나 잠재우려고 썼다. 그렇게라도 쏟아 내지 않으면 자해하거나 가출하거나 미쳐 버릴 것 같았다. 일기에는 주로 다음과 같은 문장을 썼을 것이다. '나는 너무 형편없고 한심하고 쓸모없고 세상은 내가 없으면 완벽해질 것이고 왜 태어났는지 모르겠고 사람들은 전부 나를 싫어하고 나는 아무것도 될 수 없을 것이며 너는 너무 아름답고 우아하고 완벽하고 언제나 너를 보고 싶고 너를 생각하면 내가 너무 하찮아지고 너를 좋아할수록 내가 더 싫고 내가 너무 지겨워서 죽고 싶다. 나는 내가 완전히 사라져 버리면 좋겠다.'

내가 나를 하찮게 여기면 타인에게 상처받지 않을 거라고 생각했던 걸까? 그러나 내가 쓴 문장은 가장 먼저 나에게 상처를 남겼다. 어쩌면 경증의 우울증이었을지도 모를 청소년기의 그 정서는 내 안에 완전히 자리를 잡아 이제는 중심핵 역할을 하고 있다. 어떤 우울은 고독과 고립에서 상상을 찾는다. 어떤 허무는 낙관으로 비약한다. 나를 열렬히 싫어하는 에너지는 무언가를 뜨겁게 사랑하는 힘으로 치환되기도 한다. 나는 여전히 그 힘으로 살아가고 있다.

한 달에 한 권씩 일기장을 갈아 치울 정도로 밤마다 글을 썼지만 작가를 꿈꾸지는 않았다. 꿈꾸다가 실패하느니 꿈이 없어 실패도 없는 편이 낫다고 생각했는지도 모른다. 십 대의 마지막 겨울을 「유진」의 주인공처럼 무기력하게 보내다가 집을 떠났다. 대학에 입학한 뒤에는 친구를 사귀는 대신 도서관에서 책을 읽었다. 다양한 분야의 책을 끌리는 대로 빌려 읽다가 결국 소설에 빠져들었다. 대학을 졸업하고 학원강사 일을 시작했다. 낮에는 중학생에게 국어를 가르치고 밤에는 글을 썼다. 밤마다 무언가를 읽거나 쓰는 생활의 큰 틀은 유지했지만 달라진 부분도 있었다. 나의 문장을 '소설'이라는 그릇에 담아 보기로 결심했다는 것. 소설을 쓰려면 커피와 컴퓨터와 혼자만의 시간과 소설을 쓰겠다는 마음이 필요했다. 정말 그뿐이었다. 비싼 도구나 특정한 공간, 경력자의 교습이 필요했다면 아마 시도하지 못했을 것이다.

　이전처럼 가감 없이 감정을 쏟아 내고 다시 읽지 않는 글은 그만 쓰고 싶었다. 나의 감정을 전달하기에 적당한 인물과 사건을 상상하고 문장으로 쓰는 연습을 시작했다. 그리고 내가 쓴 글을 다시 읽었다. 고치고 다듬었다. 그러자 신기한 일이 일어났다. 문장을 오래 바라보고 다듬을수록, 이전에는 나에게 상처만 남겼던 거친 문장이 나를 위로하는 것만 같았다. 나도 몰랐던 내 마음에 다가가는 것만 같았다. 듣고 싶은 말, 할 수 없는 말, 누구라도 알아주길 바라는 마음, 꺼내 보기 두려워 묻어 두었던 감정이 문장으로 나타나 나를 바라봤다. 나를 등지고 섰던 소설이 방향을 틀어 옆모습을 보여 주는 것만 같았다. 나는 나에게 필요한 문장을 소설에 담기 시작했다. 소설을 쓰는 시간은 온전히 나로 존재하며 나를 돌아보는 시간이었다. 열일곱 살부터 밤마다 맹목적으로 무언가를 썼던 이유를 뒤늦게 깨달았다. 살고 싶었던 것이다.

쓰고 고치는 밤을 보내며 단편소설 서너 편을 완성했다. 내가 쓴 것을 다른 사람도 소설이라고 생각할까 궁금했다. 2006년 『실천문학』 신인상에 응모작을 보내고도 기대하지 않았다. 낯선 번호로 여러 번 전화가 왔지만 당선과 연관 지어 생각하지 못했다. 내가 계속 전화를 받지 않아서 심사위원 선생님은 당선 소식을 음성메시지로 남길 수밖에 없었다. 그 메시지를 들으며 나는 무언가 잘못되었다고 느꼈다. 내 손으로 응모했으면서도 '아직은 당선될 때가 아닌데'라는 모순적인 생각을 먼저 했다. 2010년 『당신 옆을 스쳐간 그 소녀의 이름은』으로 한겨레문학상을 받았을 때도 그랬다. 삼 년 연속 응모했고 마지막 시도라는 생각으로 쓴 소설이었다. 그런데도 당선 소식을 듣자마자 '아직은 아닌데'라고 생각했다. 마음껏 기뻐하기보다는 불길한 소식을 들은 사람처럼 근심에 빠졌다. 대체 응모는 왜 한 걸까? 이후에도 몇 차례 뜻밖의 수상 소식을 들었고 내 반응은 마찬가지였다. 무언가 크게 잘못되었다고, 나는 자격이 없다는 생각부터 했다.

이제는 그렇게 생각하는 이유를 안다. 여전히 나를 형편없는 사람이라고 생각하는 것이다. 나는 쓸모없고 비겁하다. 나는 도망치거나 숨는 사람이고, 아무것도 할 수 없는 사람이고, 이따금 인정받는 이유는 운이 좋기 때문이다. 칭찬을 들을 때마다 근본적으로 사람들을 속이고 있는 것만 같아서 죄책감에 빠진다. 어차피 혼자가 될 거라면 처음부터 곁을 주지 않는 편이 낫다고, 형편없는 사람이니까 형편없는 소설을 쓸 수밖에 없다고 생각하면 마음이 편하다. 하지만 그와 같은 태도는 나의 소설을 읽고 공감하는 사람들을 배신하는 것과 다르지 않다. 한 편의 소설을 쓰기 위해 부단히 애썼던 과거의 나를 조롱하는 짓이고, 글쓰기는 나에게 가장 소중하고 필요한 일이라고 말했던 나의 진심을 쓰레기통에 던져 버리는 행위다. 오직 나를 위해서만 쓰던 시절은 지나갔다. 나는 글쓰기를 나의 일로 삼았다. 이제 나는 혼자서 쓰는 사람이 아니다. 나만 읽고 치울 글이 아니라 누구라도 봐주길 바라는 마음으로 쓴다. 그럼에도 나는 왜 자기 비하를 버리지 못하고 허름한 그것을 방패처럼 들고 있는가. 생각과 행동의 모순을 벗어나지 못하는가. 앞서 쓴 문장을 다시 옮긴다. 나의 성격은 글쓰기에 어떤 영향을 미치는가.

아무도 없는 음악실 구석에 앉아 시인과 촌장의 「가시나무」와 산울림의 「무지개」를 들으며 울던 때가 있었다.

아무도 찾지 않길 바라면서 누구라도 찾아와 주길 바랐다.

누구라도 찾아왔다면 숨었을까. 도망쳤을까. 물어뜯었을까. 멋쩍게 눈물을 닦으며 말했을지도 모른다. 배가 너무 아파. 커다란 나무가 부러지는 것처럼 아파. 꽝꽝 얼었다가 펄펄 끓는 것처럼 아파.

거짓말. 또 무엇을 잘못했구나. 잘못을 감추려고 지금 여기 숨어서.

사방이 나로 빼곡하다.

나는 나를 잘 알아서 단번에 나를 쓰러트릴 말이 무엇인지 안다. 나를 일으키는 단 한 단어도. 그것은 다시 나를 쓰러트릴 것이다.

나는 나와 싸우려고 매일 밤 글을 썼다. 결국 화해하려고.

나는 나를 뿌리치려고 오랫동안 글을 썼다. 혼자 울고 싶어서.

나는 나를 부정하려고 계속 썼다. 부정할 수 있는 모든 것을 부정하면 나타나리라고 믿었다. 결코 부정할 수 없는 돌과 같은 긍정이. 그것을 찾아서 삼켜 버리고 싶었다.

악몽을 꿨어?

아니, 오랜만에 행복한 꿈이었어.

하지만 잘 때 계속 인상을 쓰던데.

나는 형편없다. 이것이 나의 판단인지 내가 듣고 배워 흡수한 판단인지 모르겠다. 나는 '할 수 없는' 사람이었다. '잘못하는' 사람. '지적받는' 사람. '귀찮은' 사람. 언제나 어디서나 나의 잘못은 준비되어 있었다. 그런 것들에 반박하기보다 순응하는 게, 저항하기보다 침묵하는 게 편했다. 나만 조용히 넘어가면, 문제 삼지 않으면 모두가 괜찮았고 나는 '착한' 사람이 될 수 있었다. 그렇게 나는 점점 형편없는 사람이 되어 갔다. 처음부터 형편없진 않았을 것이다. 내가 나를 형편없게 만들었다. 앞의 문장을 쓰면서 나는 나에게 상처를 줬다. 그러나 삭제하거나 고치지 않을 것이다. 어떤 퇴고는 그렇다. 아무리 아파도 삭제할 수 없는 문장이 있다. 견딜 수 없다고 지워 버리는 순간 나를 향해 치솟는 분노.

북토크나 인터뷰 때마다 자주하는 말이 있다.

"한 편의 소설을 쓰고 나면 나는 쓰기 이전과 미세하게 다른 사람이 됩니다. 어떤 사건과 인물에 대해 오랫동안 고민하고 공감하고, 그 세계에 깊이 들어가 본 나는 이전과 다른 사람일 수밖에 없어요. 이를테면 『이제야 언니에게』를 쓰기 이전과 이후의 나는 다릅니다. 제야를 만나고, 제야 옆에 있고, 제야로 살면서 나는 확실히 달라졌어요."

형편없는 사람에 머물고 싶지 않다. 소설을 읽고 쓰면 지금보다 나은 사람이 될 수 있다. 조금씩 달라질 수 있다. 내가 쓴 인물에게 배울 수 있다. 그들처럼 살아가려고 노력할 수 있다. '사람은 노력해야 해. 소중한 존재에 대해서는 특히 더 그래야 해.'라는 문장을 썼다면 그 문장을 쓰기 이전과는 다른 사람이 되어야 한다. '나의 천국은 이곳에 있고 그 또한 내가 두고 갈 것'이란 문장을 쓴 뒤 나는 죽음보다 힘이 센 희망을 느꼈다. 오늘의 사랑, 오늘의 당신, 오늘의 삶에 최선을 다하고 싶었다. 나는 나를 모른다. 나는 때로 예측할 수 없는 일을 벌였다. 그런 나에게 절망한 적도 있다. 절망은 희망을 끊어 버린다는 뜻이다. 진짜 절망했다면 계속 쓰지 못했을 것이다. 한때 나는 살고 싶어서 글을 썼다. 이제는 더 나아지기 위해서 쓴다. 소설은 그것을 가능하게 한다. 나에게는 소설이 필요하다.

「홈 스위트 홈」과
최진영의 작품 세계

우주적 위로의 달콤함

안서현 安瑞炫 ㅣ 문학평론가

우주적 시간에 대한 질문

최진영의 소설은 주저 끝에 던지는 한 마디 회심의 위로 같다. 겉으로만 다정한 위로가 아니라, 생각하고 또 생각한 끝에 건네는 속 깊은 위로를 닮았다. 그는 한없이 민감한 마음과 자신의 말을 오래도록 궁굴리는 끈기, 그리고 위안이 되는 한 마디를 끝까지 찾아내는 재능을 가진 작가다. 『이제야 언니에게』의 '작가의 말'을 보면 "아무에게도 알리지 못하고 홀로 애쓰는 사람, 방관과 의심 속에서 홀로 버티는 사람이 많다는 사실" 때문에, 소설 속 인물에게 위로가 될 만한 장면을 쓰면서는 마치 그의 "고통을 묘사할 때만큼 주저했다"라는 대목이 나올 정도다.[1]

그러나 최진영은 결국 그 한 마디를 찾아내고야 만다.

---

[1] 최진영, 「작가의 말」, 『이제야 언니에게』, 창비, 2019, 248쪽.

작가의 소설 하나. 「어느 날(feat.돌멩이)」 속 세계에서는 돌멩이 하나가 지구로 날아오고 있다는 뉴스가 들려온다. '나'는 지구의 마지막 순간이 오더라도 자신이 카드 연체자가 되고 싶지 않아 끝까지 카드회사에 전화 연결을 시도하는 사람이다. 엄마는 그런 '나'와 조금은 다른 사람, "세상에 대한 인사", "잘 잤다는 인사. 잘 자라는 인사"를 건네는 마음으로 매일 기도를 하는 사람, 마지막 인사라도 나누고 싶어서 "(……) 그래도 우리가 가까운 곳에서 죽으면 좋겠다. 네가 오든가 내가 가든가 최대한 가까운 데서"라고 말하는 사람이다. 그리고 '나'는 그런 엄마에게 "내가 엄마 가까운 곳으로 얼마 가지 못하더라도 우주의 관점에서 보면 우린 이미 충분히 가까이 있다", "우주는 무한하나 시작과 끝이 있기에 언젠가 지구가 없어진다고 해도 우린 어떤 식으로든 같이 있을 수밖에 없다"라고 말함으로써 위로를 건넨다.[2]

어쩌면 이 소설 속 모녀는, 이번 이상문학상 수상작인 「홈 스위트 홈」 속의 '나'와 엄마와도 닮았다. 이 소설 속 '나'는 암 수술과 항암 치료를 마치고, 재발 시 연명치료를 하지 않기로 한 상태다. 엄마는 "어쨌든 나는 반가워서 말을 걸 거야. 네 영혼이 나타나면 너무 반가워서"라고 말하지만 '나'는 자신이 영혼을 남기지 않고 갈 거라고 말해서 엄마로부터 핀잔을 듣는다. 그러나 한편 이런 말로 엄마에게 보내는 위로를 대신한다. "과거는 사라

2   최진영, 『겨울방학』, 민음사, 2019, 230~231쪽.

지고 현재는 여기 있고 미래는 아직 오지 않은 것이 아니라, 하나의 무언가가 폭발하여 사방으로 무한히 퍼져 나가는 것처럼 멀리 떨어진 채로 공존한다. 과거는 사라지지 않는다. 기억하거나 기억하지 못할 뿐. 미래는 어딘가에 있다. 쉽사리 볼 수 없는 머나먼 곳에." 지구의 어디에 있어도 우주의 시점에서는 함께 있는 것이듯이, 과거, 현재, 미래 중 어떤 시간에 있어도 우주의 시간 속에서는 서로 조금씩 멀어질 뿐 언제나 함께 있다는 말이다.

그리고 작가의 또 다른 소설 하나. 작가의 『내가 되는 꿈』에서 손녀인 '나'는 "지금은 맑다"라는 할머니의 마지막 말을 듣고 천국에도 '지금'이 있을까 생각한다.

> 사라진 할머니가 어딘가에 어떤 식으로든 존재한다고 믿고 싶었다. 그 어딘가에도 '지금'이 있길 바랐다. 할머니는 천국을 믿었다. 천국은 영원한 곳. 다시 죽지 않는 곳. 고통도 슬픔도 의심도 없는 곳. 그런 곳에서도 '지금'이 가능한가.
> — 최진영, 『내가 되는 꿈』, 현대문학, 2021, 12쪽.

천국에도 '지금'이 있으리라는 것은 그것을 붙잡고 싶은 할머니에게도, 그리고 그것을 상상하는 『내가 되는 꿈』의 일인칭 화자 '나'에게도 위로가 된다. 아마도 「홈 스위트 홈」의 '나'는 그것과 같은 질문을, 그러면서도 한 차례 뒤집힌 질문을 던져 보지 않았을까. 재발을 염두에 두고 살아갈 수밖에 없는 '나', 그래서 미래에 사로잡힌 현재를 살아가야 하는 '나'는 지금 이곳에서도 '천국'이 가능한지를 묻고 싶지 않았을까. 그리고 그것을 붙잡음으로써 위로를 찾으려 하지 않았을까.

> 공사를 도우며 집 안 곳곳에서 여러 물건을 주웠다. 플라스틱 헤어핀, 문구사 앞 뽑기 기계에서 뽑았을 듯한 통통 튀는 고무공, 닳은 지우개, 몽당연필, 발목에 앵두 자수가 있는 양말 한 짝, 노란 슬리퍼 한 짝, 스누피가 그려진 볼펜, 빨간 레고 블록, 유리구슬, 티스푼, 손뜨개 인형, 열쇠고리, 베이지색 단추……. 그런 것을 발견하면 흙을 털어 내고 물로 깨끗이 씻어 작은 바구니에 모아 두었다. (……) 과거에 잃어버린 것을 기억하고 그것을 찾기 위해 멀리까지 찾아와 대문을 두드리는 사람을 상상하면 행복했다. 그들이 찾는 것을 기적처럼 꺼내어 건네주는 상상은 천국 같았다.
>
> — 최진영, 「홈 스위트 홈」, 36~37쪽.

이렇게 고유한 과거의 조각들이 그것을 기억하는 사람을 매개로 현재와 미래와 연결되어 있다는 것, 그 안에 깃들어 있는 천국의 흔적이 고립되거나 유실되지 않고 언제든 되찾아질 수 있다는 가능성에서 '나'는 지금 이곳의 천국을 발견한다. 이렇게, 「홈 스위트 홈」은 '나'를 비롯한 인물들이 자신과 서로에 대한 위로를 찾아가는 과정을 그리고 있다. 따라서 불확실한 삶을 어떻게 견딜까 하는 질문을 한 번쯤 던져 본 사람이라면 아마도 이 소설에서 '우주적인' 위로를 느낄 수 있을 것이다. 그리고 우리 자신과 다른 사람의 삶을 위로하는 방법을 하나쯤 더 배울 수 있을 것이다.

구체적 슬픔을 위한 힘

「홈 스위트 홈」은 또 '나'가 자신의 집을 짓는 과정의 이야기이 기도 하다. '나'는 어진에게 미래의 집에 대해 이야기하면서 마 치 기억 속의 집을 바라보듯이, "비 오는 날 여기에 앉아 부추전 을 만들어 먹었어"라고 말하고, 이어서 "나는 이 집에서 죽어"라 는 말을 한다. 그 순간, '나'는 "내 주변 어딘가에 분명히 존재하 는 미래와 희망을" 느낀다. 이 말이 주는 것은 "구체적인 슬픔"이 기 때문이다. 다정한 이와 부추전을 만들어 먹은 미래의 어느 비 오는 날, 콩국수를 나누어 먹은 미래의 어느 여름날, 김치볶음밥 을 해 먹은 미래의 어느 겨울날 들에 대한 기억을 자신이 두고 떠 나게 되리라는 구체적 슬픔은, 오히려 자신이 완치될 것이라 는 불분명한 희망보다 더 견디기 쉽다. "슬픔을 위해서 움직일 힘 이라면 아직 남아 있었다"라고 '나'가 말하는 것도 그래서다.

아서 프랭크의 『몸의 증언』은 아픈 몸의 시간을 사는 사람 들에 대한 통찰을 담고 있다. 이들에게 힘든 것은 시간이 중단된 다는 감각이다.[3]

우선 치료에만 집중하라는 말을 들으면, 다른 사람들의 시 간은 계속해서 흘러가는데 자신의 시간만 멈추어 있다는 느낌 이 든다. 나중에 다 낫고 나서는 무엇이든 할 수 있을 것이라는

---

3   "처음에 오는 것은 중단이다. 질환은 삶을 중단시키며, 이때 질병은 지속적인 중단 과 함께 살아간다는 것을 의미한다." 아서 프랭크, 『몸의 증언』, 최은경 옮김, 갈무리, 2013, 128쪽.

말을 들으면, 자신의 시간이 복원되기 전까지는 현재를 상실하였으며 미래를 상상할 수도 없는 상태라는 생각이 든다. 힘든 것은 어쩌면 아픈 몸보다도 이런 상투적인 단절과 유예의 서사일 수 있다. 그러므로 "시간은 발산한다"라는 한 마디는 병을 앓고 난 '나'가 찾아낸 새로운 서사의 지향이다. 질병이 바꾸어 놓은 시간의 감각을 다시 구성하고 남은 이야기를 만들어 나갈 서사의 구조를 창조하는 일이 필요하다.[4]

이 말은 그 출발점이 된다. 이 소설에서 '나'의 집 짓기는 자신의 시간의 질서, 자신의 서사를 다시 짓는 일의 비유기도 한 것이다.

아픈 사람에 대한 상투적인 말들 가운데는 이렇게 견디기 힘든 말들이 많다. 가령 힘을 내서 병과 싸워야 한다는 말이나 빨리 건강을 회복해야 한다는 말도 그렇다.[5]

이런 말들은 건강 이데올로기 내지 건강 강박을 담고 있으며, 아픈 사람의 질병과 함께하는 현재나 건강을 되찾지 못할 수도 있는 미래를 부정하는 표현이다. 통속적인 멜로디처럼 견딜 수 없는 무신경한 말들이다. 하물며 이 소설 속 병원 방문객들이 생각 없이 하는 말들, "요즘처럼 좋은 세상에 자기 관리만 제대로 했어도 그 지경까지 안 갔을 텐데" 같은 말들은 '나'에게 지옥의 말처럼 들린다. 병을 피할 수 있다는 가정에서 출발한 표현이

---

4   아서 프랭크는 아픈 사람은 자신의 이야기를 누군가에게 해야 하고, 그것은 "우리의 남은 삶을 위한 이야기의 요지를 담을 기억의 구조를 창조하는 것"이기 때문이라고 말한다. 앞의 책, 136쪽.

5   아서 프랭크, 『아픈 몸을 살다』, 메이 옮김, 봄날의책, 2017, 9, 133쪽 참고.

며, 아픈 사람에게서 병의 원인을 찾으려 하는 표현이다. 이런 상투적인 말들 대신 나에게는 '청개구리', '유리구슬', 그리고 '꼬마 돈가스'와 같이 구체적인 말, 구체적인 기억과 연관된 사물을 지시하는 말들이 천국의 말로 들려온다.

엄마도 처음에는 '나'에게 "네가 할 일은 건강을 되찾는 거야.", "아픈 사람이 어떻게든 나을 생각을 해야지"와 같은 말들을 하지만, 점차 '나'에게 할 수 있는 다른 말들을 찾아낸다.

> 너는 추위를 많이 타니까 단열재를 신경 써야 해. 휠체어를 탈 수도 있으니 기둥이나 문턱을 없애고 슬라이딩도어로 바꾸는 건 어때. 벽을 따라 지지대를 만들어 두면 나중에 늙어서 쓰기에도 좋을 거야. (……)
> 자잘한 건 매일매일 고치면서 살아야 해. 이런 집에 살면 손볼 구석이 계속 생기니까. 텃밭도 그래. 매일 풀을 뽑고 흙을 다지고 물을 주고 벌레를 잡고. 그런 사소한 일을 게을리하면 안 돼.
> — 최진영, 「홈 스위트 홈」, 36~37쪽.

완치나 회복에 대한 상투적인 말이 아니라 '풀을 뽑고' '벌레를 잡'는다는 구체적인 미래의 일상 이야기가 '나'를 자신의 미래와 연결해 주는 위안의 대화가 될 수 있는 것이다.

이처럼 그 내용이 구체적인 한, 삶은 견뎌질 수 있는 비극이다. 또 다른 예로, 탄생도 죽음도 신의 섭리라는 추상적인 시간의 진리는 받아들이기 어렵지만, 뒷마루에 나타났던 청개구리 한 마리를 바라보았던 구체적인 시간의 경험은 '나'를 다시 이곳의 세계에 비끄러매어 준다. 구체적인 과거나 미래의 계기를 품은 말들, 낭만화된 과거나 이상화된 미래는 아니더라도 한 사람의 구체적인 기억과 꿈을 담은 말들은 우리가 인생에서 무엇을 소유하고 있으며 무엇을 상실하게 되는지를 알려 줌으로써 구체적 슬픔을, 그리고 동시에 그것을 견딜힘을 준다. 그런 시간의 '홈 스위트 홈'을 찾는 일, 달콤한 기억의 거처와 구체적 슬픔의 장소를 짓는 일, 신은 모를 인간만의 '시간의 집'을 마련하는 일이 이 소설에서는 곧 인생을 견디는 일로 유비된다.

어쩌면 여기서 우리에게 소설이 필요한 이유에 대한 하나의 대답을 찾을 수 있지 않을까? 소설은 바로 시간을 재구조화하는 형식이자, 구체성을 추구하는 이야기의 형식이기 때문이다. 그리고 무엇보다 상투성으로 우리를 절망시키는 이야기가 아니라 미학적으로 새로운 표현과 예기치 않은 구체적 의미의 섬광으로 우리가 시간을 견디게 하는 이야기를 찾는 일이기 때문이다. 이처럼 다른 시간들과 연결될 수 있는 말, 추상적인 희망보다 구체적인 슬픔을 불러오는 말, 상투적이지 않은 말이 우리에게 필요하다는 「홈 스위트 홈」의 이야기는 소설이 어떻게 인간에게 위로가 될 수 있는 또 하나의 장소가 될 수 있는지를 알려 주는 것만 같다.

바라보는 일의 위로

마지막으로 「홈 스위트 홈」은 '나'가 '완치'를 꿈꾸는 대신 자신의 삶을 있는 그대로 바라보는 방법과 그 배움의 과정에 대한 소설이다. 앞에서도 살펴본, "어쨌든 나는 반가워서 말을 걸 거야. 네 영혼이 나타나면 너무 반가워서"라는 엄마의 말에는 두 가지 의미가 있다. 이 말은 물론 영혼으로라도 딸과 만나고 싶다는 희망을 담고 있지만, 한편 '나'는 이 말을 들으면서 엄마가 비로소 자신의 항암 치료 거부를 이미 받아들였다는 것을 깨닫는다. 엄마나 '나'는 이러한 대화를 통해 삶에 대한 사랑의 방식으로서의 애도를 연습하고 있었음을 알게 된다. 그것은 상실을 부인하고 삶을 외면하는 것이 아니라 상실을 마주하고 삶을 바라보는 일이다.

그러한 의미의 효과는 '홈 스위트 홈'을 이곳에 "두고 갈 것"이라는 말에서도 드러난다. 육신도 영혼도, '나'는 남겨 두는 것으로 상상하지 않는다. 자신의 시체가 있다면 과연 그것이 자신일지를 스스로 묻고, 심지어 그렇다면 자신을 스스로 수습하고 갈 수 있으면 좋겠다고 생각한다. 또 자신은 영혼도 남기지 않고 갈 것이라고 말한다. 그러나 '나'는 자신의 기억이자 미래고 슬픔이자 천국인 집, '홈 스위트 홈'을 가리켜 "내가 두고 갈 것"이라고 말한다. '나'는 처음에는 이 집에 예전에 살았던 누군가가 훌쩍 자란 키를 쟀던 자국이 남아 있는 곳으로 한 번쯤 다시 돌아올 것을 상상했지만, 지금은 이 집을 두고 갈 것을 생각하고 있는 자신을 발견한다. 과거의 누군가나 미래의 자신이 '돌아올' 곳을 짓는 일과 자신이 '두고 갈' 곳을 짓는 일이 하나였다는 것은 아무리 생각해도 인생의 중대한 비밀처럼 느껴진다. 그것은 결국 자신의 기억이 여기 있는 한 자신은 이곳에 있을 것이며,

또한 자신이 이 집을 두고 가는 한, 이곳에 자신은 남아 있지 않으리라는 것을 동시에 생각하는 '나'의 마음이다. 그것은 어느 한쪽도 틀리지 않은 진실이다.

내가 이 천국을 "두고 갈 것"이라고 말하는 순간, 허무로부터 삶을 방어하기만 하는 것이 아니라 있는 그대로의 삶을 바라볼 수 있다. 그리고 이렇게 자신의 삶을 바라보는 것이 가능해지는 순간, 거기에 진짜 천국이 있는 것이다. "산을 보면 산이 참 높다고, 바다를 보면 바다가 참 넓다고, 꽃을 보면 꽃이 참 곱다는 말들"이 '나'의 마음을 편하게 하는 것처럼 말이다. 이런 '나'와 엄마의 말들은 소설 말미의 다음 대목처럼 "다른 것을 바라보며" 사는 삶의 발견을 보여 준다.

> 또한 나의 천국은 다음과 같은 것. 여름날 땀 흘린 뒤 시원한 찬물 샤워. 겨울날 따뜻한 찻잔을 두 손으로 감싸 쥐고 바라보는 밤하늘. 잠에서 깨었을 때 당신과 맞잡은 손. 마주 보는 눈동자. 같은 곳을 향하는 미소. 다정한 침묵. 책 속의 고독. 비 오는 날 빗소리. 눈 오는 날의 적막. 안개 짙은 날의 음악. 햇살. 노을. 바람. 산책. 앞서 걷는 당신의 뒷모습. 물이 참 달다고 말하는 당신. 실없이 웃는 당신. 나의 천국은 이곳에 있고 그 또한 내가 두고 갈 것.
>
> ─ 최진영, 「홈 스위트 홈」, 37쪽.

겨울날 밤하늘과 당신의 뒷모습을 바라볼 수 있는 이 천국에서 '나'는 사라지지도 머무르지도 않을 것이다. 그리고 아픔도 병도 삶과 이 세계의 일부로서 그저 바라보는 것으로 만족할 것이다.

다시 최진영 작가에 대해 생각한다. 어떻게 우주적 시간의 위로, 구체적 슬픔의 위로, 바라보는 일의 위로 들을 찾아냈을까. 이 위로를 찾기 위해 또 얼마나 긴 걱정과 조심의 시간이 있었을까. 어떻게 과거와 미래가 서로를 마주 보며 위로한다는 것을 알아냈을까. 어떻게 상투적인 희망이 우리를 절망시키는 만큼이나 구체적인 슬픔이 우리에게 천국을 선사한다는 것을 발견했을까. 어떻게 우주에서는 미세먼지도 될 수 없을 만큼 작디작은 청개구리 한 마리를 바라보는 일이 우리를 위로한다는 것을 생각했을까. 그것은 "기억하는 유일한 존재"와 함께 남아 있는 것이자 "나만 기억하다가 나와 함께 사라지는 것", 이 두 가지는 양자역학처럼 하나를 선택하면 그것이 맞게 되는 진실이라는 것, 그리고 그것은 차가운 보리차 한 잔의 맛처럼 한없이 사소하지만 더없이 달콤한 위로라는 것을.

안서현 • 1982년 서울에서 태어났다. 2010년 『문학사상』을 통해 작품 활동을 시작했다. 저서로 『아프레게르와 손장순 문학』(공저) 『한흑구의 삶과 문학』(공저) 『2021년 제22회 젊은평론가상 수상작품집』(공저) 등을 펴냈다.

작가가 본 작가

계속, 더 갈 수 없을 때까지

김혜진 金惠珍 ㅣ 소설가

1

습작하던 시절부터 나는 그의 소설이 좋았다.

아니, 좋다는 말로는 부족하다. 그의 소설은 나를 몰입하게 하고, 감응하게 하며, 북받치게 했다. 뭐랄까. 그의 소설은 항상 끝까지 간다는 느낌을 주었다. 서사를, 인물을, 상황을, 끝까지 밀고 가서 책장을 덮은 후에도 계속된다는 생각이 들었다. 장면과 대사, 줄거리가 희미해지고 나서도 인물의 내면과 감정은 강력하게 남았고, 그것이 고유한 이미지를 만들었다. 그런 걸 여운이라 설명할 수도 있겠지만 그렇게 설명하면 지나치게 단순해진다.

나는 그의 인터뷰와 산문을 찾아보기도 했다. 그러면서 그가 어떤 사람일까, 자주 생각했다. 그는 진지하고 솔직했으며, 엄격하고 고집스러웠다. 소설을 통해 만난 그는 그랬다.

작가로 데뷔하고 나서 그를 만날 기회가 몇 번 있었다. 내가 그의 소설을 좋아한다는 걸 아는 지인들이 그가 참석하는 행사에 나를 초대한 것이다. 한 번도 응하지는 못했다. 어쩐지 쑥스럽고 부끄러웠기 때문이다.

2

몇 해 전 가을에 나는 그를 처음 만났다.

「서울와우북페스티벌」에서 독자와의 만남 행사를 함께 가졌다. 그런 행사 때마다 긴장하는 건 지금도 여전하지만 그때는 그 정도가 훨씬 심했다. 게다가 좋아하는 작가와 나란히 앉아서 독자를 만나는 자리라니. 그는 내게 서명한 책을 건네고 친근하게 말을 붙이기도 했는데, 나는 무슨 말을 했는지 하나도 기억나지 않을 정도로 얼어 있었다. 행사가 끝나고 여러 사람들과 함께 맥주를 마셨던 기억이 난다. 그와 대화를 많이 나누진 못한 것 같다. 그럼에도 소탈하고 따뜻한 사람이라는 인상을 받기엔 충분한 시간이었다.

몇 년 후 「문장의 소리」 스튜디오에서 그를 다시 만났다.

당시 그는 그 라디오프로그램의 디제이를 맡고 있었는데, 그중 한 코너에 나를 초대한 것이었다. 녹음이 끝나고 근처 카페에서 커피를 마셨다. 그날, 용기를 내어 이런저런 질문을 했고 인상적인 대답 두 가지를 얻었다.

첫 번째는 일과에 관한 것.

특별한 일이 없는 날에 그는 낮 동안 글을 쓰고 해 질 무렵에

긴 산책을 한다고 했다. 오래도록 그 루틴을 유지하고 있다고 했다. 그 대답에서 그가 쓰는 일을 가장 우선에 둔다는 것을, 그러기 위해 매일 노력한다는 것을 미루어 짐작할 수 있었다.

두 번째는 계절에 관한 것.

그는 주로 겨울에 장편소설을 쓴다고 했다. 여름에는 프로 야구를 봐야 하기 때문에! 그는 한화이글스 팬이라고 했는데, 이기는 경기보다 지는 경기가 더 많은 팀이라는 건 그의 설명을 듣고 알았다. 왜 한화의 팬이 되었냐고, 지는 경기가 많아서 속상하지 않으냐고, 물었더니 그가 답했다. 처음 야구를 보게 되었을 때 한화를 응원하는 마음이 생겼고, 이제는 오랜 친구처럼 되어서 어쩔 수가 없다고. 계속 지다가 한 번씩 이기면 크게 기쁘다고.

이후 우리는 종종 만났다.

주로 일 때문이었고 아닌 경우도 드물게 있었는데 언젠가 그가 서로 말을 놓자고 제안한 적이 있다. 자신보다 훨씬 어린 친구들과도 이름을 부르며 친구처럼 지낸다고, 참 편하고 좋다고. 그러겠다고 하진 못했다. 그건 내가 어떤 면에서 고지식하고 촌스러운 사람이기 때문만은 아니다.

나는 그를 선배님이라고 부른다.

선배도 아니고, 선배님이라니. 어쩐지 무뚝뚝하고, 딱딱하게 느껴지기도 하지만 아직까지는 그 호칭이 마음에 든다. 어쨌든 난 소설로 그를 처음 알았으니까. 그는 나에게 처음부터 작가였으니까. 그런 마음을 어딘가에 잘 담아 둔 것 같아서 안심이 된다.

3

언젠가 그와 북토크 행사에 관한 대화를 나눈 적이 있다.

그는 이런 이야기를 했다. 저녁에 열리는 행사에서는 계속 시각을 확인하게 된다고, 행사가 늦게 끝나면 그곳에 온 사람들의 귀갓길이 걱정된다고, 특히 중고생 독자들의 안전을 생각하게 된다고, 그래서 가능한 한 정시에 행사를 마치기 위해 노력하게 된다고.

행사에 학생들이 오느냐고 물었더니 그렇다고 했다. 교복을 입은 학생들도 있다고. 행사에 오는 독자들 대부분이 십 대, 이십 대 친구들이라고. 중고생 독자들이라니! 신기하다고 생각했는데 정말 그랬다. 이후 그와 함께한 행사에서 그의 독자들을 실제로 볼 기회가 있었다. 그들은 그의 이야기에 귀를 기울이고, 수줍게 질문하고, 행사가 끝난 뒤에는 그의 책을 들고 서명을 받기 위해 순서를 기다렸다.

그는 절대 서명만 하는 법이 없어서 사람들과 늘 이런저런 이야기를 나누었는데 그 모습이 매번 이상한 감동을 주었다. 독자를 대하는 그의 태도엔 뭉클한 데가 있었다. 뭐랄까, 내 책을 읽어 주는 이들의 소중함과 그들에게 느끼는 고마움, 그 사람들에 대한 지극한 마음 같은 것을 새삼 깨우쳐 주었기 때문이다.

한 가지 더. 그에겐 십 년이 넘는 긴 세월 동안 가깝게 지내는 독자들이 있다. 정기적으로 안부를 묻고, 마음을 나누고, 그러므로 거의 친구라고 해도 좋을 독자들. 특별하고 놀라운 인연

이라고만 생각했는데 지금은 그것이 독자와 그, 그의 소설이 창
조한 어떤 고유한 세계처럼 느껴진다. 당연한 말이겠지만 그 세
계는 그가 쓰는 글과 닮았다.

4

이 글을 쓰면서 그에게 몇 가지 질문을 했다.

고백하자면 이 글을 쓴다는 핑계로 평소 내가 궁금했던 것을
물어본 것이다. 그중 하나는 왜 소설의 주인공 대부분이 십 대, 이
십 대의 여성이냐는 질문이었다. 그는 그들이 자신과 가깝기 때
문이라고 답했다. 인물이 자신과 멀다고 느끼면 글을 쓰기가 어
렵다고, 자신과 가깝게 느껴질 때 비로소 글을 시작할 수 있다고.

그 대답에서 십 대, 이십 대 독자들이 그의 작품에 깊이 감응
하는 이유를 어렴풋하게나마 짐작할 수 있었다. 아니, 그의 독자
들은 이미 알고 있을 것이다. 그건 그의 소설을 읽으면 어떤 식으
로든 알게 될 수밖에 없는 거니까. 오래전에 나 역시 그랬으니까.

나는 소설의 결말을 어떻게 결정하는지도 물었다. 소설이
마지막에 이르렀다는 걸 어떻게 알 수 있는지, 언제 마침표를 찍
게 되는지 궁금해서였다. 이 물음에는 조금 더 설명할 필요가 있
을 것 같다. 때때로 나는 소설을 쓰는 것이 서둘러 마침표를 찍
고, 이쯤에서 그만 문을 닫고 싶은 충동을 이겨 내는 일처럼 느껴
진다. 더는 쓰고 싶지 않고, 쓸 수 없다고 여겨질 때도, 한 문장씩
써나가야 마침내 납득할 만한 결론에 이를 수 있는 지난한 과정

처럼 느껴지기도 한다. 그런데 그의 소설은 늘 내가 짐작한 것보다 훨씬 더 멀리까지 가서 끝이 났다. 나는 그것이 어떻게 가능한지, 어째서 그렇게 되는지 알고 싶었다.

그는 의외의 대답을 했다. 소설의 결말을 미리 정해 놓지는 않는다고. 자신도 예상하지 못한 곳에서 이야기가 끝나는 경우가 있다고. 마침표를 찍을 뿐, 끝이라는 느낌을 주고 싶지는 않고. 많은 부분을 독자의 몫으로 남겨 두는 결말이 훨씬 많다고.

지금까지 쓴 소설 중에 가장 마음에 드는 결말이 무엇이냐는 질문에 그는 『이제야 언니에게』의 마지막 장면을 꼽았다. 한 해의 마지막 날, 제야가 제야의 종소리를 들으며 조각 케이크를 먹는 장면. 그 장면을 쓸 때 그는 제야와 함께 있는 느낌을 받았다고 했다.

그의 대답이 모두 연결되어 있고, 어떤 의미에서 다 같은 대답일 수 있다는 생각은 나중에 했다.

5

그는 쓴다.

자신과 멀지 않은 인물들을. 아주 가까이에서. 그가 그리는 인물들은 이 세계가 마냥 친절하고 상냥하지 않다는 걸 잘 안다. 그들은 때때로 상처받고, 얼마간 낙담하고, 깊이 좌절한다. 그럼에도 그들은 머물러 있는 법이 없다. 문을 열고, 또 문을 열고, 다시 문을 열고 다음 장면을 향해 나아간다. 소설은 필연적으로 앞으로 나아가는 것이니까. 그는 몇 걸음 뒤에서 그들을 따라간다. 그가 앞서는 경우는 없다. 그는 그들이 하는 선택을 지켜보면서, 그들이 내리는 판단을 존중하면서, 그들 뒤편에 머무른다.

그는 인물들을 신뢰한다.

그 힘으로 그의 인물들은 간다. 계속 갈 수 있다. 포기하거나 단념하지 않고. 끝이라고 확신할 수 있는 지점까지 나아가게 된다. 그리고 거기서 그들이 발견하는 것은 희망이다. 그건 구체적이고 선명한 희망의 모습은 아니다. 그러나 그렇기 때문에 미덥게 느껴지는 어떤 것이다.

그는 낙관론자다.

적어도 소설을 쓸 때만큼은. 그는 소설이 이 세계를 바꿀 수 있다고, 조금 더 나아지게 할 수 있다고 믿는 사람이다. 그건 그가 그리는 인물들이 언제나 어떤 희망이라 부를 수 있는 지점에 도달하기 때문만은 아니다. 희망과 절망, 낙관과 비관. 그건 둘 중 하나를 선택하는 문제처럼 보이지만 그렇지 않다. 그건 미리 정할 수 있는 문제가 아니고, 어느 쪽이든 다다르고 나서야 비로소 말할 수 있는 것이다.

그가 보여 주는 결말은 이쯤에서 그만 문을 닫고 싶은 충동을 이기면서, 손쉬운 희망을 내어 주고픈 유혹을 물리치면서, 흔한 낙관을 밀어내면서, 인물들을 앞서고 싶은 마음을 경계하면서, 어렵게 도달한 진실된 세계관처럼 느껴진다.

실은 그것이 오래전에 내가 그의 소설에 매료된 이유라는 걸 이제는 알겠다.

6

우리는 소설에 대한 이야기를 많이 하지는 않았다.

대체로 쓰는 일의 막막함과 마감의 부담감을 토로했고, 새 책이 나오면 축하를 건넸고, 인상 깊었던 책이나 영화에 대한 감상을 나눌 때도 있었는데 대부분의 대화는 크게 달라질 것 없는 일상 주변에 머물렀던 것 같다.

지난해 연말에 그를 만났던 기억이 난다.

내 책의 행사가 있던 날이었고, 그 행사의 사회를 맡은 그가 제주에서 올라온 거였다. 한파가 예보된 날이었다. 바람은 매서웠고 턱이 덜덜 떨릴 정도였는데 저녁을 먹으러 들어간 식당도 추웠다. 실내에는 계속 냉기가 감돌았고 음식은 빠르게 식었다. 매서운 추위와 식어 버린 음식, 어쩐지 어수선한 식당 분위기 탓에 나는 속이 상했고, 미안한 마음이 들었다.

그는 식사가 끝날 무렵 문득 이런 말을 했다.

한 해를 돌아보니 소설을 많이 쓰지 못한 것 같다고. 자신이 조금 게을렀던 게 아닌가 하는 생각이 든다고.

그가 웃으면서 말했고 나는 웃으면서 답했다. 그럴 리가 없다고, 그렇지 않다고. 이후 식당을 나설 즈음에야 그의 말속에 담긴 마음을 헤아려 볼 수 있었다. 늘 최선을 다한다고 하지만 그것만으론 충분하지 않고, 언제나 부족하고 모자라다고 여겨지는, 쓰는 사람의 마음을 나 역시 모르지 않기 때문이었다.

돌이켜 보면 항상 그랬던 것 같다.

    그는 늘 우리 사이에 눈에 보이지도 손에 잡히지도 않는, 그러나 우리가 매일 꿈꾸고 골몰하며 더 가까이 가닿길 바라는 소설이라는 세계가 놓여 있음을 떠올리게 하는 사람이었다. 그를 만날 때면 어떤 식으로든 소설에 대해 생각할 수밖에 없었다. 그러다 보면 대체로 막막하고 아득하게 느껴지는 이 일이 참 근사하고 멋지구나, 하는 생각도 하게 됐다. 그와의 만남은 소설을 쓰지 않았더라면 경험하지 못했을, 그러니까 소설이 내게 선사한 감동적이고 고마운 순간이었기 때문이다.

7

쓰는 일이 늘 기쁘고 좋을 수 없다는 걸 잘 안다. 그래도 그가 가능한 한 즐겁고 행복하게 썼으면 좋겠다. 그의 소설이 더 많은 독자를 만나고, 더 넓은 세계를 열어 주면 좋겠다. 거대한 순환처럼 그의 소설이 내가 발 딛고 있는 이 세상을 조금은 더 나은 쪽으로 이끌어 주었으면 좋겠다. 그 과정을 지금처럼 가까이에서 지켜볼 수 있다면 더할 나위 없이 좋겠다.
    그의 수상 소식을 전해 듣고 기뻤다.
    진영 선배님의 수상을 진심으로 축하드린다.

김혜진 • 2012년 『동아일보』 신춘문예를 통해 작품 활동을 시작했다. 소설집 『어비』 『너라는 생활』, 장편소설 『중앙역』 『딸에 대하여』 『9번의 일』, 『경청』, 중편소설 『불과 나의 자서전』 등을 펴냈다.

대상 수상 작가 최진영

자선 대표작

유진

문자메시지 도착 소리를 듣고 잠에서 깼다. 예전에 다녔던 미용실과 안경점에서 보낸 생일 축하 메시지였다. 이불 속에서 나와 창문을 열었다. 초겨울의 쌀쌀한 바람이 금세 방을 식혔다. 간단히 씻고 청소하는 동안 몇몇 친구들에게서 생일 축하 메시지가 왔다. 매번 잊지 않고 기억해 줘서 고맙다고 답장을 보냈다. 연말을 잘 보내자는 이른 인사도 덧붙였다.

황태와 미역 한 줌을 넣고 간단히 국을 끓여 먹었다. 해 질 무렵까지 컴퓨터 앞에 앉아 그날 써야 할 글을 썼다. 방이 거의 어두워졌을 즈음 컴퓨터를 끄고 스탠드를 켰다. 옷장에서 스웨터와 조끼와 점퍼를 꺼내 입은 뒤 겨울 외투를 들고 집을 나섰다.

세탁소에 겨울 외투를 맡기고 나오는 길에 전화를 받았다. 공미는 내 생일마다 전화를 했다. 생일이 아닌 날에 연락한 적은 없었고 내가 먼저 공미에게 연락한 적도 없었다. 내가 '연락을 하지 못해서 미안하다'고 말하면 공미는 '뭘 그런 말을 해, 내가 널 모르는 것도 아니고'라고 대답했다. 생일이면 공미의 전화를 기다렸고 공미는 반드시 전화했으나 전화가 오지 않는다고 서운할 것 같지도 않았다. 나는 공미의 생일이 8월의 어느 날이라고만 알고 있었다. 우리는 스물한 살에 만나 거의 이십 년 가까이 알고 지낸 사이였다. 이제와 '근데 네 생일이 언제지?'라고 물을 수는 없었다.

공미와 통화를 하며 집에서 멀어지는 방향으로 발걸음을 돌렸다. 일 년에 한 번 주고받는 연락은 매번 한 시간 넘게 이어졌다. 산책 중에 통화를 끝내고 집에서는 조용히 있고 싶었다. 공미는 아이와 남편 이야기를 했다. 새로 시작한 일에 대해서도 말했다. 공미에게 전할 수 있는 안부는 나에 대한 것뿐이고 지난 일 년은 이전과 별 차이가 없어서 나는 할 말이 없었다. 통화가 거의 끝날 무렵 공미가 물었다.

근데 너 기억해?

다음 말을 기다렸다.

유진 언니 있잖아.

잠깐 공미의 말을 알아듣지 못했다.

기억 안 나? 옛날에 우리 같이 알바 할 때 매니저 언니.

오랜 시간 밀폐되었던 병의 뚜껑을 비틀어 열면 냄새가 훅 끼치는 것처럼 그 시절의 향기가 먼저 떠올랐다. 그건 랑콤. 유진 언니의 향기. 랑콤 OUI.

알지, 그럼. 당연히 알지.

나는 약간 주저하며 중얼거렸다.

어떻게 그 언니를 잊어.

하지만 거의 잊고 살았다. 삼십 대를 지나며 유진 언니를 떠올린 적은 아마도 없을 것이다. 공미는 지난가을에 유진 언니의 장례식에 다녀왔다고 했다. 찬란한 햇살과 또렷한 단풍 때문에 자꾸 눈이 감기던 날이었다고 했다.

근데 있잖아, 언니는 나랑 드문드문 연락할 때도 아픈 내색을 전혀 안 했거든. 언니라면 그럴 만하다는 생각도 들고. 언니는 웃으면서 갔대. 아니, 언니가 결혼은 안 했는데 배우자는 있거든. 배우자가 장례식을 다 챙겼어. 되게 차분하고 속 깊은 사람 같았어. 조촐했지만 분위기가 좋았거든. 음악도 나오고 장례식 같지 않았어. 너 기억해? 사장님 아들 있잖아. 그래, 우리가 거북이라고 부르던 그 꼬맹이가 어른이 되어서…….

근데 넌 언니랑 계속 연락을 했구나.

나는 그렇게 중얼거렸다. 질문처럼. 깨달음처럼.

가끔 했지. 언니가 늘 반갑게 받아 줬어. 너처럼.

'너처럼'이라는 말을 듣고 잠깐 숨을 들이마셨다. 나의 죄책감을 공미가 알아채지 못하길 바랐다. '근데 그동안 나한테는 왜 언니 얘길 하지 않았어?'라고 물어보지도 못했다. 그날 밤 불을 끄고 이불을 덮은 채로 상상했다. 공미가 누군가에게 나의 부고를 전하는 상황을. '너 기억나?'라는 말과 함께 전해질 나의 마지막 안부. 부고를 듣고도 나를 전혀 기억하지 못하는 사람을 상상하다가 잠들었다. 그날 밤 아주 오랜만에 학교 옥상 꿈을 꾸었다.

그리고 매일 유진 언니를 생각했다. 강한 바람이 불어 가림막이 벗겨진 것처럼, 가림막 안에 놓여 있던 온갖 잡동사니가 바람에 휩쓸려 이리로 저리로 굴러다니는 것처럼, 따로 따로 굴러다녀 그전엔 보지 못한 부분이 더 눈에 띄는 것처럼, 유진 언니와 함께한 그 시절의 기억은 연속성 없이 개별적으로 세세하게 떠올랐다. 머리를 감다가 설거지를 하다가, 책장에 책을 꽂다가 빨래를 개키다가, 어두운 방에서 불을 켜기 직전에 문득 떠올랐다. 그러던 중에 오빠의 전화를 받았다. 뒤늦은 생일 축하에 이어 부탁이 있다고 했다. 괜찮다면 이나를 겨울방학 동안 보살펴 줄 수 있느냐고 물었다.

*

대입 원서를 쓰던 시기에 난 무기력에 빠져 있었다. 여러 대학의 커트라인을 살피고 원서를 넣고 논술과 면접을 치르는 과정을 다 해낼 의욕이 없었다. 나는 내 인생에 관심 없(는 사람처럼 보이고 싶)었고, 그런 것에 심드렁한 사람(처럼 보)이고 싶었(으나 사실 사람들은 나에게 별 관심이 없었)다.

　당시에는 특차 제도가 있었다.[1] 나는 나의 수능점수로 합격 가능한 대학에 원서를 넣었고 크리스마스 전에 합격 소식을 들

1　수능점수만으로 당락을 결정했으며 특차로 합격하면 정시모집에 원서를 낼 수 없었다.

었다. 그 겨울, 친구들은 바빴다. 여러 도시의 이러저러한 대학을 찾아다니며 논술과 면접을 치르는 동시에 운전면허증과 컴퓨터 자격증을 땄다. 펌과 염색을 했으며 다이어트를 시작했다. 쌍꺼풀이 없는 아이들은 실핀에 풀을 묻혀 눈두덩에 바르거나 쌍꺼풀 테이프를 붙여서 임시 쌍꺼풀을 만들었다. 화장품과 옷을 보러 다녔고 귀를 뚫었다. 오후에 만나 커피를 마시고 밤에 만나 술을 마셨다. 벼르다가 고백하거나 충동적으로 고백했다. 그리고 또 무엇을 했을까? 나는 거의 동네 밖으로 나가지 않았다. 부모님은 맞벌이였고 오빠는 입대했기에 낮에는 집에 혼자 있을 수 있었다. 나는 늦게 일어나 대충 밥을 먹었다. 비디오 대여점에서 옛날 영화 두어 편[2]을 빌려 와 봤다. 부모님이 돌아오는 저녁부터 부모님이 잠드는 밤까지 내 방에서 나가지 않았다. 밤이 깊어 거실이 조용해지면 주방으로 나가 뜨거운 우유에 믹스커피 두 봉지를 타서 다시 방으로 들어갔다. 달고 느끼한 커피를 마시며 라디오를 듣고 낙서를 했다. 어둡고 비관적이고 끈적끈적하다가 끝내 횃불처럼 타오르는 낙서였다. 우울감과 무기력은 내 몸을 통째로 받아들이는 안락한 소파였다. 우울감은 팔이 여럿인 시바 신처럼 쉬지 않고 나를 쓰다듬었다. 나는 매일 파괴되었으나 창조되었고 창조된 나는 파괴되기 전의 나와 다르지 않았다. 무의미하다는 생각뿐이었다. 기나긴 겨울이었다.

2   이를테면 키에슬로프스키 감독이나 타르콥스키 감독의 영화. 이해하며 보지는 않았던 것 같다. 그들의 영화를 보면서 아주 느리게 흘러가는 시간을 실감했을 뿐. 나는 그 정도의 속도로 내 인생이 흘러가길 바랐다.

낯선 도시에서 스무 살을 시작했다. 기숙사는 2인 1실이었고 나는 동급생과 같은 방을 썼다. 아침에 일어나면 '잘 잤느냐' 묻고 저녁에 만나면 '잘 지냈느냐'고 묻는 만큼만 우리는 친했다. 필수 교양수업을 듣는 사람들을 일주일에 두어 번 같은 강의실에서 만났다.[3] 나는 내 주위에 앉은 사람들의 이름을 몇 차례 듣고도 잘 외우지 못했다. '정말 미안한데 네 이름이 뭐였더라?'라고 물어보지도 못했다. 그중 한 사람이 무슨 말인가를 하다가 갑자기 정색하며 '너희, 우리 god 오빠들이 짱인 거 알지?'라고 당당하게 물었던 기억이 지금도 선명하다. 그때 나는 약간 놀라서 '그걸 내가 어떻게 알지?'라고 되물을 뻔했다. 머지않아 내 또래 서울 사람들은 말의 앞이나 뒤에 습관처럼 '알지?'라는 단어를 붙인다는 것을 알아챘다.

나는 혼자 수업을 듣고 밥을 먹었다. 공강 시간에는 도서관에서 책을 읽었다. 애매하게 아는 사람을 불쑥 마주치는 순간이 잦아지자 도서관이란 장소도 불편해졌다. 학교 곳곳을 돌아다니다가 혼자 있기에 가장 좋은 장소(대강의동 옥상)를 찾아냈다. 옥상 구석진 자리에 학교 신문을 깔고 앉아서 커피를 마시고 담배를 피우며 도서관에서 빌린 책을 읽거나 김밥을 먹었다. 시험기간이 다가오자 다들 한글 프로그램이나 워드 프로그램으로 리포트를 썼다. 난 컴퓨터가 없었다. 교내 공용 컴퓨터실은 늘 붐볐

---

3   처음 만났을 때부터 나를 제외한 사람들은 서로 친해 보였다. 입학 전 '오티'에서 만나
     친해진 사이라는 것을 나중에 알았다.

고 사용 시간에 제한이 있었다. 나는 색색의 볼펜을 사용하여 손 글씨로 작성한 리포트를 제출했다.

여름방학은 고향에서 보냈다. 이따금 중고등학교 친구를 만났다. 친구는 동아리, 엠티, 과 선배, 복학생, 미팅, 연애, 학회, 아르바이트 등에 대한 이야기를 하다가 '누구누구는 이제 눈썹도 잘 그리고 정말 어른이 되었다'고 말했다. 나는 여전히 할 수 있는 말이 없었다.

2학기가 시작되었다. 날이 추워질수록 대강의동 옥상에 머무르기가 힘들어졌다. 나는 옥상으로 올라가는 계단 끄트머리로 자리를 옮겼다. 그곳에는 녹색과 회색 계열의 청소 도구들이 가지런히 놓여 있었다. 청소 도구를 등지고 앉아 도스토옙스키의 소설을 거의 다 읽었다. 겨울방학이 시작되기 전에 다음 해 기숙사 추첨이 있었다. 내가 뽑은 종이에는 엑스 표시가 그려져 있었다. 아쉬운 마음은 조금도 들지 않았다.

2학년이 시작될 무렵 고향 친구와 돈을 합쳐 자취방을 얻었다. 친구는 근처의 유명한 대학교에 다녔다. 친구는 자취방에 책장과 책상과 컴퓨터와 옷장과 텔레비전과 냉장고와 밥솥과 기타 등등을 들여놓았다. 내 짐은 이불과 옷과 책 몇 권뿐이었다. 같이 방을 얻었지만 살림의 규모로 봤을 때는 내가 그 친구에게 얹혀사는 것만 같았다.

개강 뒤 다시금 옥상으로 올라가는 계단 끄트머리에 앉아 김밥을 먹으면서, 고향 친구들이 지난 일 년 동안 해냈다는 것들을 떠올렸다. 그중에서 내가 해야 하고 할 수 있는 것은 아르바이트

뿐이었다. 무기력의 잔잔한 노랫소리가 들려왔다. 정신을 차리기 위해 도스토옙스키의 인물을 생각했다. 무라카미 하루키의 인물도 생각했다. 나는 도스토옙스키의 인물에게 훨씬 매료되었지만 그렇게 살고 싶지는 않았다. 하루키의 인물처럼 살고 싶었다.

수업이 끝난 뒤 지하철역까지 걸어가며 상가를 둘러봤다. 아르바이트생을 구한다는 전단지가 곳곳에 붙어 있었다. 제일 먼저 편의점에 들어갔다. 지금 사장님이 안 계시니 전화번호와 이름을 남기면 연락을 주겠다고 아르바이트생이 말했다. 프랜차이즈 제과점에도 들어가서 묻는 말에 답하고 연락처를 남겼다. 제과점에서 멀지 않은 분식집에도 들어갔다. 김밥을 말던 어른이 여기는 낮에 일할 사람을 구한다고 했다. 문을 열고 나가려는데 그가 심드렁한 목소리로 나를 불렀다.

학생. 여기 이 층 레스토랑에서도 사람 구하던데 거기는 저녁에 일할 사람을 구할 거야. 생각 있으면 한번 올라가 보든가.

이 층으로 올라갔다. 입간판에 '베네치아'라고 적혀 있었다. 고향에도 '베네치아'라는 레스토랑이 있었다. 잘은 모르겠지만 인천에도 원주에도 전주에도 있을 것만 같았다. 곱씹어 보니 일자리를 구하겠다고 들어간 곳은 전부 고향에서도 본 상호였다. 베네치아의 유리문을 밀었다. 문 위에 달린 종에서 쟁그랑쟁그랑 소리가 났다.

카운터에 서 있던 여자와 눈이 마주쳤다. 그는 흰색 셔츠에 검은색 앞치마 차림이었다. 흰색과 검은색 머리카락이 뒤섞인 짧은 커트머리였으며 검은색에 테가 얇은 안경을 쓰고 있었다.

그날 본 사람 중 무라카미 하루키의 인물에 가장 가까워 보였다. 나는 나의 용건을 말했다. 그는 나이와 신분과 사는 곳과 아르바이트 경험과 일할 수 있는 시간 등을 물으며 메모했다.

근데 전공은 뭐예요? 뭘 공부해요?

그날 처음 들은 질문이었다.

학교는 재밌어요? 다닐 만해요?

나는 애매하게 웃었다. 그는 '대답을 듣지 않아도 네 사정을 알겠다'는 표정으로 내 웃음을 받았다.

사장님이 전화해서 몇 가지 더 물어볼지도 몰라요. 사장님 있을 때 다시 와서 면접을 봐야 할 수도 있고요.

사장님들은 전부…….

나는 작은 소리로 중얼거리다가 말끝을 흐렸다. 그가 내 눈을 바라봤다.

없어서요. 제가 오늘 다닌 곳마다 사장님은 없고…….

나는 또 말끝을 흐리며 어깨를 조금 으쓱거렸다. 평소에는 거의 하지 않는 행동이었다. 그런 식으로 행동한 내가 낯설고 어색했다. 그는 내 말을 늦게 알아듣고 짧게 웃었다.

우리 이름이 같아요.

그가 말했다.

근데 나는 이유진. 최유진 아니고.

나는 아아, 소리를 내며 고개를 끄덕였다. 아르바이트를 구하기 위해 가는 곳마다 내 이름을 알려 줬지만 내게도 자기 이름을 알려 준 사람은 베네치아의 이유진뿐이었다.

난 넉넉한 보배라는 뜻인데.

나의 대답을 기다리는 것 같았다.

저는 생각하는 별이요.

아.

농담이에요. 아름다운 별이에요.[4]

이유진은 내 농담을 듣고 웃지 않았다. 생각하는 표정을 지었다. 나는 머쓱해졌다. 베네치아에서 나온 뒤 더는 아르바이트 자리를 찾아다니지 않았다. 어디서든 연락이 오지 않을까 생각했고, 이왕이면 베네치아에서 연락이 오길 바랐다. 아직 일자리를 구한 것도 아닌데 큰일을 해낸 기분이었다. 학교로 돌아가 매점에서 삼각김밥과 컵라면으로 저녁을 때웠다. 도서관에서 밀란 쿤데라의 소설을 빌렸다. 집으로 가는 가장 먼 길을 골라 걸었다. 집 근처에 도착하고는 놀이터의 그네에 앉아 시디플레이어로 음악을 들었다. 유진이란 이름을 생각했다. 예전에도 이름이 같은 사람을 꽤 만났다. 나는 '유진'보다 '최유진'으로 불렸다. 작은 유진이라고 불린 적도 있다. 이름의 뜻을 물어본 사람은 처음이었다. 그동안 만난 유진들은 무슨 뜻이었을까? 우리도 서로를 인디언처럼 부르면 좋겠다고 생각했다. 아름다운 구슬. 동쪽의 빛. 지혜로운 돌. 무성한 열매. 찬란한 칼. 참된 마음. 넉넉한 보배. 핸드폰이 울렸다. 전화를 받았다. '베네치아'라고 했다.

---

4   하지만 나는 생각하는 별이고 싶었다. 별은 원래 아름다우니까.

베네치아의 아르바이트생이 되었다.[5] 나와 같이 홀을 담당하던 공미는 인근의 다른 대학 휴학생이었다.[6] 공미는 집중력과 승부욕이 대단해서 엄청 열심히 일했다. 일하는 틈틈이 공미는 베네치아에 관해 많은 것을 알려 줬다.[7] 베네치아에는 총 여섯 명의

5   월요일은 매장 휴무일이었다. 사장은 화요일부터 금요일까지, 저녁 다섯 시부터 열한 시까지 일해 달라고 했지만 나는 화요일과 목요일 수업이 다섯 시 삼십 분에 끝나서 그럴 수 없다고 대답했다. 이유진이 나서서 나의 출근 시간을 조정해 줬고 그로 인해 일어나는 불상사는 자기가 책임지겠다고 했다.

6   공미는 휴학 기간 동안 돈을 모아서 인도 여행을 다녀올 계획이라고 했다. 그런 식으로 계획을 짜고 실행하는 공미는 어른 같았다.

7   공미가 알려 준 것들: 1.공미가 아르바이트를 시작했을 때 앞서 오랫동안 일한 남자가 있었다. 그는 공미를 싫어했는데 그 이유는 우습게도 공미가 자기를 좋아한다고 착각했기 때문이다. 공미는 자기를 싫어하는 그와 잘 지내보려고 초콜릿을 선물했는데 그 바람에 그는 더 큰 착각에 빠져 버렸다. 하지만 걔는 처음부터 나를 싫어했어. 아마 학교 때문일 거야. 걔는 내가 다니는 대학에 지원했다가 떨어졌고 거기에 들어가려고 재수했다가 또 떨어졌대. 결국 원하지 않는 대학에 입학했는데 자기 학교 학생들과 급이 안 맞는다는 이상한 우월감에 빠져서 거의 자퇴할 지경이었다는 거야. 근데 자기가 가고 싶던 대학에 다니는 날 보고 배알이 꼬인 거라고 매니저님이 말해 줬거든. 남자는 공미가 잔꾀를 부리고 얌체 짓을 한다고 사장에게 계속 불평했다. 하지만 매장을 지키는 사람은 이유진이고 이유진은 공미가 어떻게 일하는지 알고 있었다. 공미와 남자의 대립은 이유진과 사장의 갈등이 되었으나 사장은 아르바이트생의 불만과 존속에 별 관심이 없었다. 결국 남자는 온갖 오해와 착각을 끌어안고 매장을 떠났다. 그런 과정을 겪으며 공미는 어른들이 말하는 '사내 정치'란 것을 간접 체험한 것만 같다고 했다. 2.이유진은 베네치아의 매니저다. 3.영업이 끝나고 뒷정리하는 시간까지 포함해 시급으로 챙겨 주는 곳은 별로 없는데 이유진이 투쟁해서 사장에게 그것을 얻어 냈다. 4.이유진은 사장의 동생이다. 5.사장은 인근의 편의점도 운영하는데 편의점 관리는 사모가 맡아서 하고 베네치아 관리는 이유진이 한다. 그럼 사장은? 사장은 편의점 건물 이층의 당구장에서 매일 당구를 치지. 당구장도 사장님 거야? 아니 당구장은 사장 남동생 거. 남동생은 당구장 사장인데 이유진은 어째서 베네치아 매니저야? 사실 이 건물이랑 편의점 건물이랑 전부 사장 엄마 거야. 사장 엄마는 아들들한테만 사장을 시키고 이유진한테는 오빠 밑에서 착실히 일하다가 결혼이나 하라고 그랬다는 거지. 결혼만 하면 뭐든 해주겠다고. 6.아주 가끔 이유진이 사장을 '야!'라고 부르면서 화낼 때가 있다. 그럴 땐 놀랄 것 없이 싸움을 구경하면 된다.

아르바이트생이 있었다.[8] 손님이 있을 때는 반드시 자기를 '매니저님'이라고 불러야 하지만 쉬는 시간이나 매장 밖에서는 '언니'라고 불러도 된다고 이유진은 말했다. 이유진은 품위 있는 말투와 자세를 강조했다. 목소리는 너무 낮지도 높지도 크지도 작지도 않게 일정한 톤을 유지할 것. 화장은 하지 않아도 좋지만 머리는 반드시 묶을 것. 유니폼에 이물질이 묻거나 구김이 생기면 당장 갈아입을 것. 발을 끌면서 걷는 것과 종종걸음 금지. 홀에서 잡담 금지. 큰 소리로 웃지 말 것. 일할 때 향수와 액세서리, 특히 반지 착용 금지. 손톱은 바짝 깎아야 하고 매니큐어 금지. 이유진은 뚜껑 없는 쓰레기통을 끔찍하게 여겼다. 이틀에 한 번씩 의자를 밟고 올라가 샹들리에와 조명의 먼지를 닦았다. 바짝 마른 행주를 탈탈 털어서 식기와 유리잔에 남은 물 얼룩을 말끔히 지웠다. 이유진은 치우고 닦고 정리하는 행위에 희열을 느끼는 것 같았다.

베네치아는 고급 레스토랑이 아니었다. 하지만 이유진은 고급 레스토랑의 분위기를 추구했다.[9] 그런 문제로 사장과 이유진은 종종 크게 다퉜다. 사장은 '장사 잘되는 식당'을 원했고 이

---

8   나와 같이 주중에 일하는 공미, 주말에 일하는 세영과 지란 언니와 원 오빠, 주방 보조 동주 오빠.

9   베네치아의 조명과 음악과 인테리어는 근처의 수두룩한 경양식집과 확실히 달랐다. 백화점에서 살 수 있는 유럽 브랜드의 식기를 사용했다. 늘 클래식을 틀었다. 음식 재료에도 돈을 아끼지 않았다.

유진은 '품격 있는 식당'을 원했다. 품격을 보여 줘야 품격을 챙길 수 있다고 이유진은 주장했다. 격식 있는 분위기를 갖춰 놔야 손님들이 무례하게 굴지 않는다고. 일하는 입장에서 손님의 무례 때문에 고생하는 것보다는 품격을 지키느라 고생하는 게 낫다고. 나는 이유진의 주장을 수긍했지만, 음식을 흘리고 침을 튀기고 욕설을 섞어 가며 왁자하게 수다를 떠는 사람들을 고급스러운 말투와 자세로 대하다 보면 민망한 순간도 없진 않았다. 이유진은 댄스곡을 틀어 놓고 막춤을 추는 야유회에서 혼자 진지하게 발레를 하는 사람 같았다.

이유진은 내 편의를 많이 봐줬다. 출근하면 내게 밥은 먹었느냐고 먼저 물었다. 당시 내게 그런 걸 매일 물어보는 사람은 이유진뿐이었다. 밥을 먹지 못했다고 하면 주방의 임 실장님에게 간단한 요리를 부탁해서 내가 밥을 먹고 일하게끔 했다. 나는 학교나 자취방보다 베네치아가 편했다. 주말 아르바이트생이 대타를 부탁하면 기꺼이 대신 일했다. 지칠 정도로 바쁘게 일한 날은 조금 짜릿하기도 했다. 응대하기 까다로운 손님이 있을 때는 이유진 매니저를 부르면 모두 해결됐다.

이유진은 확실히 매니저와 언니로 나뉘었다. 매니저 이유진은 아주 짧은 말로 상대의 기를 죽였고 잘못에는 인정을 베풀지 않았다. 매니저 이유진의 눈빛이 변하면 아르바이트생들은 바짝 긴장하면서 방금 전 자기의 말과 행동을 곱씹어 잘못을 찾아냈다. 우리는 매니저 이유진을 좋아하면서도 어려워했다. 언니 이유진은 친구 같았다. 고개를 끄덕이며 '그럴 수도 있지'란 말을 많이 했는데, 그건 매니저 이유진의 입에서는 절대 나올 수 없는 말이었다. 매니저 이유진과 언니 이유진을 가르는 가장 강렬한 잣대는 향수였다. 영업이 끝나면 유진 언니는 손목에 향수를 뿌려서 귀 뒤에 문질러 발랐다. 그 향기는 '유진 언니로 돌아오는 향기'였다. 언니는 매장 주방에서 야식을 만들어 주기도 했다. 일요일 밤이면 아르바이트생들을 모두 불러서 회식도 했다.[10]

회식을 하며 처음으로 칵테일 바에 가봤다. 회를 안주 삼아 소주를 마셔 보는 경험도, 치킨과 맥주를 같이 먹어 보기도, 공원에서 캔 맥주를 마셔 보기도 처음이었다. 마피아 게임과 눈치 게임도 처음 해봤다. 나도 모르게 '이런 건 처음이다'는 말을 많이 했나 보다. 바람이 쌀쌀한 늦가을의 일요일 밤, 매장 문을 닫고 야식을 먹던 중에 동주 오빠가 심각한 표정으로 '너 정말 대학생 맞느냐' '엠티도 안 가봤느냐' '친구들이랑 대체 뭘 하고 노는 거냐'고 물었다. 사람들은 내가 대학생 같지 않은 여러 이유를 대면서 나를 가짜 대학생으로 몰았다. 그들은 내가 모르는 나의 말투나 습관 같은 것을 흉내 내며 배가 아프도록 웃었다. 그들과 함께 웃으며 나는 며칠 전 강의실에서 들었던 대화를 떠올렸다.

쉬는 시간이었다. 서로의 얼굴과 이름은 알지만 친하다고

---

10   회식 비용은 언제나 언니가 계산했다. 우리는 언니가 계산하는 걸 당연하게 생각했다. 언니는 나이 많은 어른이고 사장의 동생이고 어쨌든 우리보다 돈이 많을 테니까.

할 수는 없는 동기들이 내 옆에 앉아서 이런 대화를 나눴다. 쟤 남자 친구 서울대 다니잖아. 진짜? 어떻게 만났대? 소개팅. 서울 대 다니는 애가 왜? 쟤가 그렇게 예뻐? 쟤 서초동 살잖아. 알지? 쟤 눈이랑 코랑 다 한 거잖아. 쟤 핸드백 한정판인 거 알지? 교수 가 들어오자 그들은 '끝나고 다시 얘기하자'고 했다. 나는 불편 한 감정에 사로잡혔다. 왜냐면, 그들의 대화가 유치하다고 생각 하면서도 '쟤 남자 친구 서울대 다니잖아'라는 말을 들었을 때 그들이 눈짓으로 가리키는 사람을 힐끔 바라봤으니까. 그렇게 예쁜가 생각했으니까. 그 연애가 오래갈까 의문을 가졌다가 서 초동에 산다는 말을 듣고 이상하게 이해가 됐으며 말도 안 되는 박탈감을 느꼈으니까. 그들의 대화는 나의 껍질을 자꾸 벗겨 냈 다. 자기들끼리 나누는 몇 마디 대화만으로, 모른 척하고 싶어서 아주 깊은 곳에 숨겨 둔 나의 근성을 눈앞에 드러냈다. 나는 그런 대화 속에 있고 싶지 않았다. 베네치아에 있고 싶었다. 돈가스와 파스타를 시켜 놓고 시끄럽게 떠드는 또래들에게 우아한 자세 로 서빙하고 싶었다.

웃고 떠들던 분위기가 잠시 가라앉았을 때 나는 담배를 피 우러 매장 문을 열고 나갔다. 계단을 내려가는데 종소리가 들렸 다. 뒤를 돌아봤다. 유진 언니가 나를 따라왔다. 담배를 피우면서 언니는 내게 대학 생활이 별로냐고 물었다. 다른 애들은 친구들 이 매장에 밥 먹으러 오기도 하는데 너는 그런 친구가 여태 없지 않았느냐고. 나는 친구가 없다고 말하는 대신 학교에서 들은 그 대화의 일부를 전하며 그런 애들과는 어울리고 싶지 않다고 말했다. 나는 안다고. 다정하고 상냥한 친구들이 언제든 돌변할 수도 있다는 걸. 그건 충격이나 배신이라고 말할 수도 없을 만큼 흔한 일이라고. 나는 사람 안 믿는다고. 분위기를 믿는다고.

하지만 안 그런 사람도 있을 텐데. 모두가 그럴 거라는 편견은 위험해.

알아요. 있겠죠. 어딘가에는.

내 말은, 친구가 꼭 필요한 건 아니지만 굳이 피할 필요도 없다는 거지. 너 여기서는 잘 지내잖아. 그럼 우리는 뭐야? 친구 아니야?

언니는 내 말을 오해하고 있었다. 나는 고등학생 때 제법 가깝게 지내던 친구와 있었던 일을 털어놨다.

*

공부도 잘하고 예쁜 무영은 인기가 많았다. 그만큼 무영을 아니꼽게 생각하는 아이들도 있었다. 나는 2학년 때 무영과 같은 반이 되었다. 무영은 첫날부터 내게 자연스럽게 말을 걸었다. 무영은 편견이나 어색함이나 방어를 모르는 사람 같았다. 무영은 내게 같이 자판기 커피를 마시러 가자고 했다. 체육 시간에는 손짓으로 나를 불러 같은 팀을 하자고 했다. 토요일에 학교가 끝나면 자기 집으로 놀러 가자고 했다. 나는 거의 끌려가다시피 무영과 가까워졌다. 나는 무영을 좋아하면서도 어려워했다. 무영이 내게 다정하고 친절한 이유를 찾아내려고 했다.

처음 무영의 집에 놀러갔을 때, 나는 무영의 방이 내뿜는 분위기에 완전히 압도당했다. 책상에는 문제집이나 교과서가 아니라 무라카미 류와 마르그리트 뒤라스의 소설이 책등을 보인 채로 펼쳐져 있었다.[11] 책상 구석에는 모서리가 나달나달한 작은 스케치북이 있었다. 스케치용 연필과 외국에서 산 것만 같은 파스텔 세트도 있었다. 무영은 리모컨으로 미니 오디오를 틀었다. 재즈 음악이 흘러나왔다. 방에는 천으로 만든 작은 텐트가 있었다. 텐트 속에는 노란 조명이 달려 있었고 책이 쌓여 있었다. 방의 구석에는 특이한 모양의 유리병이 나름의 규칙과 질서로 모여 있었다. 바닥에는 특이한 무늬의 카펫이 펼쳐져 있었고 창문에는 보석을 매단 것 같은 모빌이 달려 있었다. 무영은 내게 원두커피와 오렌지를 주면서 말했다. 『슬픔이여 안녕』의 주인공 세실은 아침으로 커피와 오렌지를 먹으며 담배를 피운다고. 세실은 우리와 또래라고. 무영은 담배에 불을 붙이며 보라색 작은 철제 통의 뚜껑을 열었다. 담배꽁초와 담뱃재가 들어 있었다. 무영이 내게 담배를 건넸다. 나는 주저하다가 담배를 받았다. 내가 담배 피우는 걸 어떻게 알았느냐고 물었다. 그냥 알았다고 무영은 대답했다. 그런 친구는 처음이었다. 원두커피도 오렌지도 처음이었다. 그 방에서, 어둠이 내릴 때까지, 무영과 나는 이상하고 지루한 사람들에 대해 얘기했다. 가끔 꾸는 악몽과 죽은 사람들에 대해 이야기했다. 천박한 어른과 한밤의 산책과 가끔 엄습하

11 『한없이 투명에 가까운 블루』와 『연인』이었다.

는 자해 욕구를 말했다. 없애 버리고 싶은 기억과 박제해 두고 싶은 기억을 조금씩 말했다. 그리고 좋아하는 것을 말했다. 매일 다른 날씨와 하늘, 구름, 햇살, 장마, 첫눈, 노을, 겨울철 별자리, 바람에 실려 오는 계절 향기. 그리고 마침내 사랑할 수밖에 없는 사람들. 그날 집으로 돌아가며 나는 약간 멍한 상태로 생각했다. 무영은 다른 친구들과도 이런 얘기를 나눌까? 이제 막 친해지기 시작한 내게 아무렇지도 않게 비밀을 털어놓는 이유는 뭘까?[12] 나는 무영에 관한 소문을 떠올렸다. 어떤 소문은 무영의 친구 입에서 나왔을 것이다.

이후에도 무영의 집에서 자주 놀았다. 무영은 자기가 읽은 소설이나 시를 얘기해 주기도 했다. 우리는 편지도 주고받았다. 나는 무영의 비밀 친구인 것만 같았다. 왜냐면 무영과 나는 늘 둘이서만 놀았으니까. 무영이 여러 친구와 함께 있을 때 나는 일부러 무영을 못 본 척했으니까. 여럿과 함께일 때 무영은 나를 그쪽으로 부르지 않았으니까.

여름방학이 끝나고 며칠 지나지 않아 무영은 결석했다. 담임은 무영이 맹장 수술을 해서 며칠 입원할 거라고 전했다. 나는 무영과 친하게 지내는 무리를 쳐다봤다. 마음이 불편했다. 무영이 낙태를 해서 병원에 있는 거라고 말하는 아이들이 있었으니까. 나는 소문이 조금씩 짙어지는 과정을 말없이 지켜봤다. 무영

---

12 그때 나는 우리의 대화를 '아주 은밀한 비밀'이라고 생각했다. 뒤늦게 무영은 그렇게 여기지 않았을 것이란 생각이 들었다.

은 이전에도 여러 악의적인 소문에 휩싸이곤 했다. 본드, 자해, 폭력, 가출, 담배와 술과 남자가 뒤섞인 소문. 소문은 언제나 과장이 심하다는 사실을 나는 잘 알고 있었다. 야자를 끝내고 밤늦게 집에 갔다. 씻고 나오는데 집 전화가 울렸다. 무영이었다. 너무 지루하고 심심하다고, 내일 토요일이니까 학교 끝나면 병원으로 놀러 올 수 있느냐고 물었다. 다음 날 나는 혼자 병원에 갔다. 무영은 반가워했다. 나는 무영을 살펴보며 생각했다. 무영은 정말 맹장 수술을 한 걸까. 무영은 어째서 오늘도 나만 따로 불렀을까. 그 많은 친구들은 왜 오지 않는 걸까.

무영이 학교로 돌아왔을 때 몇몇 아이들은 무영을 경멸하고 따돌렸다. 무영은 그들과 싸우지도 않았으며 소문의 내용을 알려고 하지도 않았다. 무영은 변함없이 지냈다. 말도 잘하고 잘 웃고 누구에게나 스스럼없이 다가갔다. 무영이 그렇게 다가가면, 무영을 경멸하던 사람이라도 무례하게 굴지 못했다. 무영의 분위기는 그걸 가능하게 했다. 나는 죄책감과 부담감을 동시에 가졌다. 사람들의 시선과 소문을 두려워하지 않는 무영의 태도에 두려움을 느꼈던 것도 같다. 계속 무영과 가깝게 지내면 나 역시 그런 소문에 휩싸일 것만 같았다. 담배를 피웠을 뿐인데 본드를 하는 아이로 소문이 날 것만 같았다. 나는 무영처럼 대처할 자신이 없었다. 나는 무영을 조금 밀어내는 시늉을 했고 무영은 바로 알아차렸다. 너도 별 수 없구나 생각하며 무영이 먼저 나를 버렸는지도 모른다. 그렇게 생각하면 마음이 조금은 편해진다. 나는 무영을 믿지 않았다. 분위기를 믿었다.

나는 나를 못 믿는 거예요. 분위기를 믿는 나를.

내 얘기를 들으며 언니는 담배를 세 대나 피웠다.

너 평소에 책 많이 읽어?

언니가 물었다. 나름 비밀을 털어놓았는데 뜬금없는 질문을 던지니까 허탈했다.

모르겠어요. 많이 읽는 편인지.

너는 작가가 될 거야?

당황스러웠다. 언니는 내가 이야기를 지어 냈다고 생각하는 건가? 그런데 무영은 그런 말을 했었다. 작가가 되고 싶다고. 까맣게 잊고 있었는데, 언니가 무영의 그 말을, 그 말을 할 때의 표정을, 그날의 빗소리와 샘이 나도록 아름답던 말투를 되살렸다.

그런 생각 해본 적 없어요. 한 번도.

나는 기분 나쁘다는 투로 말했다. 언니가 그렇게 물어서 억울했다. 어째서 억울했는지 모르겠다. 최선을 다해 감추던 욕망을 언니가 너무 쉽게 알아봐서? 무영이 작가가 되고 싶다고 했을 때, 그렇게 소리 내어 꿈을 말할 줄 아는 무영이 부러워서, 무영은 진짜 작가가 될 것만 같아서, 하지만 나는 절대로 그런 사람이 될 수 없을 것만 같아서 착잡했었다. 어쩌면 그때부터 나는 이미 무영을 조금씩 밀어냈던 건지도 모른다.

뭘 그렇게까지 싫어해. 생각해 본 적 없으면 한 번 정도는 생각해 봐.

언니는 너무 쉽게 말했다.

언젠가 그런 걸 글로 써보란 뜻이야.

그렇게 말하는 언니가 미웠다. 무영을 생각했다. 무영의 소식을 듣고 싶었다. 무영을 만나고 싶지는 않았다. 무영은 나의 죄책감을 비웃을 것만 같았다.

사람들과 매장을 정리하고 다 같이 길거리에 섰다. 다들 헤어지기 아쉬운 눈치였다. 공미가 장소를 옮겨 조금만 더 놀자고 말했다. 어디로 가면 좋을지 아무도 선뜻 정하지 못했다.

야, 너무 쌀쌀하다. 그냥 우리 집으로 가자.

유진 언니가 말했다. 우리는 편의점에서 술과 안줏거리를 사 들고 유진 언니를 따라 걸었다. 나는 언니의 방을 상상했다. 무영의 방이 떠올랐다. 이유진과 무영의 방은 정말 잘 어울렸다. 번화가를 지나자 작은 공원이 나왔다. 공원 너머로 주택가가 시작되었다. 주차 공간이 마땅치 않은지 갓길에 세워 둔 승용차와 트럭이 많았다. 차 한 대가 간신히 지나갈 정도로 길이 좁아서 차가 다가오면 주차된 차와 차 사이에 몸을 구겨 넣어야 했다. 오르막길이 시작될 즈음 언니가 걸음을 멈췄다. 비슷한 색깔, 비슷한 높이, 비슷한 모양의 집들이 다닥다닥 붙어 있었다. 혼자서는 도저히 찾아올 수 없을 것 같았다. 언니가 가방에서 열쇠를 꺼내 철문의 자물쇠에 꽂았다. 철문을 열었다. 이 층 양옥이 나타났다. 현관으로 가려면 돌계단 서너 개를 올라가야 했다. 언니는 내려갔다. 타다다다닥 계단을 내려가며 조용히 당부했다.

마지막에 들어오는 사람 철문 꼭 제대로 닫아.

언니는 지하의 문을 열었다. 그걸 반지하라고 할 수 있을까? 모르겠다. 완전히 지하였다. 어둠 속에서 유진 언니의 향기를 느꼈다. 언니가 스위치를 누르자 형광등이 잠깐 깜빡였다. 불이 완전히 켜지자 정면의 작은 싱크대가 보였다. 싱크대 옆에 미니 냉장고와 3단 선반이 있었다. 화장실 문은 활짝 열려 있었다. 언니는 사람들을 방으로 안내했다. 방에는 싱글 사이즈 침대와 협탁과 한 칸짜리 옷장이 있었다. 좁고, 깔끔하고, 적막하고, 고급스러운 향이 번지는 지하방이었다.

언니는 작은 교자상에 술과 안줏거리를 차렸다. 서로 무릎을 맞대고 앉아서 우리는 귓속말하듯 조용히 말했다. 소리 없이 웃었다. 지하인데도 발끝으로 걸었다. 어떤 얘기 끝에, 여기는 다 세 들어 사는 사람들이야, 집주인은 다른 동네에 살아, 하고 언니가 말했다. 공미가 기다렸다는 듯 물었다.

근데 언니, 언니는 왜 이런 데서 살아요?

이런 데가 어때서?

언니가 되물었다. 공미는 방을 둘러보며 말했다.

여기보다는 차라리 매장에 딸린 쪽방이 낫지 않아요? 여기는 진짜 언니랑 안 어울리는데.

이런 데가 어때서?

언니가 다시 물었다.

언니는 나이도 많고 집도 부자고 사장님이 오빠잖아요. 언니 엄마는 건물도 많다면서요.

나도 공미처럼 묻고 싶었다. 하지만 그런 질문은 언니와 나 둘만 있을 때 하고 싶었다.

여기도 사람 사는 데고 나한테는 소중한 방이야. 너 지금은 부모님 집에서 부모님 살림을 네 것처럼 쓰고 살지. 근데 거기에 정말 네 것이 얼마나 있을 것 같아?

공미는 반항하듯 대꾸했다.

저는 돈 많이 벌 거예요. 돈 많이 벌어서 일찍 독립할 거예요. 오피스텔에 살 거예요.

공미는 말하면서 다짐하는 것 같았다.

그래, 많이 벌어. 꼭 많이 벌어라. 근데 나도 여태 안 벌고 산 건 아니다, 공미야.

언니는 웃으면서 대답했다.

너와 나는 다르지. 너와 나는 다를 거야.

언니는 미래를 보는 사람처럼 시선을 깔고 중얼거렸다. 그러다가 공미를 똑바로 쳐다보며 물었다.

근데 너 인도 갈 거라며. 거기서도 그렇게 물을 거야? 왜 이런 데서 살아요, 왜 이렇게 살아요, 묻고 다닐 거야?

아니죠, 언니. 왜 그렇게 말해요. 내가 바보도 아니고 거긴 외국이잖아요.

공미가 재빠르게 대꾸했다.

글쎄, 그러니까, 거기와 여기가 무엇이 다르다고 나한테는 그런 질문을 하는지 내가 잘 모르겠어서.

그날 새벽 이유진의 집에서 나와 어두운 밤길을 걸으며 우리는 서로에게 서늘한 질문을 던져 댔다.[13] 만약 친구가 같이 방을 얻자고 하지 않았다면 나는 이유진의 집보다 좁고 어두운 곳에 살았을 수도 있었다. 나는 집 근처를 배회하다가 DVD방으로 가서 쪽잠을 잤다. 친구가 일어나 학교에 갈 시간까지 집으로 들어가지 않았다.

이후 이유진을 대하는 사람들의 태도는 조금씩 달라졌다. 매니저 이유진의 눈빛이 변해도 예전처럼 얼어붙지 않았다. 이유진의 꼼꼼함을 결벽증이라며 비아냥거렸다. 동경하며 배우려 했던 이유진의 품위 있는 말투와 걸음을 질 나쁘게 비웃었다. 흰머리와 검은 머리가 뒤섞인 이유진의 헤어스타일을 매력적이고 귀족적이라고 평했던 공미는 혹시 이유진이 돈이 아까워서 염색을 하지 않는 것 아닐까 의심했다. 언젠가 지란 언니가 고자질하듯 내게 말했다.

야, 이유진이 쓰는 향수 랑콤인 거 알아? 그거 한 병에 얼마짜리인지 알아?

지란 언니는 이유진이 그런 집에 살면서 그런 향수를 쓰면 안 된다고 했다. 그러니까 이유진이 발전이 없는 거라고 했다. 아주 통쾌하다는 듯 그런 말을 계속 했다.

---

13   형, 사장님 집 어딘지 알아요? 그럼 매니저님 월급도 알아요? 진짜? 왜 그것밖에 안 돼? 정말 가족 맞아? 근데 이유진은 그 돈 받으면서 왜 그렇게 열심히 일하는 거야? 이유진은 왜 결혼을 안 하지? 이유진은 왜 자꾸 회식을 잡는 걸까? 이유진은 왜 한참 어린 우리와 어울리는 거지? 설마 친구가 없나?

한 달이 지난 일요일 밤, 이유진은 평소처럼 회식을 잡았다. 원 오빠였던가, 지란 언니였던가. 이제부터 회식을 할 때는 회비를 걷자는 말을 꺼냈다. 그 말을 듣고 이유진은 그냥 너희끼리 회비 걷어서 놀라고 말한 뒤 혼자 집으로 가버렸다.

우리는 맥주를 마시면서 또 이유진 얘기를 했다. 이유진을 이해할 수 없는 이유를 끝없이 늘어놨다. 함부로 추측하고 과장했다. 나는 분위기를 느꼈다. 그것은 냄새처럼 열기처럼 우리를 휘감았다. 그것은 우리를 들뜨게 했다. 우리가 보고 듣고 느끼는 모든 것을 부풀렸다. 그 분위기를 이유진도 느꼈을 것이다. 이유진은 베네치아의 모든 것을 보고 있으니까. 이유진은 내가 애써 감추려는 욕망도 집어내는 사람이니까. 나는 겁이 났다. 속내를 너무 쉽게 드러내는 그들이 위험해 보였다. 그렇다고 이유진 편에 서고 싶지도 않았다. 나 또한 이유진을 도무지 이해할 수 없었으므로. 이유진은 우리를 크게 혼내야 했다. 돈으로 사람을 평가하는 멍청한 짓을 그만두라고 가르쳐야 했다. 그런 다음 우리의 분위기를 예전으로 되돌려 놓아야 했다. 이유진이라면 충분히 그럴 수 있을 테고, 그래야만 한다고 나는 생각했다. 왜냐하면 이유진은 우리 중 가장 어른이니까. 이런 상황을 다 알면서 아무 말도 하지 않는 이유진이 정말 미웠다.

베네치아는 학교보다, 자취방보다 불편한 곳이 되어 버렸다. 일을 그만두겠다고 말하자 이유진은 나를 물끄러미 쳐다봤다. 이유진의 눈빛을 다 받아 내면서 '너는 작가가 될 거야?'라고 묻던 그날의 이유진을 떠올렸다.[14] 아르바이트생들이 일요일 밤에 송별회를 하자고 했지만 나는 마다했다. 그리고 일요일 밤, 베네치아 근처 건물에서 이유진을 기다렸다. 퇴근하고 나오는 이유진의 뒤를 따라 걷다가 언니, 하고 불렀다. 유진은 고개를 돌려 나를 봤다. 그의 눈을 바라보며 한 번 더 언니, 하고 불렀다.

언니의 집으로 갔다. 침대에 등을 기대고 앉아서 많은 얘기를 나눴다. 대화가 잦아들면 담배를 피웠다. 연기를 내뱉으며 생각했다. 나는 분위기를 믿지. 분위기를 만드는 건 사람. 그럼 사람을 믿어야 하나? 믿는다는 건 대체 뭐지? 밤이 깊어 그 집을 나설 때 언니는 자기가 쓰던 랑콤 향수를 선물로 주면서 큰길까지 바래다주겠다고 했다. 나는 향수를 손에 꼭 쥐고 걸었다. 큰길이 보이자 나는 헤어지기 아쉽다고 했다. 집에 가고 싶지 않다고 털어놨다. 우리는 먹을거리를 사서 언니의 집으로 돌아갔다. 나는 언니의 잠옷을 입고 언니의 기초 화장품을 발랐다. 우리는, 다가오는 새벽처럼, 좀 더 밝은 이야기를 나누었다. 그래서 나는 언니를 이해하게 되었나? 그땐 아니었다. 아니었던 것 같다. 헤어지면서 언니는 '종종 연락해'라고 말하지 않았다. 나 역시 '또 놀러올게요'라고 말하지 않았다.

겨울방학은 고향집에서 보냈다. 3학년이 되었다. 학교 앞 고시원으로 짐을 옮겼다. 편의점 아르바이트를 시작했다. 더는 대강의동 옥상으로 올라가지 않았다. 사람들이 많은 곳에서도

---

14   이전에도 이후에도 내게 그런 질문을 한 사람은 이유진이 유일하다.

눈치 보지 않고 완벽하게 혼자일 수 있었다.

*

이나와 겨울을 보내면서 자주 이유진을 떠올렸다. 처음에는 기억 자체가 버거웠다. 부고를 들어서겠지. 생각을 거듭하다 보니 조금씩 맑아졌다. 맑은 기억은 일그러진 기억. 일렁이는 수면을 통해 물속을 바라볼 때처럼 울렁거렸다. 이나가 나의 방을 보고 '고모는 가난하니까 이런 데서 사는 거잖아'라고 말했을 때도 이유진을 떠올리지 않을 수 없었다.

이나와 찜질방에서 놀던 날, 삶은 계란을 먹으며 이나에게 물었다.

이나는 고모가 어른 같아?

고모는 어른이잖아.

이나 생각에는 몇 살이면 어른 같아?

음…… 몰라. 스무 살?

그렇구나.

근데 있잖아. 외갓집에 주찬미 언니가 있는데 그 언니는 고등학생인데도 어른 같아. 어른처럼 말해.

그래? 주찬미 언니는 어떻게 말하는데?

몰라. 그냥 어른같이 말해.

그렇구나.

응. 그리고 주찬미 언니는 어른처럼 웃어.

어른처럼 웃는 건 어떤 거야?

혼잣말하면서 안 웃는 것처럼 혼자 웃어.

그렇구나. 그럼 고모도 그렇게 웃어?

모르겠어. 고모는 주찬미 언니랑은 다르게 웃는데.

어떻게 달라?

고모는 그냥 막 웃잖아. 근데 고모, 강아지도 웃는 거 알아?

이나는 유튜브로 강아지 동영상을 찾아봐 달라고 했다. 이
나와 나는 핸드폰으로 웃는 강아지 동영상을 찾아보며 막 웃었
다. 서로에게 들리도록 말하면서 마음껏 웃었다. 나는 여전히 어
른스러운 게 뭔지 잘 모르고, 모르니까 긴장했다. 긴장했을 때 나
는 좀 더 이나를 신경 쓸 수 있었다. 이나 입장에서 생각할 수 있
었다. 최소한 어른이라고 이나를 무시하는 말이나 행동을 피할
수는 있었다. 어른스럽다는 건 아이 입장에서 생각할 수 있다는
뜻일까. 이십 년 전 나는 이유진을 이해할 수 없었다. 이유진은
나를 이해했을까? 그때 우리를 야단치지 않았던, 우리를 지켜만
보던 이유진의 마음을 이제는 조금 알 것도 같은데……. 마흔 살
의 이유진과 마흔 살의 내가 대화할 수 있는 방법은 없을까. 공미
가 이유진과 연락하며 지냈다는 사실은 여전히 놀랍다. 공미는
하고 나는 하지 않는 차이를 생각하면 까마득해진다.

*

겨울방학이 끝나기 며칠 전, 이나는 아빠의 차를 타고 웃으며

돌아갔다. 나는 다시 혼자 남았다. 그리고 여전히 유진을 생각한다.

2023년 제46회 이상문학상 작품집

2부

우수작

김기태 金起台

2022년 『동아일보』 신춘문예를 통해 작품 활동을 시작했다.

세상 모든 바다

당신은 '세상 모든 바다'의 팬입니까.

아무나에게 괜히 물어보고 싶다. 하지만 내가 대답할 수 없는 질문을 다른 사람에게 해도 될까. 질문을 하기 전에 내가 누구인지부터 밝히는 게 옳을지도 모른다. 나는 '하쿠'라고 합니다. 그런 소개부터 한다면 어떨까. 내가 일본인인 것을 알면 사람들은 더 너그러워질 수도 있다. 물론 반대의 경우도 많았다.

나는 그날 잠실에 모인 13만 명 중 한 명이었다.

이것은 틀림없는 사실이다. 내가 하쿠라는 것은 부분적으로는 사실이 아닐 수도 있다. 그러나 내가 다섯 달 전 여름에 잠실에 갔던 것은, 그곳에서 백영록과 만난 것은 어떻게 보아도 사실이다. 그러니까 거기서부터 출발하는 게 좋을 것 같다.

나는 그날 잠실에 모인 13만 명 중 한 명이었다.

서울에서 유학 중이었으므로 잠실주경기장에 가는 것은 어려운 일이 아니었다. 지하철로 단지 삼십 분. 콘서트 티켓은 없었다. 구하려는 시도도 하지 않았다. 경쟁이 치열하기도 했지만, 나는 공연을 꼭 눈앞에서 볼 필요는 없다고 생각하는 편이었다. 한국에서 흔히 '안방 덕후'라고 부르는 타입. 마침 서울이니 산책 삼아 경기장 바깥의 공식 매장이나 플리 마켓에서 굿즈라도 하나 사두려는 가벼운 마음이었다.

그날 티켓 없이 잠실로 향한 게 나뿐만은 아닐 것이다. '세상 모든 바다'였으니까. 世界全ての海. ALL THE SEAS OF THE WORLD. 한국 팬들은 주로 '세모바'로 칭했고, 글로벌 팬들도 그 이니셜을 따 'SMB'로 부르곤 했다. 세모바는 방탄소년단 이후 가장 성공적인 케이팝 그룹이었다. 빌보드 매거진은 '그녀들은 걸 그룹의 한계를 넘어 케이팝을 다시 발명했다. 역설적이지만 케이라는 접두어는 더 이상 필요하지 않다'라고 평가했다. 뉴욕에서 출발해 리우데자네이루와 파리, 두바이와 싱가포르를 거친 첫 번째 월드 투어의 마지막 공연이 바로 서울이었다.

그리고 공연 며칠 전부터 트위터에서 돌던 소문이 있었다. 첫 투어 종료를 기념하여, 티켓을 구하지 못한 팬들을 위해 경기장 바깥에서 게릴라 라이브를 할지도 모른다는 소문. 참 세모바다운 아이디어이긴 했다. 그녀들은 늘 모든 팬에게, 아니 모든 사람에게 닿기 위해 노력했으니까. 하지만 분명히 해두어야 한다.

나는 그 소문을 믿진 않았다.

8월의 한국은 일본 못지않게 무덥고 습했다. 하늘은 곧 비가 쏟아질 듯 흐렸지만 경기장 주변은 활기찼다. 입장을 기다리며 경기장을 에워싸고 있는 팬들. 기타를 치며 노래를 부르거나 핸드메이드 굿즈를 늘어놓고 파는 팬들. 이런저런 주장을 담은 선전물을 나눠 주는 팬들……. 이 모두를 취재하기 위해 온 기자들, 핫도그나 우비를 파는 상인들조차 들떠 보였다. 외국인도 대단히 많았다. 물론 나도 외국인이었지만, 나보다 '더 외국인'이 잔뜩이랄까. 우습지만 그런 긴장이 있었다. 월드 투어 공연장마다 설치되는 거대한 풍선 지구본을 실물로 마주하니 기대 이상으로 설렜다. 13만 명이었다. 무엇을 위해 모였든, 사람이 그 정도로 많으니 현장에 있다는 것만으로 벅차오르는 게 있었다.

세모바를 아이돌이라고 부르는 건 역시 부당하다고 생각했다. 그때의 잠실은 록페스티벌, 혹은 굉장히 평화롭고 즐거운 집회 현장처럼 보였다. 타임지의 말대로, 세모바는 블랙핑크만큼 매혹적일 뿐 아니라 U2만큼 사회적인 그룹이기도 했으니까. 'Roses are red, Violets are blue, and I am who I am'이라는 문구가 적힌 티셔츠를 입은 사람들도 많이 볼 수 있었다. 오래된 시를 비틀어, 인종과 무관하게 당당해지라는 메시지를 담은 세모바의 데뷔곡 가사. '장미는 붉고, 제비꽃은 푸르고, 나는 나다'. 인파 속을 걸으며 나는 차별금지법 제정을 지지하는 배지와 폐식용유로 만든 재생비누 샘플을 기꺼이 받아 들었다. 아프리카기아문제에 개입을 촉구하기 위해 스티커를 붙였고 얼마간의 기부금을 통에 넣었다.

잠실에 모인 이들은 인권과 환경에 대하여 세모바가 보여 준 꿈을 나누고 있었다. 누군가 '88올림픽 이후 잠실이 가장 세계적인 순간'이라고 트윗을 올렸던 것이 기억난다. 88은 군사정권이 꾸며 낸 꿈이었지만, 지금의 잠실은 자발적으로 이뤄 낸 것이기에 아름답다는 의견이 수만 번 리트윗 되기도 했다. 나는 90년대에 일본에서 태어났으므로 한국의 88에 대해서는 아무것도 몰랐다. 하지만 세계와 연결되어 있다는 그 감각에는 분명 공감하고 있었다. 그룹의 테마대로, 세상의 모든 바다는 이어져 있다는 사실을 실감했달까.

굿즈 숍에서 세계지도가 그려진 플래그를 고른 것은 그래서였다. 아무래도 그것이 그룹을 가장 잘 상징하는 기념품 같았다. 가로 120센티미터, 세로 90센티미터의 미색 세계지도에, 호주의 대산호초나 멕시코의 바키타 돌고래처럼 위기에 처한 자연 유산과 동물이 곳곳에 귀엽게 그려져 있었다. 게다가 천연 염색을 사용한 친환경 면직물. 깃대는 포함되지 않았는데 왜 상품명이 '플래그'인지는 의아했지만 상관없었다. 밖에서 흔들 계획은 없었으니까. 이미 대부분의 상품이 품절된 후였고, 그건 플래그 중에서는 마지막으로 남은 것이었다. 가격표를 만지작거리고 있을 때 누군가 말을 걸었다. 그러니까 이것이 백영록이 내게 처음 건넨 말이다.

"그거 사실 거예요?"

내가 그렇게 열렬한 '덕후'는 아니라고 스스로 여겨 왔기 때문인지도 모르겠다. 나는 반사적으로 플래그를 내려놓으며 말했다. "아뇨, 아뇨. 괜찮습니다"라고. 약간은 당황했고, 글쓰기에 비해 발음은 아무래도 서투르니까, 영록의 귀에는 '겐찬수무

니다'쯤으로 들렸을까. 작은 키에 까무잡잡한 얼굴의 소년이었
던 영록은 말했다.

"오, 혹시 외국인? 일본인이에요?"

이런 질문은 내게 꽤 까다로운 것이었다. 나의 부모님은
모두 재일 교포 3세다. 나는 스물두 살 때 자이니치在日 4세가 되
는 것을 포기하고 일본 국적을 취득했다. 나로서는 그러지 않을
이유가 없었고, 부모님도 반대하지 않았다. 재일 한국인에서 한
국계 일본인으로 변신한 셈인데, 이러나저러나 '그런데'라는 단
어가 자주 필요했다. '일본인이야. 그런데……' 혹은 '한국인이
야. 그런데……'. 언젠가부터 그런 설명이 귀찮았다. 알지도 못
하는 사람에게 배신자 취급을 당하기도 했다. 한국에서도 아주
일본인인 편이 차라리 나은 대접을 받았겠다 싶은 적이 몇 번 있
었다. 어쨌든 법적으로는 일본인이었고 태어나고 자란 곳도 일
본이므로 그냥 이렇게 대답하기로 했다.

"Yes. I'm from Japan."

솔직히 말해서 한국어로 대답하면 대화가 길어질 것 같았
다. 영록의 첫인상은 썩 좋지 않았다. 투박한 운동화와 어정쩡한
핏의 청바지. 스포츠 브랜드의 로고가 커다랗게 박혀 있는, 땀에
젖은 티셔츠. 올려 멘 백팩. 도수가 높아 보이는 안경. 어째서 세
계 오타쿠들의 패션은 같은 방향으로 수렴하는 거야, 라고 나는
속으로 조금 웃었다.

"마이 네임 이즈 백영록. 나이스 투 미 츄!"

대뜸 통성명을 해서 무엇을 하자는 것인지 의아했다. 어쨌

든 일본인으로 행동하기로 마음먹었으므로 나는 나를 '하쿠'라고 소개했다. 그건 이름도 아니고 성이었다. 아버지가 물려준 '백白'이라는 성을 일본식으로 음독한 나의 성. 나중에야 든 생각이지만 영록의 성도 같은 한자일지 모를 일이다.

영록은 플래그를 집어서 내게 들이밀었다.

"아이 캔…… 기브 디스 포 유. 비코즈 유 아 포리너. 유 프롬…… 파 파 플레이스."

애초에 일본은 '파 파 플레이스'도 아니고. 나는 동대문구에서 자취를 하고 있었기에 그를 속이는 기분이 들었다. 하지만 그가 금세 옆에 진열되어 있던 수건 세트를 집어 들었기 때문에 그냥 플래그를 받아들이기로 했다. 내가 그의 수건 세트를 가리키며 "Are you okay?"라고 묻자, 그는 대답했다.

"오케이. 투 미 굿. 투 마이 마더 굿. 디스 이즈 굿 기프트!"

영록은 너무 들떠서 그 들뜸을 누군가와 공유하지 않고는 참을 수 없어 보였다. 계산을 기다리는 줄에서 그는 서툰 영어로 이것저것을 떠들었다. 나의 나이를 물었고, 내가 스물여섯이라고 하자 자기는 열여섯이라며 "유 아 마이 형" 하고 큭큭 웃었다. 일본 어디에서 왔느냐는 질문에 나는 그냥 나가사키라고 대답했다. 사실은 그 옆 동네지만, 정확히 말해도 그가 알 것 같지 않았다. 영록은 "아이 원트 투 이트 나가사키 짬뽕" 같은 소리를 하다가, 묻지도 않았는데 자신이 어디서 왔는지 말했다.

"아임 프롬 해진. 유 노 해진군? 경상북도?"

평범한 외국인이라면 해진군을 당연히 모를 것이다. 보통의 한국인들에게조차 낯선 곳일 수 있으니까. 하지만 세모바의 팬이라면 제법 익숙한 지명이었다. 해진은 그룹의 곡에 영감을 받은 팬들이 소셜미디어에서 탈원전 캠페인을 벌였던 네 곳 중 하나였다. 브래드웰, 홍옌허, 바라카, 그리고 해진. 당장의 탄소 배출량이 적다 한들, 멀리 봤을 때 원전은 대안이 될 수 없다는 공감대가 팬들 사이에서 굳게 형성되어 있었다. 나 역시 수차례 '마음에 들어요'를 누르고 리트윗을 했다. 팬덤으로부터 촉발된 운동은 폭넓은 지지를 얻었고, 특히 영국과 한국 정부는 큰 선거를 앞두고 시민들의 요구를 진지하게 받아들이고 있었다. 후쿠시마 사고의 여파도 재조명되면서, 적어도 브래드웰과 해진의 원전 건설 계획은 취소될 확률이 높아 보였다. 전면 재검토 중이라는 기사도 났다. 그건 세모바가 실제로 세상을 더 나은 방향으로 이끌 수 있다는 증거 중 하나였다.

나는 영록이 그 이슈로 인해 팬이 되었을지도 모른다고 짐작하며, "Town of a nuclear plant?"라고 물었다. 하지만 영록은 그 사실을 잘 모르는 듯, "왓?"이라고 되물었다.

"음…… 해진 해브 씨. 델리셔스 씨푸드. 유 머스트 컴 앤 트라이!"

나는 스마트폰을 꺼내 '#Save_My_Bada' 태그가 달린 여러 트윗을 영록에게 보여 주려다 그만두었다. 트위터를 하지 않느냐고 묻자 그는 대답했다.

"노 트위터. 트위터 이즈 디피컬트…… 아이 뱅뱅. 헤드 뱅뱅."

신기했다. 그룹에 관한 가장 빠른 소식. 여러 의견 교환, 수

많은 캠페인과 챌린지들은 모두 트위터가 중심이었으니까. 세모바는 기획 단계에서부터 소셜미디어를 적극적으로 이용한 그룹이었다. 이 아이는 어떻게 팬을 하고 있는 걸까. 유튜브 직캠이나 반복 재생하는 '얼빠' 중 하나라는 의심. 아니면 음습한 움짤이나 모으는 녀석이려나. 그건 그룹을 지지하는 온전한 방식은 아니라고 생각했다. 내가 플래그를 차지한 것이 덜 미안해졌다.

계산을 마치고 나와서, 영록도 티켓이 없다는 사실을 알게 됐다.

나 자신도 티켓이 없었으면서, 참 이상하지만 당연히 영록이 콘서트를 보러 온 줄 알았다. 가본 적이 없었으므로 정확히는 알지 못했으나 해진은 경상북도의 어디였고, 분명 먼 곳이었다. 수 시간 버스나 열차를 타야 하는. 아마도 환승이라는 번거로운 일도 해야 하는 곳.

우습지만 더 놀란 쪽은 영록이었다. 내가 콘서트 티켓도 없이 일본에서 잠실까지 온 줄 알았으니까. 나는 서울 여행을 하다가 들렀다고 대충 둘러댔다. 왜 여기까지 왔느냐는 나의 물음에 영록은 이렇게 말했다.

"세임 플레이스, 아이 캔 리슨. 잇츠 굿. 비코즈 아이 라이크 디스 그룹. 이즌트 유? 두유 라이크?"

영록은 자신이 대답할 수 있는 질문을 나에게 했다.

Like. 好きだ. 좋아하다. 그 말들의 의미를 나는 요즘 새삼스레 고민하곤 한다.

아이돌에 처음 관심을 가진 건 중학생 때였다. 일본 학교를 다니고 있었지만 그때는 '하쿠'가 아니라 '백'이었고, 그다지 인기는 없었다. 어두운 녀석이라고 몇몇은 수군거렸을지도 모르겠다. 음악 방송에서는 귀여운 내 또래 애들이 명랑하고도 상냥한 노래를 불렀는데, 나는 어쩐지 자주 그것을 보고 듣게 되었다.

나만큼이나 인기가 없던 친구를 따라 후쿠오카에서 열리는 라이브에 간 적이 있다. 지하 소극장에는 한국인들이 상상하는 그대로의 일본 오타쿠들이 잔뜩 있었다. 그들은 좋아하는 멤버의 이름이 적힌 머리띠를 매고 땀을 흘리며 야광봉을 흔들었다. 종종 수건으로 얼굴의 땀을 닦았는데, 그 수건도 굿즈라서 차마 겨드랑이는 닦지 못하는 듯했다. 지하의 쾨쾨함이 그들이 뿜어 내는 습기 때문인가 싶을 정도였다.

전주나 간주에서 오타쿠들은 그들 사이에서 전해 내려오는 구호를 열렬히 외쳤다. 일본에서는 그걸 믹스라고 하는데, 실제로 들어 본 것은 나도 처음이었다. 가장 시끄러웠던 것은 '가치코이코죠ガチ恋口上'라고 부르는 믹스였다. 번역하자면 '진짜 사랑 고백'쯤으로, 시작 부분은 이랬다.

"말하고 싶은 게 있어(いいたいことがあるんだよ), 역시 ○○는 귀여워(やっぱり○○はかわいいよ), 좋아 좋아 정말 좋아 역시 좋아(好き好き大好き, やっぱ好き)……"

이 녀석들 진짜네, 소문의 혼모노本物네, 라는 느낌. 도무지 어울리기 어려운 광경이었다. 라이브가 끝나고 쉰내 나는 오타쿠들 틈에 섞여 극장을 나올 때, 나는 지나가던 여고생이 수군거리는 소리를 들었다.

"키모이‍ㅋㅌ‍ᄂᄂ‍……."

기분이 나쁘다는 뜻이다. 요새 한국말로는 '극혐' 정도일 것
이다.

나는 그 키모이한 오타쿠들 중 하나가 되고 싶지 않았다. 나
는 열다섯 살이었고 여자 친구를 사귈 수 있을지가 인생 최대의
고민이었으니까.

고등학생이 되었을 때쯤 케이팝이 인기를 끌기 시작했다.
쉬는 시간이 되면 블랙핑크나 트와이스 같은 그룹의 뮤직비디
오를 스마트폰으로 보는 아이들이 꽤 많았다. 주로 귀여움을 판
매하는 일본의 걸 그룹에 비해 케이팝의 그녀들은 더 유능하고
당당해 보였다. 멋있는 프로페셔널로서 지지할 수 있는 느낌. 여
자애들도 케이팝 걸 그룹에는 훨씬 호의적이었고, 나도 덜 부끄
럽게 팬이 될 수 있었다. '백'이라는 나의 성이 좋은 의미의 개성
으로 주목받는 느낌이 들기도 했다. 자신감이 생겨서인지 드디
어 첫 연애도 하게 되었다. 클래스메이트인 그녀도 케이팝 팬이
었다. 자꾸 나에게 가사를 물어보는 바람에 나는 밤마다 한국어
를 공부해야 했다. 사람들은 내가 부모님께 한국어를 배웠을 거
라 짐작하지만, 아버지도 어머니도 한국어를 거의 하지 못한다.

그녀에게는 일 년도 못 되어 차여 버렸지만, 나는 한국어를
꽤 읽고 쓸 수 있게 되었다. 달리 잘하는 것이나 하고 싶은 것도
없었으므로, 일본의 대학에 있는 한국어과에 진학했고, 케이팝
도 계속 듣다 보니, 한국의 대학원으로 유학도 오게 되었다, 그런

시시한 이야기다. 대학원 면접을 볼 때 '향후 양국의 문화 교류에 기여하는 가교가 되고 싶다'고 말한 건 아주 거짓은 아니었지만, 솔직히 '향후'나 '가교' 같은 단어를 사용할 수 있다는 걸 알리려는 의도가 컸다. 교수님은 '부모의 나라'에 와서 '뿌리를 찾으려는' 것이 기특하다고 말했다. 차라리 케이팝을 좋아해서 한국에 왔다는 쪽이 사실에 가까울 것이다.

나는 대학원 환영회에서 고기를 굽고 술을 마시며 정직해지기로 마음먹었다. 내가 좋아해 왔던 한국 걸 그룹들, 그리고 몇몇 보이 그룹의 이름을 이야기하자 모두 신기해했다. 대개는 그들조차 잘 모르는 그룹이었으니까. 동료들은 술잔을 주고받으며 문화산업의 중요성에 관해 토론했고, 어느새 나는 케이팝의 우수함과 그로 인한 세계적 흥행을 증명하는 사례가 되어 있었다. 이왕 이렇게 된 거, 확실하게 점수를 따려 했다. 2차로 간 노래방에서 마이크를 잡았다. 몇 사람은 들어 본 적이 있을 법한 곡으로. "너어는 내에 맘 모루지 (민나 잇쇼니!) 아-츄! 널 보몬 재채기가 나올 것 같아." 사람들은 폭소했고 나는 만족했다.

박사과정이었던 한국인 선배와 잠시 밖에 나와 담배를 피우는데, 교수님들이 빠진 뒤부터 급히 취기가 오른 듯한 그가 혼잣말처럼 중얼거렸다.

"하쿠 상은 좋겠다. 좋아하는 거 다 말할 수 있어서."

무슨 이야기인지 되묻자, 그는 대답했다.

"내가 걸 그룹 좋아한다고 하면 사람들이 두 가지로 반응한다? 첫째는 '네가 여자가 없으니까 그러지'고, 둘째는 '네가 그러니까 여자가 없지'야."

그는 범행을 모의하듯 목소리를 낮춰 덧붙였다.

"이건 비밀인데, 나도 러블리즈 좋아한다."

그는 지하 노래방으로 향하는 계단을 위태롭게 내려가며 "러블리즈가 좋다…… 수정이가 세상을 구한다……" 같은 말을 중얼거렸다.

그와 나는 다른 사례로 취급되었을까. 그 후로 아침에 공부방에 가면 동료들이 종종 "하쿠 상 어젯밤에 뭐 했어? 또 걸 그룹 영상 봤어?"라고 놀리곤 했다. "얼마나 덕질을 했으면 한국어를 이렇게 잘해?" 같은 말도 자주 들었다. 동료들의 머릿속에서, 나는 그 키모이한 오타쿠들과 비슷한 존재인 것이 아닐까 걱정됐다. 나는 그런 사람이 아니라고 말하고 싶었고, 만약 그런 사람이라면, 그런 사람이라는 걸 감추고 싶었다.

그즈음 '세상 모든 바다'가 동명의 리얼리티 프로그램과 함께 공개되었다. 그런 식의 데뷔는 드문 일은 아니었다. 다만 그 프로그램은 버라이어티라기보다는 다큐멘터리였다. 선공개된 열한 개의 콘텐츠는 멤버 열한 명 각각의 이야기를 담고 있었다. 아홉 살 때 청력의 반을 잃었지만 춤을 멈추지 않은 송희, 후쿠시마 출신이라는 이유로 세 번이나 전학을 해야 했던 카스미, 독일에서 태어난 쿠르드족 소녀 레하나. 원유 유출 사고로 검게 변한 바닷가에서 자란 발디비아…….

데뷔 싱글인 「우리 사이의 바다가 푸른 소식을 전할 수 있게」는 아름다운 곡이었다.

여섯 개 대륙 열한 곳의 해변을 담은 뮤직비디오에는 세계를 더 나은 곳으로 만들겠다는 의지. 그리고 그럴 수 있다는 낙관이 넘실거렸다. 한국에서 흔히 '국뽕'이란 말을 사용하지만, 그 노래를 들으면 '세계뽕' 혹은 '인류뽕'이 차올랐다. 아이비리그 출신으로 한국 굴지의 엔터사에서 빠르게 임원이 된 그 프로듀서는 말했다. 선도적인 문화콘텐츠로서 케이팝은 이제 '공존'이라는 시대적 화두에 답해야 한다고.

어떤 사람들은 왜 꼭 그들이 십 대 후반에서 이십 대 후반의 여성이어야 하는지, 열한 명 중에 아프리칸은 한 명뿐인데 아시안은 일곱 명이나 되는지를 문제 삼았다. 하지만 르몽드에서 '세계의 문화적 헤게모니가 여성-아시안으로 이동했다는 증거'라고 말했듯, 오히려 그 점이 높이 평가되기도 했다. 실제로 멤버들은 인종과 무관하게 모든 대륙에서 고르게 사랑받았고, 여성 팬들의 지지가 더 뜨거웠다. 진정성을 의심하던 사람들도 그들이 가사를 어떻게 쓰는지, 소셜미디어에서 어떻게 소통하는지, 수익을 어떻게 사용하는지를 보며 하나둘 설득됐다. 그들은 아름다웠고, 유능했고, 심지어 옳았다.

오래전부터 축적된 케이팝의 팬덤 조직문화는 세모바에 이르러 결실을 맺은 것처럼 보였다. 빛나는 순간들. 샌프란시스코 도심을 행진하던 성소수자들 속에도. 홍콩 코즈웨이베이의 시위대 속에도 팬들은 있었다. 그들이 그룹의 곡을 제창하는 영상은 천만 회 이상의 조회수를 기록했다. 해수면상승 문제를 겪고 있는 투발루에서의 팬 플래시몹은 미국와 유럽의 주요 언론 매체에 크게 보도되었다. 내 기억에 가장 깊게 남은 것은 예루살렘에서 두 소녀가 찍은 쇼츠다. 삼십 초가 채 안 되는 영상 속에서 한 아이는 유대식 스카프를, 다른 아이는 히잡을 두르고 있었다. 정작 둘은 킥킥거리느라 노래를 제대로 부르지도 못했지만······ 나는 코끝이 찡했다. 그럴 때마다 생각했다.

　세상 모든 바다는 지지할 수 있는 그룹이다. 이 그룹은, 거리낌 없이 좋아해도 되는 그룹이다.

세모바를 좋아하느냐는 영록의 질문은 그래서 어렵지 않았다. 그때만 해도 나는 선뜻 대답할 수 있었다.

　"Yes. I like them too."

　좋아한다고 입 밖으로 내어서 말하는 기분은 낯설지만 산뜻했다. 어쩌다 그룹에 대해 주변인과 대화할 때에도, 보통은 '대단하다'라거나 '새롭다' 같은 의견을 나눌 뿐이었으니까. 오래전의 여자 친구에게 좋아한다고 처음 말했던 순간 그녀가 더 좋아진 것처럼, 나는 새삼 그룹에 대한 애정을 느꼈다. 영록과 내가 어떤 호감을 공유한다고 생각하니 경계심도 조금 누그러졌다. 단지 같은 공기를 마시고 경기장 너머로 노래를 들으려고 해진에서 잠실까지 온 아이를 위해, 뭔가 응원이 되는 이야기를 해주고 싶었다. 나는 "Hey······" 하며 입을 뗐다. 트위터에 흥미로운 소문이 있다고. 표가 없는 팬들을 위해 경기장 바깥에서 게릴라 라이브를 할지도 모른다고.

　"왓? 리얼리?"

영록이 그 소문을, 내가 'rumor'라고, 'maybe'라고 강조한 그 이야기를 얼마나 믿었는지는 알 수 없다. 영록이 영어를 이해할 수 있다는 것도, 아니 내가 영어로 말할 수 있다는 것 역시 나만의 착각일지 모른다.

아무리 생각해도 그 소문을 전한 건 어리석은 일이었다.

나는 영록과 헤어져 지하철을 타고 집으로 돌아왔다. 저녁을 대충 먹고 샤워를 하고 나오니 어느새 창밖에는 굵은 비가 내리고 있었다. 재생지로 된 포장을 뜯어 플래그를 펼쳐 보았다. 나의 작은 원룸에서 그것은 구매할 때보다 커다랗게 느껴졌다. 달아 둘 만한 곳이 마땅치 않아 이리저리 대보다가 밤 열 시쯤. 무슨 사건이 일어났다는 트윗이 올라오기 시작했다. '테러' 같은 단어가 포함된 것들이.

나는 그 일에 대해 구체적이고 정확한 증언은 할 수 없다. 그건 내가 집에 돌아온 뒤의 일이었다. 그러고 보니 내가 그날 잠실에 모인 13만 명 중에 한 명이었다는 것 역시 완전히 사실은 아닐지도 모르겠다. 많은 사람들과 마찬가지로 나는 여러 보도나 목격담에 의지할 수밖에 없다. 그 파편적인 정보들이 어떻게 내 머릿속에서는 영화처럼 매끄럽고 극적인 장면으로 완성되는지, 그것이 낯설 뿐이다.

공연이 끝나고 경기장을 빠져나오던 10만 명이 있었고, 바깥에서 나름의 축제를 즐기던 3만 명이 있었다. 밤인데다가 비까지 내려 시야는 제한된 상태였을 것이다. 극도로 혼잡하던 중

앙 계단의 지구본 모형 아래쯤으로부터 그룹의 음악 소리가 퍼졌고, 누군가 환호성을 질렀다. 현장에 있었던 이들은 자신의 모국어에 따라 '진짜다'라거나 '来た', 'Oh my god' 같은 외침을 들었다. 웅성거림은 점점 커졌고, 제대로 서 있기도 힘든 인파 속에서 사람들은 앞사람을 따라 노랫소리가 들리는 곳을 향해 움직였다. 훗날 무용담을 들려주는 상상을 했을까. '그들이 모든 팬들을 위해 공연장 바깥에서 비를 맞으며 라이브를 했던 밤이 있었어. 고작 내 50미터 앞이었지'라고. 아니, 이런 것이야말로 내 상상일 뿐이다.

팬들이 장대비 속에서 그곳에 있다고 믿은 '세상 모든 바다'는 진짜가 아니었다.

가발과 의상까지 준비해 세모바인 것처럼 꾸민 열한 명의 사람들, 그리고 몇몇 조력자들을 테러리스트라고 불러야 할까. 어떤 매체들은 그런 표현을 사용했지만 나는 잘 모르겠다. 그룹을 카피해 춤을 추며 노래를 부른다. 적당히 이목을 끌었을 때, 모형총을 꺼내어 서로 쏘고 쓰러진다. 사람들이 어리둥절해할 때, 준비한 성명문을 낭독한다. 그건 계속되는 전쟁을 상기시키기 위한 퍼포먼스였다고 '테러리스트' 중 한 명인 박규영은 경찰조사에서 진술했다. 나중에야 언론에 공개된 성명문에는, 그 시기 벌어진 아르메니아-아제르바이잔 전쟁의 참상과, 러시아와 튀르키예를 비롯한 국가들이 이해관계에 따라 전쟁에 개입하고 있다는 정황이 담겨 있었다. '세계적인 좌익 단체의 한국지부' 혹은 '대학 동아리'로 보도된 그 사람들은 잠실 공연 일주일 전에도 나고르노 카라바흐에서 어린이를 포함한 열한 명의 민간인이 폭격당했다는 것을 알리려고 했다. "우리들의 평화는 공연장 안에만 있는 것이 아니냐고 묻고 싶었다"라고, 동아리의 회장이자 퍼포먼스의 주동자인 박규영은 기자들 앞에서 말했다.

너무 그럴듯한 모형총을 준비한 게 문제였을까. 목격자들은 누군가 영어로 'Gun!'이라고 외쳤고, 곧 비명 소리가 들렸다고 진술했다. 음악에 미리 덧입혀 둔 총소리는 조악했다. 사람들은 총소리보다 비명 소리에 겁을 먹었을지도 모른다. 도망치려는 사람들. 제압하려는 사람들. 무슨 일인지 알지 못하고 여전히 밀려오는 사람들. 비가 내려 올림픽주경기장 앞 중앙 계단은 미끄러웠다. 인파의 한 지점이 허물어지는 순간을 찍은 그 영상. 나는 비명이 시작될 때 재생을 멈추었다. 거기까지만. 늘 거기까지만 볼 수 있었다.

영록은 그 속에서 안경을 잃어버렸을지도 모른다.

아홉 명이 죽고 이백여 명이 다쳤다. 사고 일주일 뒤, 추모를 위해 팬들이 만든 웹페이지가 공개되었다. 웃고 있는 한때를 담은 고인들의 스냅숏, 소셜미디어 주소, 그리고 간단한 프로필이 여섯 가지 언어로 덧붙어 있었다. 전 세계의 팬들이 고인들의 계정을 방문해 수만 개의 추모 댓글을 남겼다. 영록은 '경상북도 해진군의 고교 1학년생이었다'라는 프로필뿐, 그 어떤 소셜미디어 계정도 없이 중학교 졸업 사진만 게시되어 있었다. 지나치게 정직한 구도의 그 사진 속에서 그는 무척 긴장한 표정이었다. 졸업 사진이 왜 이래. 너희 학교도 꽤 심했네. 그렇게 말을 걸고 싶었다.

영록이 사망자 중 나이가 가장 어리며, 해진 주민이었다는 점을 많은 팬들이 언급했다. 그가 영어 회화 동아리의 부회장이었다거나, 늘 교실 분리수거를 담당했다는 등의 이야기가 소셜미디어에 돌아다녔다. 영록의 장래희망은 외교관, 혹은 다른 글들에 의하면 선원이거나 만화가였을 수도 있었다. 누군가 영록의 졸업 사진을 프로필로 달고 만든 인스타그램 가계정이 퍼지는 해프닝도 있었다. 수천 명이 속아서 댓글을 남기고 '좋아요'를 눌렀다.

애도가 뜨거워질수록 책임을 묻는 목소리도 거세졌다. 퍼포먼스의 주동자들은 부인했지만, 사람들은 그들이 소문을 일부러 냈을 거라고 이야기했다. 더 주목을 끌기 위해 미리 작업을 한 거라고. 추모 페이지 속 사망자는 아홉 명이 아니라 일곱 명이었다. 빠진 두 명은 퍼포먼스를 기획하고 실행하다가 사망한 정희정과 이사벨라 린이었다. 그들의 이름을 어떻게 다른 희생자들과 나란히 놓을 수 있느냐는 목소리가 컸다. 그들의 동료이자 리더였던 박규영의 유서에서, 이 문장이 내 기억에 남아 있다.

"우리도 세계를 더 나은 곳으로 만들 수 있다고 믿었다. 나도, 희정이도, 이사벨라도 모두 세모바의 팬이었다."

네티즌들은 박규영의 자살 시도 역시 퍼포먼스에 불과하다고 비난했다. 박규영이 병원에 있는 동안 그의 학창 시절 일화, 과거 소셜미디어에 남겼던 글, 쇼핑몰 구매 내역 등이 여러 커뮤

니티에 퍼졌다. 조금 더 신중한 사람들은 테러방지법, 과실치사혹은 업무방해 중 그를 어떤 혐의로 기소해야 할지 의견을 내놓았다. 세모바에 아무 관심이 없던 커뮤니티에서조차 잠실 사건은 가장 뜨거운 화제였다.

세 달 동안 활동을 전면 중지했던 세모바는 어떠한 프로모션도 없이 추모곡을 유튜브로 공개했다. 절제된 형식으로 연출된 흑백 뮤직비디오는 발표 하루 만에 1억 뷰를 기록했다. 그룹의 데뷔곡을 변주해 '우리 사이의 하늘이 푸른 소식을 전할 수있게'라고 제목을 붙인 그 노래는, 팬들에 대한 경애를 고백하면서 불의의 사고에도 굴하지 않는 '커다란 사랑'을 호소하고 있었다. 송희는 그룹이 아니라 개인의 의견임을 전제하며, 그 바다와도 같은 커다란 사랑에는 정희정과 이사벨라 린, 박규영도 포함되어야 한다는 글을 남겼다. 이는 즉각적인 논쟁을 일으켰다. 송희를 지지하는 사람들도 있었지만, 많은 이들은 그런 어설픈 관대함이 또 다른 사고를 야기할 수 있다며 그녀를 비판했다.

여러 논쟁이 세모바 자체를 초월해 버리는 동안, 나는 모든 게 뒤죽박죽으로 느껴질 뿐이어서 의견을 가질 수가 없었다. 내가 의견을 가져야 하는지, 그럴 자격이 있는지도 의심스러웠다. 그냥 지나칠 수도 있겠지만, 어쩌면 지금까지 많은 일에 대하여 그래 왔지만…… 이번에는 어디에 '좋아요'를 남기고 무엇을 리트윗 해야 하는지 알 수 없었다.

"유 아 더 퍼스트 포리너, 아이 토크 위드."

헤어지기 전 영록은 그렇게 말했다. 처음 대화한 외국인이

한국계인 나라니 시시한 일이었다. 더 일본인답게 일본어로 인사를 하려고 했다. 나는 숙소로 돌아가야 할 때가 됐다며, "사요나라さようなら"라고 인사했다. 썩 가벼운 의미의 작별 인사는 아니지만, 그도 알 법한 일본어였으니까. 다시 볼 것처럼 "마타네また ね"하고 인사할 상황은 아니었으니까. 내가 돌아서기 전 영록은 손을 흔들며 이렇게 답했다

"사요나라, 바이바이, 좋은 여행!"

나는 영록에게 푸른 소식을 전했을까.

영록과 한국어로 나눌 수도 있었던 대화들을 여러 번 상상해 봤다. 너는 어떤 노래를 제일 좋아하니. 나는 역시 데뷔곡이 최고라고 생각해. 새파란 바다가 밀려오는 하얀 모래밭에서 송희가 혼자 달리는 그 장면 알지. 엄청 멀리서 드론으로 찍은. 나는 그 장면을 천 번은 봤을걸. 해진의 바다도 그렇게 파랗니. 나는 섬나라에 살면서도 바다를 본 적이 사실 많지 않아. 너는 특별히 좋아하는 멤버가 있니. 나는 송희가 최애라기보다는 올팬이야. 좋아할 거면 모두 좋아하는 게 좋잖아……. 상상 속에서 대화는 언제나 나의 혼잣말로 끝났다.

무엇을 했어야 할 의무는 내게 없었다. 하지만 할 수도 있는 일을 하지 않았다는 기분. 내가 고작 한 일이란, 나조차도 완전히 믿지는 않은 소문을 전한 것. 퍼포먼스 주동자들이 소문을 일부러 냈을 수도 있다. 아니면 누군가의 단순한 망상이 와전되었을 수도 있다. 어느 쪽이든 그것을 영록에게 전한 것은 나였다.

그 틀림없는 사실이 나는 참을 수 없이 불편했다.

얼마 전 이른 아침. 나는 해진으로 향하는 기차를 탔다.

단풍이 들고 낙엽이 지고 겨울이 오는 동안, 벽에 걸지 못한 플래그를 여러 번 보다가 결정한 일이었다. 가로 120센티미터, 세로 90센티미터의 세계에서, 나는 세모바의 멤버들이 태어난 나라를 찾을 수 있었고 박규영과 그의 동료들이 주목한 분쟁지역을 찾을 수 있었다. 멸종되어 가는 동물의 서식지와 아름다운 자연 유산의 소재지를 찾을 수도 있었다. 그러나 해진이 어디인지는 알 수 없었다. 물론 해진은 손가락 한 마디쯤 크기로 표현된 반도의 어디쯤이겠지만, 그 축척에서 해안선은 너무 단순해서 아무래도 영록이 섰던 해변을 그려 볼 수가 없었다. 그 해변에 한 번은 닿아야만, 두 발을 모래밭에 디뎌 봐야만 할 것 같았다.

서울에서 출발해 세 시간 동안 고속열차를 타고, 다시 낡은 열차로 환승한 뒤 삼사십 분 남짓을 더 달리자 해진에 닿았다. 기차역은 예상보다 훨씬 크고 깨끗했으나, 역을 나서서 마주친 풍경은 예상보다 더 낙후된 것이었다. 해변으로 향하는 버스를 타기 위해 걸으며, 슬레이트 지붕을 얹은 단층 주택들, 도색이 벗겨진 빌라 서너 채, 잡초가 무성한 공터와 제멋대로 주차되어 있는 트럭들을 지나쳤다. 영하로 떨어진 기온 때문인지 원래 그런 것인지 행인을 마주치는 일도 드물었다. 케이-도시든 케이-시골이든, 내가 유튜브나 인스타그램에서 봤던 한국의 풍경과는 달랐다. 다이내믹하지도 않고 그렇다고 고즈넉하지도 않은, 이런 곳도 한국에 있구나. 그것이 솔직한 내 감상이었다.

버스 정류장이 있다는 군청 건물은 멀리서부터 눈에 띄었다. 이런 마을에도 저렇게나 큰 사무소가 필요하네, 라는 인상.
발걸음을 옮겨 군청에 가까워질수록 어떤 음악 소리가 들렸다.
질이 안 좋은 스피커로 틀어 놓은 듯한, 처음 듣는 한국어 노래.
가사는 잘 들리지 않았지만 사뭇 비장하고도 구슬픈 느낌이라
나는 무언가를 추모하고 있는 한 무리의 사람들을 상상할 수 있
었다. 하지만 코너를 돌아서 군청 정문 앞에 섰을 때, 내가 길 맞
은편에서 발견한 것은 단 한 명의 사람이었다.

　전단지를 쌓아 둔 작은 테이블 옆에 그 사람은 혼자 서 있었
다. 긴 패딩 점퍼를 입고 털모자를 눌러 쓴데다, 마스크까지 하고
있어 여자인지 남자인지도 알아보기 어려웠다. 다만 종일 거기
서서 겨울바람을 맞은 듯, 아니 더 오래전부터 마을과 함께 낡아
버린 듯한 사람. 그 옆으로 앙상한 가로수에는 이런 현수막이 걸
려 있었다.

　'정부는 원자력발전소 건설 약속을 이행하라.'

　차 두어 대가 겨우 지날 법한 길을 사이에 두고, 나는 그 사
람이 세워 둔 판넬들을 읽으려 했다. 지역발전 기금 강탈…… 주
민투표 무산…… 그런 문구들이 눈에 띄었다. 눈을 크게 떠도 작
은 글자들은 잘 보이지 않았다.

　그때 그 사람이 내게 손짓을 했다.

　나는 실례가 될 만큼 그를 빤히 쳐다보고 있었다는 것을 깨
달았다. 그렇다고 나를 부른 건가, 의심할 때 그 사람이 다시 손
짓을 했다. 이리 와봐요, 말고 다른 의미로는 해석할 수 없었다.

　다니는 차도 거의 없었으므로 나는 쉽게 길을 건넜다. 가까

이서 털모자와 마스크 사이의 주름진 눈매를 보니 중년의 아주머니 같았다. 그녀는 좀처럼 들어 본 적 없는 강한 억양으로 대뜸 물었다.

"어데서 왔는교?"

나는 한국의 어르신들이 일본인에 대해 갖는 감정을 걱정하며, 아주 공들인 발음으로 "서울에서 왔습니다"라고 또박또박 말했다.

"아, 서울서 군청에 일 보러 오신 겁니꺼?"

기분 탓일 수도 있으나 나는 그 말소리에 담겨 있는 작은 기대를 느꼈다. 그녀가 겪는 문제에 대하여 내가 어떤 영향력을 가진 사람일지도 모른다는 그런 기대. 이를테면 서울에서 온 공무원이라거나 기자 같은 사람. 나는 그걸 서둘러 부정하고 싶었다.

"아니요, 그냥 여행으로……."

"여 뭐 볼 게 있다꼬 여행을 오는교……"로 시작하여 아주머니는 여러 말을 쏟아냈다. "십 년 동안 암것도 몬하게 땅을 묶어 놓고 인자 와서는……" 하며 뭔가를 규탄, 혹은 하소연하는 듯하다가, "내가 집에 노인네 밥만 채리 놓고 요래……"라거나 "우리 딸내미가 공부를 곧잘……"처럼 맥락을 알 수 없는 정보들까지. 앞뒤가 맞는지는 차치하고 그 거센 방언 때문에 나는 대부분의 문장을 온전히 이해하지 못했다. 다만 그 알아듣기 어려운 말소리들의 고저와 장단과 강약이, 영록의 영어에도 희미하게 묻어 있었다는 것을 뒤늦게 알아차렸을 뿐이었다.

아주머니는 할 말을 다 했는지 한숨을 돌렸다. 그리고 어쩐지 변명하는 듯한 투로 덧붙였다.

"오늘은 날이 추버가 사람들이 못 나왔지요, 따뜻해지면 많이들 나올 깁니더."

그리고는 나를 "서울 총각"이라고 부르며 가기 전에 서명을 "쪼매" 해달라고 부탁했다. 그녀가 가리킨 테이블 위에는 주민들을 지지한다는 뜻으로 성명과 생년월일, 연락처를 적는 양식이 있었다. 요새는 좀처럼 보기 힘든 방식이었다. 오래 밖에 나와 있었던 듯 빛이 바래고 구깃구깃한 종이. 한 명, 두 명, 세 명⋯⋯ 그리고 비어 있는 수많은 칸들. 나는 선뜻 볼펜을 잡았다. 그 늙고 춥고 지친 사람의 부탁을 거절하고 싶지 않았던 것 같다. 거절의 말도 마땅히 생각나지 않았다. 대단치도 않은 개인정보였다. 하지만 종이에 펜을 대려는 순간, 우스운 고민과 마주쳤다.

어떤 이름을 적어야 할까.

나의 한국 이름은 이제 존재하지도 않았다. 수년 전에 나는 그 이름을 버렸다. 하지만 일본 이름은 어떤 효력을 가질 수 있을까. 일본인으로서 이 서명에 참여할 자격이 있는 것일까. 아주머니는 어떻게 받아들일까. 한국 이름이든 일본 이름이든 중요한 게 아닌 듯도 했지만, 어느 쪽이든 그 서명은 분명한 이름을 요구하고 있었다. 한 번 멈칫하니 서명 자체가 옳은지도 생각하게 되었다. 이 아주머니는 주민들을 얼마나 대표할까. 단지 보상금의 문제 아닐까. 그렇다고 원전을 또 지어도 될까. 이 개인정보가 악용될 가능성은 없을까. 나는 대체 누구로서 무엇에 동의를 하려는 것일까.

버스가 오고 있었다. 나는 볼펜을 내려놓고 정류장으로 뛰었다. "죄송합니다" 한마디만 남기고. 버스에 올라타 창밖을 봤다. 눈이 마주친 아주머니가 손을 흔들었다. 사요나라. 바이바이. 좋은 여행……. 그런 말이 들리는 듯했다.

버스는 나를 횟집이 몇 늘어선 거리에 내려놓았다. 형형색색의 간판들만 어지럽고 행인은 드물었다. 호객을 위해 길가에 나온 종업원이 있었지만 의욕이 있어 보이진 않았다. 짧은 거리를 지나자 작은 항구. 낡은 배 몇 척과 여기저기 흩어진 어구들. 철근으로 뭔가를 짓다가 만 흔적. 버스를 잘못 탔을지도 모른다고 생각했다. 내가 사진으로 본 풍경은 아니었다.

적막한 항구의 끝. 콘크리트 방파제에 서서 바다를 봤다. 아주 짙고 또 넓었다. 파도는 끊임없이 밀려왔지만 먼 바다는 잔잔하게만 보였다. 수평선은 단호했다. 보이지 않는 건너편에는 내가 살던 일본. 그 건너의 건너편에는 또 다른 얼굴들. 그 모두를 잇는 커다란 바다. 송희가 말한 커다란 사랑의 모양과 크기를 상상해 보려 했다. 나고르노 카라바흐의 아이들, 정희정, 이사벨라 린, 박규영도 포함될 만큼 둥글고 크게. 그런데 아까의 아주머니가 가질 수 있는 것이 그 커다란 사랑의 어떤 조각인지는 알 수 없었다. 문득 영록이 산 수건 세트가 그의 어머니에게 전해졌는지 궁금했다.

그런 생각을 하며 서 있었다. 나는 그냥 선 채로…… 있었다.

백영록이라는 이름의 16세 소년이 사망한 사정에 대해, 군청 앞에서 행인에게 말을 거는 아주머니의 사정에 대해, 그 사정에서 나의 몫에 대해 무언가를 생각해 내려 했으나 잘되지 않았다. 큼지막한 파도 하나가 방파제에 부딪쳤다. 하얀 물보라가 세차게 튀어 올랐다. 얼굴에 와 닿는 차가운 물방울의 감각. 실제로 닿았을까. 느낌뿐이었을까. 분명한 건 내가 뒷걸음질을 쳤다는 것이다.

나는 그 바다 앞에서 오래 서 있지는 않았다. 십 분. 길어야 삼십 분. 허술한 기대로 바다에 간 여행객이 그렇듯, 멋쩍게 '자 이제는 슬슬……' 하면서 다시 버스를 타고 기차를 타고 나는 서울로 돌아왔다.

해가 바뀌었고, 잠실 사건을 둘러싼 논쟁도 수그러들고 있다.

팬들은 봄이 오면 그룹이 새롭게 활동을 재개할 것이라 기대하고 있다. 아픔은 딛고 희망은 찾아서. 누군가 나에게 아직 세상 모든 바다의 팬이냐고 묻는다면, 아무래도 대답할 수 없다. 애초에 팬이었던 적이 없을지도 모른다.

나는 요즘 공부를 하고 밥을 먹고 잠을 잔다. 머지않은 때에 대학원을 마치고 한국을 떠날 것이다. 일본으로. 또는 더 멀리.

플래그는 서랍 속에 접힌 채로 있다.

지금은 펼치지 않고도 떠올릴 수 있는 그 세계지도에서, 세상의 모든 바다는 분명 이어져 있다. 이제 나는 그 사실이 다소 무섭다. 바다를 등지고 아무리 멀리 가도, 반드시 세상 어떤 바다와 다시 마주치게 될 테니까. 그 불편한 예감에 시달릴 때마다 이상하게도 오래전 지하 소극장에서 본 오타쿠들이 떠오른다. 그

키모이한 오타쿠들의 열렬한 구호. 가치코이코죠. 진짜 사랑 고백. 좋아 좋아 정말 좋아 역시 좋아……. 그것도 사랑이라면, 나는 어쩐지 그 근시의 사랑이 조금 그립다.

* 작중에서 하쿠가 부르는 노래는 러블리즈의 「Ah-Choo」(작사 서지음)이다.

© 스튜디오GAGA

박서련 朴曙孌

1989년 철원에서 태어났다. 2015년『실천문학』을 통해 작품 활동을 시작했다. 소설집『호르몬이 그랬어』『당신 엄마가 당신보다 잘하는 게임』, 장편소설『체공녀 강주룡』『마르타의 일』『더 셜리 클럽』『마법소녀 은퇴합니다』, 짧은 소설『코믹 헤븐에 어서 오세요』, 에세이『오늘은 예쁜 걸 먹어야겠어요』등을 펴냈다. 한겨레문학상과 젊은작가상을 받았다.

나, 나, 마들렌

나는 목이 잘려 죽는다. 언젠가. 오늘은 아닌 미래에. 멀거나 머지않은 미래에. 그렇게 믿는다는 말은 언제나 부족한 느낌이 든다. 나는 이 사실을 [안다]고 말할 수 있을 만큼 확실하게 감각한다. 마치 이미 나 자신이 목 잘려 죽는 걸 목격한 적 있는 것처럼. 다른 방법으로는 절대로 죽지 않을 것처럼.

또 그 꿈 꿨어

라고 말하려고 했다. 잠에서 깨어나 막 머리가 목에 잘 붙어 있다는 게, 그래서 목소리가 목을 지나 입으로 새어 나갈 수 있다는 게 어색하게 느껴졌다. 나는 목 잘리는 꿈을 자주 꾼다. 높은 곳에서 추락하는 꿈을 꾸면 키가 큰다지. 나는 어릴 때부터 참수몽을 꿨다. 목이 잘리면 키가 컸다. 성장이 멈춘 후에도 수백 번 머리를 잃었다. 마들렌은 내가 이런 꿈을 꾸는 사람이라는 사실을 좋아한다. 그다지 특이하지도 눈에 띄지도 않는 내가 꿈만은 조금 색다른 걸 꾼다고 생각하는 것 같다. 그래서 말해 주려고 했는데. 잠이 덜 깬 머리는 간신히 마들렌이 집에 없다는 사실을 기억해 냈다. 마들렌은 교대역 근처 친구네 집에서 하루 신세를 지기로 했다. 아침 일찍 변호사 사무실에 갈 예정이었다.

차츰 머리가 맑아지면서 다음과 같은 생각이 들었다: 그럼, 지금, 내 팔에 닿아 있는 이 미지근한 건, 누구 살이지…….

전날 밤 나는 분명 혼자 누웠다. 무척 피곤했기에 맑은 정신으로 누웠다고 할 수는 없지만 술은 한 방울도 마시지 않았다. 내겐 실수를 저지를 만큼 가까우면서 물리적으로도 가까이에 사는 지인이 없다. 모르는 사람에게 먼저 말을 건넬 만한 담력도 없다. 혹시 마들렌이 마음을 바꾸어 돌아와 자고 있는 것이 아니라면, 옆에 누워 있는 사람은.

상대방이 깰까 봐 조심스럽게 고개를 돌린 나는 나와 동시에, 같은 속도로 내 쪽을 쳐다본 사람과 눈이 마주쳤다. 거울을 보듯이. 거울을 향해 돌아눕듯이.

악

소리를 지를 뻔했을 때, 상대방의 손이 내 입을 틀어막았다. 동시에 나도 상대방의 입을 막았다. 나는 눈을 크게 떴다. 그쪽도 나와 똑같은 크기로 눈을 키웠다. 내가 옆 사람 입에 대고 있던 손을 가져오자 내 입도 자유를 되찾았다. 나는 자유로워진 입으로 누구세요 묻는 대신, 되찾아 온 손으로 뺨을 힘껏 내리쳤다. 꿈이 아니라는 걸 확인하는 게 우선이었기 때문이다.

내 곁에 누워 있는 낯선 사람은 다름 아닌 나였다.

나와 똑같이 생긴 얼굴을 나와 똑같은 손으로 후려친 다음 아파하면서, 동시에 나처럼 놀라고 불안해하면서 나를 보고 있는 나의 존재가 꿈이 아니었다.

문학이 위대한 이유는 아무리 형설하기 어려운 사건이라도 이미 그것을 상상한 누군가가 존재한다는 점에 있을 것이다. 그게 유일한 이유는 아닐지라도, 또 정확히 이런 상황을 예견한 건 아닐지라도. 프란츠 카프카식으로 말하기: 어느 날 아침 목 잘리는 꿈에서 깨어난 나는 자신이 침대에서 두 개의 몸으로 분화한 것을 알아차렸다. 마르셀 에메를 인용하기: 그녀는 동시에 도처에 공재 가능했다. 즉 그녀는 자기 자신을 여럿으로 불어나게 할 수 있으며 원하는 장소들마다 동시에 존재할 수 있었던 것이다. 육체뿐 아니라 정신까지도.

나와 나는 동시에 천장을 올려다보는 평평한 자세로 누웠다. 대화는 필요하지 않았고 소용도 없었다. 나와 나는 둘 다 이게 어떻게 된 일인지를 알지 못했고 알고 싶었다. 조금이나마 다행스러운 점이 있다면 이런 일이 생긴 지금 마들렌은 집에 없다는 것. 나와 나는 똑같이 그렇게 생각했고 똑같이 고개를 끄덕였다. 맞은편의 나는 내가 무슨 생각을 하는지 정확히 알았고 완전히 일치하는 반응을 동시에 했으며 따라서 그게 생김새만 닮은 타인이라 의심할 여지는 없었다. 나는 나였고 나도 나였다. 나는 맞은편의 내가 스스로를 원본이라 여기는 듯한 기색이 불쾌했고, 그쪽 나도 이쪽 나에 대해 같은 감정을 느낀다는 사실을 똑똑히 알 수 있었다.

우리―는 복수의 일인칭이기 때문에 나와 나의 집합에도

적용할 수 있을 것이다— 둘은 일어나기로 했다. 무언의 합의를 통해 우리는 소모적인 감정 다툼, 예를 들어 어느 쪽이 원본인지나 이런 현상이 왜 일어났는가에 대한 책임 소재 따지기 등을 생략하고 일단 할 수 있는 일과 해야 하는 일들을 우선하기로 했다. 관점에 따라서는 마침 잘됐다고 볼 수도 있었다. 나에게는 당장가야 할 곳이 두 군데 있었고, 몸이 둘이 아니고서는 둘 중 하나를 포기해야 했다.

내가 출근을 할게. 너는 법원에 가.

동시에 말한 후에 우리는 둘 다 놀랐다. 내가 이렇게나 자진해서 출근하고 싶어 하는 사람인 줄은 몰랐으니까. 할 수 없지, 그럼 법원에는 내가 갈게. 내가 말했고 나는 고개를 끄덕였다. 어차피 둘 다 나인데 둘 중 누가 더 껄끄러운 곳에 갈 것인지를 두고 아웅다웅하는 건 조금도 의미가 없었고, 우리 둘 다 이런 상황이 처음임에도 그 사실을 잘 인지하고 있었다. 알았어, 수고해. 빠르고 원만한 합의에 도달한 우리는 차례대로 씻고 옷을 입었다. 정장을 옷장 어디에 두었는지 내가 따로 귀띔하지 않았는데도 나는 알아서 잘 찾아 입고 나갔다. 공판 방청을 하려면 아홉시 반까지 법원에 가야 했다.

마들렌은 나의 과자 친구. 나는 마들렌의 감자 친구. 어느 날 마들렌은 이제부터 여자 친구 대신 과자 친구라 불러 달라고 말했고, 자기도 나를 여자 친구 대신 감자 친구라 부르겠다고 선언했다. 자기는 왜 귀엽게 과자 친구고 나는 왜 텁텁하게 감자 친구인가? 나는 듣자마자 느낀 불만을 토로하는 대신 알았다고 했다. 왜냐하면, 우리 엄마가 제과 공장에 다니고 너는 강원도 출신이니까. 물어보지 않았지만 마들렌은 이유를 알려 주었고 물론 나는 그에 대해서도 불만을 품었다. 우리 집은 농사 안 짓는데? 굳이 마들렌에게 그걸 상기시키지는 않았지만.

과자 친구로도 여자 친구로도 마들렌은 나의 첫 번째다. 종종 나는 아무래도 양성애자인 것 같다고 떠들고 다니긴 했지만 실제로 여자와 사귀어 본 것은 서른을 갓 넘어서가 처음이었다. 반면 나보다 네 살이나 아래인 마들렌은 같이 살아 본 여자 중에서도 내가 세 번째라고 했다. 여자끼리 사귀면 사귄 지 얼마 되지 않아도 같이 사는 게 자연스럽다는 게 마들렌의 주장이었다. 그러고 보면 구두로 같이 살기로 한 적은 없는데 언젠가부터 마들렌이 집에 가지 않기 시작했고, 마들렌의 짐이 우리 집에 차곡차곡 쌓이더니, 엄벙덤벙 같이 사는 것이 기정사실화되었다. 나는 혼자 있을 시간이 필요하니 돌아가 달라고 말할 수 있을 만큼 모질지 못했고, 본인이 인정했으니까 말이지만 마들렌은 아무래도 염치가 좀 없는 편이었다. 그래도 그래서 귀엽지? 라고 마들렌이 물을 때 아니라고 말할 수 없었다. 마들렌은 정말 귀여운 과자 친구니까.

나와 마들렌은 소설 창작 수업에서 처음 만났다. 우리 둘 다 무척 좋아하던 소설가가 지방대학 강사직을 그만두고 서울로 올라와 오랜만에 다시 연 사설 강의였다. 선착순으로 수강생 여덟 명을 받는 수업에 열일곱 명이 몰려들었다. 나를 비롯해 운 좋게 커트라인에 든 여덟 명의 수강생이 모인 첫 주 강의에서 소설가는 이런 말을 했다: 진지하게 소설 쓸 사람만 남았으면 좋겠습니다. 요즘 인스타 작가, 웹소설 작가 잘나간단 얘기만 듣고 나도 투잡 한번 해볼까 하는 분들은 제 강의가 맞지 않을 거예요. 스스로에게 질문해 보세요. 나는 과연 치열하게 쓰고 냉정하게 고칠 수 있는 사람인가? 소설가의 말이 마음을 움직여서든 재수가 없다고 생각해서든 두 명이 수강료를 환불받아 갔고 두 번째 주에는 예비 순번을 받아 두었던 새로운 수강생 두 명이 들어왔다. 그중 한 사람이 바로 마들렌이었다.

나 언니네 집에 가면 안 돼요?

마지막 12주차 강의가 끝나던 날에는 뒤풀이가 있었다. 2차로 옮긴 술자리 중간쯤, 토할 것 같다는 마들렌을 화장실로 데려다주었더니 마들렌이 그렇게 말했다. 한참 토하고 나와서 입을 헹군 다음, 창백하고 물에 젖어 애처로운 얼굴로. 그렇게 시작했기 때문에 나는 내가 마들렌의 감자 친구가 되지 않을 수도 있었을 여러 가지 경우의 수에 대해 자주 상상했다. 마들렌을 화장실까지 부축해 준 사람이 내가 아니었다면, 2차 호프집으로 자리를 옮길 때 내가 마들렌의 옆자리에 앉지 않았더라면, 1차 끝나고 적당히 인사한 다음 빠져나오려던 결심을 실천에 옮겼더라면.

그랬다면 법원에 올 일도 없었을까?

정문에서부터 이를 악물고 달려 법원 본관인가 하는 건물에 도착했을 때는 정확히 삼십 분으로부터 몇 초가량이 지나 있었다. 마들렌이 말한 시간보다 조금 늦어서, 또 생각보다 사람이 많아서 이중으로 마음 졸이며 일행으로 추정되는 사람들을 찾아다녔다. 이쪽이야 이쪽. 잠시 헤매다 나를 향해 손 흔드는 마들렌을 발견했다. 마들렌의 변호사는 내 또래로 보였고 나머지 일행 셋은 나보다 조금 어린 듯했다. 여기 있는 이 사람들이 전부 방청객이야? 다른 사건 때문에 왔을 거예요, 큰 사건은 방청을 원하는 사람이 많아서 추첨으로 방청권을 배부하거든요. 변호사가 대답했다. 우리 사건은 크지도 중요하지도 않다는 거네. 일행 중 하나가 말했다. 시무룩해진 마들렌에게는 미안하지만 터무니없는 자의식을 가진 사람이나 할 수 있는 말이라는 생각이 들었다. '우리' 사건이 우리와 상관없는 사람들에게까지 중요해야 한다고 생각하는 건가, 진심으로? 중요한 건 이기는 거죠. 변호사는 웃으면서 말했고 나는 그 말이 옳다고 생각했다. 이길 수 있는 사건인지에 대해서 나는 잘 모르지만.

그즈음, 출근을 선택한 나는 사표 쓸 마음을 먹고 있었다.
　　출근 태그를 찍으면서까지는 오늘 연차를 쓰지 않아도 되어서 정말 다행이라고 생각했다. 연차를 쓰기에는 너무 바쁜 시기였고, 물론 바쁘든 말든 회사를 빠질 구실은 언제나 좋은 것이지만, 과자 친구의 재판은 좋은 일도 아니고 연차 사유로 적절하지도 못했다. 무슨 회사가 그래? 개인 사유라고 쓰면 되잖아. 마들렌은 섭섭해했고 나는 난처했다. 회사 다녀 보면 안 그래, 사유란에는 그렇게 쓴다 쳐도 제출할 때 꼭 무슨 일인지 꼬치꼬치 물어본단 말이야.

그럼 거짓말하면 되잖아.

나 거짓말 못하는 거 알잖아.

조금도 못해? 그냥 친구 재판 방청이라고 해, 과자 친구 재판이 아니라.

세상에 누가 그냥 친구 때문에 회사를 빠져.

솔직히 말해서 나는 그냥 연차를 쓰고 싶지 않았다. 나는 과도하게 남의 눈치를 보는 사람이라는 것이 회사 사람들의 중평이었고 그건 사실이었다. 마음이 상할 대로 상한 마들렌은 오든지 말든지 맘대로 하라고, 자기는 재판 전날 친구네 집에서 자겠다고 했다. 연차를 쓸 것인가 말 것인가에 대한 갈등은 재판 전날까지 줄곧 이어졌고, 밤 열한 시가 넘어서야 파주에서 서울로 나오는 차에 몸을 실은 채 나는 어떤 각오를 마음에 새기고 있었다. 이 일을 계기로 마들렌이 나와 헤어진다고 하더라도 나는 내일 연차를 쓸 수 없겠다. 쓰고 싶지 않았을 뿐 아니라 쓸 수 없는 상황이었다. 마들렌이 그걸 이해하지 못하는 건 내 잘못이 아니었다.

재판 전날 나는 회사에서 에어캡 안전 봉투 천 장에 택배 송장 스티커 천 장을 붙이고 거기에 책 천 권을 담았다. 물론 정규 근무시간 이후부터였고 우리 회사는 야근수당을 따로 쳐주지 않는다. 너무 영세해서. 영세한 우리 회사는 일전에 이십 대 여성 독자들이 좋아할 만한 기획도서를 크라우드펀딩으로 내서 꽤 재미를 본 이후 자꾸 비슷한 방법으로 책을 팔려고 들었다. 예약판매 방식으로 1쇄 물량을 한 방에 소화해 이득을 보는 사람은 따로 있었지만 그 물류를 관리하고 발송하는 건 당연히 직급이 낮은 편집자와 마케터의 몫이었다. 이번에는 내 차례였다. 우리 출판사 같은 곳은 거들떠도 보지 않을 듯했던 스타 작가가 사장의 친구라 원고도 주고 친필 사인도 천 부나 해주었고, 나는 그 책을 편집한 죄로, 마케터는 그걸 펀딩 사이트에 올린 죄로 지문이 닳도록 스티커를 떼고 붙여야 했다. 다 시켜서 한 일이었지만, 그럼에도.

어쨌든 손 많이 가는 일은 어제 다 했으니까 이제 안심이지. 그렇게 생각하며 나와 마케터는 출근하자마자 회사에서 공동으로 쓰는 카트에 전날 포장한 책들을 차곡차곡 쌓기 시작했다. 아니, 잠깐만요. 뭐 좀 깔고 해요. 나는 내 자리로 달려가 담요를 가져왔다. 더러워질 텐데요. 마케터는 석연찮은 표정이었다. 그러니까요, 지난번 펀딩 때 봉투가 더럽다는 항의 전화가 온 적이 있어서요. 마케터는 아, 하고 해탈한 듯한 표정을 짓더니 쌓아 두었던 책 봉투를 치워 주었다. 끈끈한 테이프 자국을 비롯해 여러 정체불명 오염물질이 묻어 있던 카트에 폴리에스테르 백 퍼센트인 파란색 체크무늬 담요를 완전히 덮고 그 위에 책을 쌓았다. 나와 마케터는 엘리베이터를 타고 일 층으로 내려갔다. 그래도 회사에 엘리베이터가 있다는 게 얼마나 감사한 일인지에 대해 잠깐 생각했다. 계단으로 책 천 권 나르기는 얼마나 고되고 개같았을까. 일 층 현관 앞에서 택배 차량이 기다리고 있었다. 현관 계단 옆 경사로를 조심조심 구르던 카트는 비포장 바닥에 진입하면서 잠시 멈추었다. 이게 왜 이러지. 마케터는 당겼고 나는 밀었다. 그러자 담요 자락이 카트 바퀴에 휘말려 들어가면서 카트가 크게 휘청거렸고, 손을 쓸 사이도 없이 책 봉투가 땅바닥으로 와르르 쏟아졌다. 하필 바닥은 질었고 하필 담요는 책 봉투를 보호하지 못하는 방향으로만 흘러내려 있었다.

루쉰의 묘비에는 이런 말이 새겨져 있다고 한다: 나는 하나의 종착지를 확실히 알고 있다. 그것은 무덤이다.

자기도 바쁜 사람이라고 택배 기사는 화를 냈다. 죄송합니다. 이따 다시 연락 드릴게요. 정말 죄송합니다. 흙탕물이 튄 책봉투는 백 개가 조금 넘었고 훼손된 봉투에 붙은 주소들을 하나하나 체크해 다시 송장을 출력한 다음 새 봉투에 붙이는 데는 한시간이 조금 넘게 걸렸다. 오전 중으로 발송하지 못하면 배송일자가 밀릴 텐데. 그러면 문의 전화, 항의 전화 장난 아니게 올 텐데. 택배 기사는 전화를 받지 않았고 나는 이 모든 일을 뒤로한 채 사표나 쓰고 싶다는 강렬한 충동을 느꼈다. 그와 동시에 슬그머니 솟아오른 내면의 항의도 있었다: 연차에도 그렇게 벌벌 떨면서 사표는 쉬울 것 같아? 그게 나 자신의 생각인지 내게 깃든 마들렌의 목소리인지 헷갈렸다.

대조적으로 뚜렷하게 느낄 수 있었던 것은 법원에 간 내가 마주한 분명한 당혹이었다. 법원에 간 나 역시 회사에서 내가 곱씹는 사표 생각을 함께하고 있었다. 큰 충돌이나 모순 없이 나와 나는 모든 경험과 감각을 공유했다. 먼 곳에서 나의 심장이 요동치는 것을 나는 더할 나위 없이 침울하고 평온한 상태에서 인지할 수 있었다.

재판에 대해서라면 나는 단 하나의 사례를 기억한다고 할 수 있다. 당신은 어머니의 장례식 날 슬펐습니까? 아니, 울었습니까, 였나. 카뮈 소설의 주인공은 외국인, 즉 이방인을 죽여서 기소되지만 수사관들과 법관들은 왜 어머니의 죽음이 슬프지 않은가를 묻는다. 이 소설 이후 내 의식 속의 상상된 법정은 그리스 비극의 공연장 같은 형태가 되었다. 코러스: 유죄, 유죄, 유죄. 혹은 길티, 길티, 길티. 단조 3화음. 당연하지만 현실의 법정은 그렇지 않았다. 어느 정도 상상과 비슷하다고 느낀 부분은 판사가 입장할 때 법정 내 전원이 기립해야 했던 것, 우르르 일어나는 사람들의 옷자락이 일제히 낸 부산한 소음 같은 것. 나는 끝나면 간식을 준다는 꾐에 넘어가 억지로 교회에 간 아이처럼 산만했다. 마들렌은 그 일에 대해 내가 알기를 원했으나 나는 마들렌이 겪은 일을 알고 싶지 않았기 때문이다.

증인신문으로 마들렌이 호출되었다. 마들렌은 내 손을 살짝 잡았다가 놓으며 나갔다.

이제 내가 정확히 알아야 할 때가 된 것이었다. 그 일은 어떻게 일어났는가에 대해서. 마들렌의 감자 친구와 나의 과자 친구, 우리 둘 다 좋아하던 소설가가 마들렌의 옷 속으로 손을 집어넣은 일.

마들렌은 눈에 띄는 수강생이었다. 소설가는 마들렌이 과제로 써온 콩트 과제를 입에 침이 마르도록 칭찬했다. 기성작가도 배울 점이 있는 훌륭한 글입니다. 어쩌면 기성작가가 아니기 때문에 이런 신선한 방향성을 견지할 수 있었는지도 모르겠군요. 소설가는 우리 중 정말로 소설가가 될 수 있는 가능성을 가진 이가 마들렌밖에 없는 것처럼 말했다. 장차 실제로 동료 작가가 될 사람이라 여겼다면 왜 그런 짓을 했을까?

물론 내가 마들렌에게 느낀 최초의 감정은 시기심이었다. 좋겠다. 나도 선생님한테 칭찬받으면 좋겠다. 수업 시간은 두 시간으로 공지되어 있었지만 실제로는 세 시간, 네 시간씩 이어졌고, 때문에 중간에 십오 분에서 이십 분 정도는 쉬어 갔다. 소설가는 마들렌을 비롯해 서너 명의 수강생과 함께 나갔다가 호호깔깔 웃으며 돌아오곤 했다. 그들에게서 나는 불 냄새를 맡으면서 매번 생각했다, 나도 담배를 배울까 보다.

내가 처음이자 마지막으로 소설가에게서 칭찬을 들은 것은 7주차, 꿈을 소재로 한 콩트를 발표했을 때였다. 문학에서 꿈을 사용하는 건 지금부터 치트 키를 쓰겠다고 선언하는 것과 같습니다. 그러면 그 이상 또는 의외의 효과를 반드시 발생시킬 자신이 있을 때에만 사용하는 것이 좋겠죠? 자, 이 작품을 보세요. 목 잘린 인물이 자신의 독립된 머리와 대화하며 모종의 모성애를 느끼고 있지요. 기이한 장면을 흥분하지 않고 묘사한 것 또한 이 작품이 지닌 매력 중 하나입니다. 제가 언제나 강조하듯 이야기꾼이 먼저 흥분해 버리면 청중은 오히려 흥미가 가라앉기 때문에……. 아마 그쯤이었을 것이다, 나와 마들렌의 눈이 처음으로 마주친 것은. 대각선 앞자리에 앉아 있어 내 위치에선 소설가와 반쯤 겹쳐 보이던 마들렌이, 문득 고개를 돌려 귀 끝까지 시뻘겋게 달아오른 나를 돌아본 것은. 마들렌이 내게 말을 건넨 것도 그

날이 처음이었다. 소설 너무 재미있게 봤어요. 아, 네, 고마워요. 언니 소설…… 언니라고 불러도 되죠? 언니 소설 참 잘 쓰시는 것 같아요. 나는 다른 사람도 아닌 마들렌에게서 그런 말을 듣는 게 기만적이라고 생각했다. 그날 내가 가져간 콩트는 내가 언젠가 실제로 꿨던 꿈과 같은 내용이었고 따라서 소설가의 칭찬처럼 분방한 상상력과 도발적인 감각의 결과물이 아니라 그냥 본 것을 봤다고 말하는 증언에 가까웠다. 아니에요, 무슨. 언니 소설은 비문도 없고. 그건 제가 편집자라서. 아, 그러셨구나. 역시 업계인이셨구나. 언니는 역시 소설, 진지하게 쓰고 계신 거죠?

그런 질문은 사건을 피해당사자의 책임으로 여기는 2차 가해에 해당합니다.

마들렌의 일행 중 하나가 벌떡 일어나 큰 소리로 항의했다. 소설가의 변호사가 마들렌에게 소설가가 강사로서 한 칭찬을 언어적 희롱으로 여긴 이유를 묻고 있었다. 판사는 그에게 경고를 주고 재판을 속행한다고 선언했다. 왜 마들렌의 친구가 경고를 듣고 있는 거지? 소설가의 변호사가 아니라. 나는 소설가를 바라보았다. 소설가는 몰라보게 핼쑥했고 추위를 타듯 몸을 팔로 감싸고 있었다. 나와 마들렌이 수업을 듣던 때의 그 자신만만하던 태도는 꿈이었나 싶을 만큼 달라진 모습이었다. 나는 잠깐 그가 안쓰럽다는 생각을 했다. 강의실에서는 그 자신이 재판장인 양 당당했는데. 이 작품은 유죄, 못 썼으니까. 이 작품은 무혐의, 아무 흠잡을 곳이 없으니까.

역시 몸이 예뻐서 소설도 예쁘게 쓴다고 했어요.

마들렌이 말했다.

어째서인지 그 증언은 내가 그때 마들렌을 얼마나 심하게 시기하고 질투하고 미워했는가와 또 얼마나 소설가를 동경하고 추앙했는가를 떠올리게 했다. 만약 소설가가 나에게 그렇게 말했다면 나는 그것을 희롱이라 받아들였을까? 소설가가 만진 게 마들렌이 아니라 나였어도 나는 마들렌의 감자 친구가 되려고 했을까?

불경한 생각은 삽시간에 온 정신을 살라 먹었다. 미친 듯이 가슴이 뛰었다. 재판을 받으러 온 사람이 소설가가 아니라 바로 나인 것만 같았다. 뚜렷한 이유도 없이 법정에 오기가 싫었던 것은, 내가 이러리라는 사실을 어렴풋이나마 짐작했기 때문이겠지. 나는 내가 누설하지 않는 이상 누구도 내 생각을 알 수 없음을 떠올렸다. 그런 당연한 사실을 굳이 상기하지 않고서는 그 자리를 견딜 수가 없었다.

어찌어찌 펀딩 물량 배송을 마친 나는 퇴근하고 곧장 피시방에 갔다. 그대로 집에 갔다간 마들렌에게 왜 집에 있는 내가 또 돌아오는지를 설명해야 할 테니까. 법정에 갔던 나는 마들렌, 변호사, 마들렌의 연대인들하고 버섯전골을 먹고 일찌감치 집에 돌아간 참이었다.

어? 언니 야상 어디 갔어? 나 입고 나가려고 했는데. 마들렌이 옷방에서 목소리 높여 물었다. 아…… 아마 세탁소 맡겼을걸? 맡겼어, 응. 마들렌은 이윽고 YOU NEVER KNOW라는 문구가 새겨진 후드 원피스를 입고 옷방에서 나왔다. 그것도 내 옷이었다. 그게 드라이해야 되는 옷이었나? 마들렌은 고개를 갸웃거렸다. 자주 빠는 옷은 아니니까 아무래도. 나는 옹색하게 둘러댔다.

마들렌이 나가고 오 분쯤 지나 피시방으로 퇴근했던 내가 집에 돌아왔다. 내가 샤워하기 시작하자 집에서 기다리던 나는 내가 벗어 놓은 옷가지 중 마들렌이 찾던 야상점퍼를 건져 들고 세탁소에 갔다. 세탁소 사장님은 군말 없이 면 백 퍼센트 빈티지 의류인 야상점퍼를 드라이클리닝으로 접수했고 나는 그 길로 찜질방에 갔다. 마들렌은 자정 무렵 적당히 취한 채로 돌아와 나와 함께 침대에서 잤다. 그 시각 또 다른 나는 찜질방 수면실에 있었고 등이 배겨 도통 잠을 이루지 못하고 있었다.

한동안은 계속 그런 식으로 지냈다. 한 사람씩 돌아가면서 출근했다가 퇴근은 찜질방, 피시방, 모텔 중 한 곳으로 하고 전날 출근했던 한 사람은 집으로 돌아가 더운물로 씻고 편한 침대에서 자는 식. 마들렌은 당장 하는 일이 없어서 낮에도 집에 있을 때가 많았기에 어쩔 수 없었다. 출근을 안 하는 나도 입은 입이라 하루에 두 끼는 먹어야 했고 그걸 집에서 해결하지도 못하니 먹는 만큼 정직하게 지출이 났다. 사실상 나는 3인 가구의 가장이었고 매일 1인분의 식비와 숙박비가 고정 지출분에 추가된 셈이었다.

안 되겠다, 외주 편집 원고를 늘리자. 나는 노트북을 들고 24시 무인 카페로 퇴근하기 시작했다. 이러다 외주계의 전설이 되는 거 아냐? 투잡으로 억대 연봉 찍는 거 아냐? 몸이 두 개인 사람으로서 그리 막연하지만은 않은 상상 같았지만, 하루걸러 하루씩만 내 방 내 침대에서 자는 내가 소화할 수 있는 원고량에는 한계가 있다는 사실이 곧 밝혀졌다. 나는 낮이고 밤이고 늘 흥건하게 피곤에 젖어 있었다. 언니 요즘 왜 그래? 마들렌이 걱정스럽게 물었고 나는 아주 자연스럽게, 너 때문이야 하고 생각했다. 그걸 입 밖으로 낼 만큼 피곤하지는 않아서 다행이었다.

얘는 왜 일을 안 하지?

막 사귀기 시작했을 무렵 얘는 왜 집에 안 가지? 라고 생각했던 것과 비슷하게 그런 생각이 들기 시작했다. 이 년을 사귀고 그중 대부분의 기간 동안 같이 살아온 사람치고는 새삼스럽게도. 곧 계절은 완연한 겨울에 접어들 것이었고 찬바람이 불기 시작하니 무인 카페 자동문이 열릴 때마다, 피시방에 앉아 다리를 떨고 있을 때마다 무릎이 시려 왔다. 더 추워지면 이런 식으로는 버틸 수가 없을 텐데. 반半노숙자인 채로 겨울을 나기에 나는 너무 나약한 인간이었다.

마들렌은 독립 잡지에 글을 싣거나 아마추어 사진작가의 모델을 서며 소소한 벌이를 했고 그런 보수를 받을 때마다 내게 거창하고 맛있는 것을 사주곤 했다. 나는 당연히 돈으로 직접 받는 쪽을 선호했다. 먹고 싸고 물 데우는 비용은 그렇다 치고 전세 대출 이자라도 거들어 주면 좀 좋아. 마들렌이 먼저 달라고 한 적은 없지만 나는 가끔 마들렌에게 용돈도 주고 있었다. 친구들과 술 마실 때 얼굴 붉히지 않고 엔빵은 할 수 있게끔. 감자 친구인 나에게서 용돈을 타 쓸 만큼 경제적으로 무능한 나의 과자 친구가 소송비용은, 변호사 수임료는 어떻게 감당하고 있는지, 감당할 계획은 있는지가 내게는 크나큰 수수께끼였다. 부모님이 부담하게 되어 있는 걸까? 제과 공장에 다니는 어머니가? 한두 번을 빼고는 마들렌이 잠꼬대로도 언급한 적 없는 사람이?

나 중에 하나는 여권을 들고 다녔다. 주민등록증을 쓰는 내가 이미 있었기 때문이다. 두 사람이지만 등록상으로는 한 존재다 보니 법정 신분증을 하나씩 지니고 다녀야 했다. 이참에 킬러같은 걸로 전업해 볼까? 목표물을 처리한 다음 손쉽게 알리바이를 만들 수 있는 나에게는 살인 청부업이야말로 천직이 아닐까? 어느 날 나는 나보다 먼저 잠든 마들렌을 서늘하게 내려다보면서 그런 생각을 했다. 나 얘를 죽이고 싶나? 두 개의 나는 서로 멀리 떨어진 채 동시에 고개를 가로저었다. 불현듯 들었던 그 생각을 뒤밟으며 다시 불현듯 나는 반성했다.

얘를 미워하는 건 왜 이렇게 쉬울까?

마들렌과 나는 서로 사랑한다고 말한 적이 없다. 비슷한 대화라면 가끔. 이런 식이다: 나 사랑해? 보통 마들렌이 먼저 묻는다. 나는 대답한다: 응. 때로 마들렌이 한마디를 덧붙이기도 한다: 나도. 늘 주고받는 대화는 아니고, 전혀 주고받지 않는 대화또한 아니다. 나는 마들렌을 그냥 사랑한다기보다, 사랑한다고 [생각한다].

소설가를 미워하기는 마들렌을 미워하기보다 훨씬 어려웠다. 일단 소설가는 나에게는 아무 짓도 저지르지 않았으니까. 소설가는 몰랐겠지만 또는 기억하지 못하겠지만, 나는 오래전부터 소설가의 연락처를 가지고 있었다. 대학 시절 그를 학과 특강에 초청한 이후 줄곧 휴대전화 번호와 연동된 메신저에서 그의 프로필이 변화하는 양상을 지켜봐 왔다. 계절은 고사하고 반년에 한 번 바뀔까 말까 한 프로필인데다 얼굴 사진인 경우도 거의 없었지만 생각날 때마다 한 번씩은 눌러서 확대해 보았다. 말을 걸 것도 아니면서. 이런 내가 조금 징그럽다고 생각하면서. 어쩌면 이 태도가 마들렌에 대한 마음보다 사랑에 좀 더 가까울 수도 있겠지. 마들렌이 소설가를 고소할 거라는 뜻을 처음 밝혔을 때에도 나는 바로 이 지점을 떠올렸다. 그건 객관적으로도 주관적으로도 사랑이 아니고 사랑에 아주 가까운 태도에 불과했지만, 대략 이 년 가까이 살 맞대고 함께 산 과자 친구에게보다 그에게 더 친밀하고 애정 어린 마음을 품고 있다는 것을 스스로도 납득하기 어려웠다.

나는 소설가를 미워하려고 노력했다. 노력을 통해서만 소설가를 미워할 수 있었다. 그가 마들렌에게 저지른 짓 때문에, 한편 나에게 아무 짓도 하지 않았기 때문에 나는 그를 미워했다.

내가 둘로 쪼개지는 듯한 느낌은 이때 이미 시작되었던 것 같다.

그리고 그것은 단순한 감각에 지나지 않는 것이⋯⋯ 아니었던 셈이다.

어느 새벽 나와 마들렌이 심야 영화를 보고 돌아와 현실과 영화 내용과 꿈의 경계에서 나누었던 대화가 문득 떠오른다. 언니, 나는 이제…… 소설 같은 건 못 쓸 것 같아. 감자만 한 내 가슴을 만지작거리면서 마들렌은 잠에 취해 웅얼거렸다. 왜? 쓰고 싶지 않으니까…… 내 손 역시 마들렌만 한 마들렌의 가슴을 별 욕정 없이 문지르는 중이었다. 나에게 너 같은 재능이 있었다면, 나는 한참 만에 대답했다. 나는 그 밧줄을 잡고 기어이 여기서 탈출했을 거야. 그르륵 하고 코를 먹는 건지 고는 건지 헷갈리는 소리가 들렸다. 마들렌에게 그건 걷잡을 수 없는 잠에 저항하면서까지 들을 가치가 있는 대답은 아니었을 것이다. 나에게도 마찬가지였지만 나는 바로 잠들지 못했다. 나는 소설가의 애인이 되고 싶었다. 마들렌이 소설가가 될 거라고 생각했다. 마들렌이 고정된 직업을 갖지 않는 이유는 소설가가 되기 위해서라는 것을 나는 알고 있었다. 나는 마들렌 머리 밑에 괴어 주었던 팔을 조심스럽게 빼고 바로 누웠다. 마들렌이 소설가든 아니든 나는 마들렌의 감자 친구고 마들렌은 나의 과자 친구라는 점에 대해서 한참 동안 생각했다. 그러고는 잠들어 그날 본 영화와 아무 상관없는 꿈을 꿨던 것 같다.

둘이 된 나는 세 가지 정도의 선택지를 떠올릴 수 있었다. 첫째, 어떻게든 분열의 원리를 알아내 그 역을 시도한다. 즉, 합체해 본다. 어느 주말 나는 모자를 깊숙이 눌러쓰고 한 손에 모자를 든 채 외출해서 또 다른 나에게 씌운 뒤 한참 동안 껴안고 있었다. 맞닿은 뺨과 목에 땀이 돋을 만큼, 지나가는 사람들의 시선이 필요 이상으로 의식될 만큼 오래 그러고 있었으나 별 소득은 없었다. 또다시 분열이 일어나는 불상사를 막기 위해 원인 규명은 꼭 필요했지만, 보류. 아무튼 하나가 되지 못했으므로 무기한 보류.

둘째, 둘 중 하나가 희생하기로 한다. 우리는 다이소 키친 용품 코너에 서서 녹이 잘 슬지 않는 스테인리스 식칼(오천 원)을 한참 동안 쳐다보고 있었다. 단순하고 명쾌하며 가장 합리적인 해결책. 어느 쪽이든 나니까 한쪽만 희생해 주면 결국 나를 살리는 길이 되지 않나. 하지만 누가 누구를 정리하지? 둘 다 나라면 둘 중 누가 남는 게 맞지? 남은 시신을 처리하다 들키면 살아남은 쪽도 좆 되는 거 아닌가? 게다가 모든 감각이 공유되는 이중의 몸을 갖고 산 채로 죽음에 이르는 통증을 맛보는 게 과연 안전한 지는 어떻게 아는가. 따라서 이 역시 보류. 확실한 만큼 후폭풍도 대단할, 양날의 검이었다.

셋째…… 마들렌에게 고백한다. 나는 그 애의 감자 친구로서 단일한 존재가 아니라는 진실을. 마들렌이 이런 나를 받아들여 준다면 우리는 지금까지의 처참한 생활양식을 청산할 수 있었다. 어쩌면 이상적인 3인 가구가 될 가능성도 있었다. 나는 수입이 늘고 덜 피곤해지겠지. 마들렌은 늘 집에 혼자 있을 필요가 없어지고. 세 명부터 플레이할 수 있는 보드게임도 가족구성원끼리 할 수 있어. 물론 내 뇌는 형식상으로만 두 개고 서로 클라우드 연동 같은 게 되는 상태라 마들렌이 훨씬 불리하겠지만 세 사람이 둘러앉아 카드를 나누어 갖는 그림은 얼마든지 연출할 수 있겠지.

하지만 만약에 마들렌이 받아들이지 못한다면? 받아들이

지 못하는 거야 탓할 수 없겠지만, 당장 혹은 근미래에 나와 헤어지면 마들렌이 나를, 내 복수의 존재 형식을 비밀로 해줄까?

어떤 선택지도 안전하지 못하다는 결론에 봉착한 나는 하염없이 허송세월을 했고 날씨는 하루가 다르게 혹독해졌으며 내 몸은 하루가 다르게 바스러지고 있었다. 지금이라도 쌍둥이라고 사기를 쳐볼까? 마들렌은 내 가족 등본을 본 적이 있다. 마들렌이 미쳐서 나를 둘로 착각하는 거라고 가스라이팅을 해볼까? 꽤도 먹히겠다, 당사자인 나조차 이 마당까지 와서도 가끔은 실감이 안 나는데. 아니, 왜 이렇게 마들렌 눈치를 보는 거야. 마들렌에게 들키기 전에 먼저 헤어지자고 하고 집에서 내쫓을까? 그러기에는 내가 마들렌을 확실히…… 좋아하는 것 같다.

나는 마들렌이 먼저 문제를 눈치채고 괜찮다고 말해 주기만을 바랐다. 그것만이 내가 기댈 수 있는 단 하나의 희망적인 방향이었다. 솔직히 아직까지 내가 둘이라는 것을 알아차리지 못한 건 마들렌에게도 잘못이 있다고 나는 생각했다. 나한테 조금만 관심을 기울여도 알 수 있지 않나? 내가 그렇게 치밀하게 증거를 없애고 다닌 것도 아닌데.

나 할 말 있어

라고 마들렌이 메시지를 보내왔을 때 나는 드디어 올 것이 왔다고 생각했다. 내가 요즘 이상해서 헤어지고 싶다거나 내가 요즘 이상해서 걱정이 된다거나. 어느 쪽이든 이제는 결착을 지어야겠다고 나는 마음을 먹었다. 알았어, 오늘 최대한 빨리 들어갈게. 나는 마들렌이 내게 무슨 말을 하려는지가 너무 궁금하고 불안해서 반차라도 쓰고 싶은 지경이었다.

언니 오늘 그렇게 입고 출근했던가?

집 근처 피시방에서 핫바를 사 먹던 내가 반차를 썼다고 거짓말하며 들어가자 마들렌은 미심쩍은 표정으로 물었다. 어, 응. 나 출근할 때 자고 있던 거 아니었어? 그보다 할 말 있다며, 무슨 일 있어? 내가 짐짓 걱정스레 묻자 마들렌은 말했다. 언니, 내 부탁 하나 들어줬으면 해.

무슨 부탁? 정말 헤어져 달라는 부탁인가? 나는 불안감이 나를 앞질러 대답하지 않도록 주의하며 경청했다. 마들렌은 조심스레 입을 뗐다. 다름이 아니라……

다음 공판 기일에 증언해 줄 수 있어?

그야 나는 당연히…… 뭐라고?

쟁점을 위계에 의한 강제 추행인지 아닌지로 가져가야 한대. 나는 미성년자가 아니라서 불리하대. 그렇게 말하며 마들렌은 피식 웃었다. 그 새끼가 나한테 피하기 힘든 직장 상사나 학교 선생 같은 게 아니라서 위계가 작용했음을 증명하기가 어렵대.

거기에 내 증언이 무슨 도움이 돼?

걔가 그때 얼마나 권위적이고 편향적이었는지, 같이 수업 들었던 언니라면 말해 줄 수 있잖아. 나한테 너무 중요한 일이야. 해줄 수 있겠어?

솔직히 말하면 전혀 예상치 못한 부탁이었다. 그간의 생활이 너무 힘들어서 그에 대해서는 까맣게 잊고 있던 것이었다. 아, 그랬지. 이 모든 일의 애초에는 마들렌의 송사가 있었지. 나에게는 아득하게 느껴지는, 그래서 이미 끝난 것처럼도 느껴지는 그 일이 사실상 제대로 시작도 되지 않았다는 점은 한 번에 받아들 여지지 않았다. 멀리에서 미간을 찌푸린 채 키보드를 두드리던 내가 손을 거두어 무릎 위에 올려두었다. 맑은 정신으로, 온 마음 으로 제대로 대답해야 한다고 나는—나도—생각했다.

미안한데 나 못할 것 같아.

언니.

나는 네가 그 사람 얘기할 때마다 둘로 쪼개지는 것 같은 기 분이 들어. 그 사람 실제로 보니까 더 그랬고.

거짓말이 아니었다. 마들렌과 소설가를 동시에 보고 있는 동안에 나는 소설가보다 마들렌을 미워하는 나를 발견했고 마 들렌의 감자 친구인 나는 그런 나를 받아들일 수 없었다. 나는 분 명 소설가를 미워했지만 한편으로는 연민했다. 그런 인간을 연 민하는 스스로를 이해할 수 없었다. 나를 그런 자리에 앉게 만든 마들렌이 소설가보다 더 미웠고 최종적으로는 나 자신을 가장 미워하게 되었다.

언니 정말 이기적이다.

마들렌은 부들부들 떨면서 눈물을 뚝뚝 흘렸다. 내가? 내가 이기적이야? 네가? 네가 나한테 그런 말을 해? 나는 그렇게 말하 고 싶었다. 내가?든 네가?든 말하고 싶었지만 기가 막혀 말문도 막히고 말았다. 마들렌이 울며 계속 말했다.

언니는 언니가 우리 관계에서 일방적으로 희생하고 있다고 생각하잖아. 언니야말로 엄청나게 이기적인 사람이야. 언니한테는 언니밖에 없어. 언니가 세상의 전부야.

그 순간 무겁고 날 선 도끼가 정수리 한가운데를 빡 하고 내리치는 듯한 격통이 있었고 나는 따뜻한 피자가 치즈를 늘어뜨리며 갈라지듯 찌익, 쩌억 하고 둘로 나뉘었다. 마들렌의 눈앞에서. 아, 이런 식이었군. 의식이 있는 채로 갈라진 건 또 처음이라 나는 신기하다는 생각을 먼저 했다. 양손으로 입을 틀어막은 마들렌, 어느새 눈물이 그친 눈을 똥그랗게 뜬 채 내가 지금 뭘 본 거야? 이게 지금 실제 상황이야? 라는 표정을 짓고 있는 마들렌을 보기 전까지는 아무튼 경이감이 우세한 감정이었다.

이건 그…… 내가 설명할 수 있어. 이건 뭐냐면,

두 명의 내가 동시에 말했고 우리는 서로 마주 본 후에 다시 마들렌을 쳐다보았다.

아니…… 나 잠깐 나갔다 올게……. 늦을 수도 있어.

마들렌은 아주 가늘고 떨리는 목소리로 말하며 뒷걸음질 쳐 현관으로 나갔다. 허겁지겁 운동화를 발에 꿴 나의 과자 친구는 끈이 풀린 줄도 모르고 문을 나섰다. 나는 감히 마들렌을 잡을 수 없었다. 아마 겁먹은 것 같았지, 아아 최악의 방식으로 알게 해버렸다. 나와 나는 동시에 엉덩방아를 찧으며 주저앉았다. 이렇게 되려고 그동안 그렇게 애를 쓴 게 아니었는데. 나는 마들렌이 몹시 미웠고 그에 못지않게 스스로가 싫었다. 나의 마들렌이 나에게 질리지 않았기를 바랐고 동시에 이 모든 상황에 나 스스로 질려 있었다. 지긋지긋한 나들의 의식의 연쇄 속에 불쑥 하나의 목소리가 솟았다.

진정해. 또 쪼개지면 어떡할 거야.

나는 나를 향해 결심에 찬 눈빛을 보냈다. 나 역시 나에게 고개를 끄덕여 결의를 표했다. 이것 말고는 역시 방법이 없는 걸까. 머리가 셋이라도 사람은 하나다 보니 그보다 더 뾰족한 수는 떠오르지 않았다. 결정을 더는 미룰 수 없었다. 어쨌든 이런 식으로 이루어지는구나. 언젠가 목이 잘려 죽을 것 같았던 나의 오랜 예감은. 나는 싱크대 하부 장을 열어 식칼을 꺼내와 나와 나 사이에 내려놓았다. 나와 나는 식칼을 가운데 두고 공손히 무릎을 꿇었다.

곧 또 하나의 내가 집으로 돌아올 시간이었다.

서성란 徐聖蘭

1967년 전북 익산에서 태어났다. 1996년 『실천문학』을 통해 작품 활동을 시작했다. 소설집 『방에 관한 기억』 『파프리카』 『침대 없는 여자』, 장편소설 『모두 다 사라지지 않는 달』 『특별한 손님』 『일곱 번째 스무살』 『풍년식당 레시피』 『쓰엉』 『마살라』 『달 아주머니와 나』 등을 펴냈다. 서라벌문학상을 받았다.

내가 아직 조금 남아 있을 때

1

과일과 커피를 가지고 온 연희에게 어서 소파에 앉으라고 재섭
이 재촉하듯 말했다. 저녁 식사를 하면서 충분히 이야기를 나누
었는데도 그는 딸에게 더 듣고 싶은 말이 있는 것 같았다. 혜순
은 설거지한 그릇을 식기 건조기에 넣고 마른행주로 조리대와
개수대 가장자리를 훔치면서 거실에서 들려오는 부녀의 다정한
목소리에 귀를 기울였다.

금요일 저녁이었다. 언제부턴가 세 식구는 약속이라도 한
듯 금요일 저녁마다 함께 밥을 먹고 커피를 마셨다. 주중에 이따
금 집에 들러 밥을 먹고 가는 딸은 금요일에는 일찌감치 와서 혜
순을 도왔고 이런저런 이야기를 나누다가 하룻밤 자고 토요일
오전에 작업실로 돌아갔다. 지방 도시에서 원룸을 얻어 생활하
는 재섭은 목요일 저녁에 집으로 오고 일요일 오전에 떠나기를
이십여 년 동안이나 반복하고 있었다.

일주일에 사흘을 머물렀어도 재섭이 집에서 저녁 식사를 하는 날은 금요일 하루뿐이었다. 노년이라고 해도 어색하지 않은 나이에 재섭은 쉴 수 있는 날에도 늘어져 있지 않고 부지런히 나돌아 다녔다. 단둘이 마주 앉아 식사할 때 딱히 할 이야기가 없고 온종일 함께 보내는 시간이 불편했던 터라 혜순은 전처럼 서운하기는커녕 일요일 아침에 재섭이 돌아가려고 준비할 때쯤이면 한 주가 무사히 끝나고 다시 혼자 남는다는 사실에 조용히 안도했다.

재섭과 연희는 올가을 예술극장 대극장 무대에 올라갈 예정인 연극 이야기를 하고 있었다. 혜순은 식탁에 널려 있는 사과와 키위 껍질을 비닐에 담아서 묶고 커피머신에서 캡슐 세 개를 꺼내 쓰레기통에 버렸다. 물탱크와 컵 받침대를 분리해서 물에 헹구고 젖은 행주와 마른행주로 커피머신 주위를 꼼꼼히 닦으면서 혜순은 부녀의 대화를 한 마디도 놓치지 않고 듣고 있었다.

작년 가을 연희는 작업실을 얻어 독립했다. 캡슐커피를 즐겨 마시는 연희는 제가 산 커피머신을 야박하게 가지고 가지 않았다. 인스턴트커피와 원두커피에 비해 값이 비쌌지만 캡슐이 동나기 전에 혜순은 미리미리 온라인쇼핑몰에 주문해서 바구니를 채워 놓았다. 재섭이 연출가 송 이야기를 꺼냈다. 재섭의 대학 후배고 예술대학 교수인 송이 올가을 대극장 무대에 올라갈 작품을 맡았다는 소식을 혜순은 이미 들어서 알고 있었다. 연희가 쓴 희곡이었다.

「돌아오는 아이들」인지 「돌아가는 아이들」인지 작품 제목이 정확하게 기억나지 않는 그 희곡을 쓰기 위해 연희는 오랫동안 취재와 자료 조사를 했다. 희곡 한 편을 쓰려고 단행본이며 논문까지 찾아서 읽는 딸이 과연 어떤 작품을 쓰게 될지 궁금했지만 혜순은 묻지 않았다.

"당신도 이리 와서 앉아."

재섭이 주방 쪽으로 고개를 돌리고 큰 소리로 말했다.

"엄마, 커피 다 식어요."

연희가 다정하게 재촉했다.

일거리를 찾으면 끝이 없었다. 주방 바닥을 스팀 걸레로 닦고 음식물 찌꺼기를 내다 버려야 했다. 내일 아침에 먹을 반찬을 미리 준비할 수도 있었다.

"엄마, 어서 오세요. 사과가 맛있어요."

연희가 포크로 사과 한 쪽을 찍어 들고 혜순을 향해 거실로 오라고 손짓했다.

행주를 빨아 널어놓고 느릿느릿 거실로 가서 혜순은 1인용 소파에 앉았다. 커피는 이미 식어 있었다. 혜순은 머그컵을 집어 들고 연희가 건네준 사과를 깨물면서 잠자코 재섭의 이야기를 들었다. 연희의 희곡이 지면에 실려 나올 때마다 기뻐하고 격려를 아끼지 않았던 재섭은 이번 작품에 유독 관심이 많은 것 같았다.

한국문화예술위원회와 문화체육관광부의 지원을 받아 예술극장 대극장에 올라갈 연극인 데다 재섭의 대학 후배가 연출을 맡은 작품이었다. 주목받는 작가는 아니어도 연희는 신춘문예에 희곡이 당선된 후로 꾸준히 작품 활동을 해왔고 깊이 있는 작품을 쓰는 삼십 대 젊은 작가라는 호평을 듣고 있었다.

"한국 사회의 감춰져 있는 아프고 불편한 지점을 건드린다는 점에서 의미가 있는 작품이야. 연극 한 편으로 묵은 상처가 치유되지는 않겠지만 당사자들의 고통이 현재진행형이라는 사실을 드러내고 말한다는 것만으로도 회복으로 가는 문을 여는 유의미한 작업이 될 거야."

재섭이 과일 접시에 포크를 내려놓고 혜순을 바라보았다.

"연희의 희곡, 당신도 읽어 봤지?"

혜순은 읽지 않았다. 자료를 찾고 논문을 읽으면서 작품을 구상하고 쓰고 탈고하는 과정을 지켜보았을 뿐이었다. 희곡을 쓰는 연희에게 관심과 지원을 아끼지 않았던 사람이 재섭만은 아니었다. 연희는 책으로 둘러싸인 집에서 글쓰기를 시작했을 때부터 언제나 엄마인 혜순이 먼저 읽고 평을 해주기를 바랐다.

십수 년 전 수필집 한 권을 출간한 혜순을 작가라고 인정하는 사람은 연희 한 사람뿐이었다. 모 기업체에서 주관하는 주부 대상 에세이 공모전에서 운 좋게 장원으로 당선되었던 혜순은 그동안 틈틈이 써놓은 글과 새로 쓴 글을 모아 인세를 받지 않는다는 조건으로 작은 출판사에서 책을 출간할 수 있었다.

책을 내고 오히려 글쓰기가 어려워졌다. 출판사 창고에 쌓여 있는 책을 전부 사들여서 불태우고 싶은 충동을 느낄 때도 있었지만 어차피 누구도 읽지 않을 거라고 생각하면 쓸쓸하면서도 마음이 조금 편안해졌다.

연희의 작품을 읽고 조언해 줄 적임자는 혜순이 아니었다. 재섭은 연희가 등단하기 전까지는 야멸치다 싶을 만큼 말을 아꼈다. 그는 학생들의 리포트와 작품을 읽어 주기도 바쁜 데다 문학은 홀로 궁리하고 모색하는 작업이라며 머리를 내저었다. 에세이라면 모를까 소설이나 희곡은 많이 읽지 않았고 부족한 부분을 지적해 줄 수 있는 지식과 안목이 부족한 줄 알면서도 혜순은 연희의 작품을 열심히 읽었고 짤막하게 감상을 말하고 칭찬과 격려를 아끼지 않았다.

"당신은 시간이 남아도는 사람인데 왜 아직 안 읽었어?"

아직 읽지 않았다고 머리를 내젓는 혜순에게 재섭이 나무라듯 물었다.

"이 주제는 대중적인 서사로 접근하면 위험해. 십중팔구, 아니 백 퍼센트 통속 드라마가 될 테니까 말이야. 순문학만이, 순수 예술 장르에서 다뤄야 할 주제라고."

접시에 남아 있는 마지막 사과 한 쪽을 집어 들면서 재섭은 대학에서 강의할 때처럼 단호한 어조로 말했다.

"엄마는 요즘 시력이 안 좋아서 책을 읽지 못하신대요. 두통도 심해서 약을 먹고 있는데 아빠는 모르셨어요?"

연희가 혜순과 재섭을 번갈아 바라보면서 말했다.

"돋보기 있잖아. 나이 들면 노안이 오는 건 당연한 거고. 나는 일주일에 나흘 동안 강의하고 리포트 읽고 채점하느라 눈이 시리구먼."

재섭이 투덜거리며 자리에서 일어났다.

금요일 저녁 가족 모임은 파장이었다. 재섭은 서재로 연희는 접시와 머그컵을 씻어 놓고 제 방으로 들어갔다. 혜순은 두 사람이 아침 식사를 마치자마자 서둘러 집을 나가고 홀로 남게 될 토요일 오전이 벌써 기다려졌다. 모임이며 낚시며 늘 혼자 바쁘게 돌아다닌다고 재섭을 다그쳤던 일을 까맣게 잊은 사람처럼 혜순은 혼자만의 시간을 간절히 바라고 있었다.

　　연희가 쓴 희곡의 스토리와 주제는 짐작하기 어렵지 않았다. 일곱 살에 미국으로 입양되고 파양과 재입양 과정을 겪었던 아이는 서른일곱 살이 되던 해 겨울, 주정부의 추방 명령을 받고 한국으로 돌아왔다. 연희는 자신의 의지와 상관없이 보내지고 돌아와야 했던 존 터너의 사연에 주목했다. 미국 시민권을 얻지 못한 채 살았던 존은 폭력과 절도 등의 전과 때문에 추방당했다. 한국말을 모르고 돈이 없었던 그는 이태원 거리를 부랑아처럼 떠돌다가 행인과 시비가 붙어 경찰에 체포됐다. 십 대부터 정신과 치료를 받았고 조현병 약을 먹지 않으면 자신을 제어하기 어려웠던 존은 경찰에 의해 정신병원으로 넘겨졌다.

　　한국 입양 기관은 그가 해외 입양인이고 추방당해 한국으로 돌아왔다는 사실을 일 년이라는 긴 시간이 지난 뒤에야 파악할 수 있었다. 입양 기관에서 마련해 준 시설에 입소해 지내는 동안 그는 자신과 같은 처지인 사람들과 크고 작은 갈등을 겪었다. 존은 한국어를 배우려고 하지 않았고 한국에서 살아 보겠다는 의지가 없었다. 한국으로 돌아오고 이 년이 지난 어느 날 그는 십 층 건물 옥상으로 올라가서 바닥으로 뛰어내렸다.

장례가 치러지고 석 달 뒤 존 터너의 유해는 그의 유언대로 바다 건너 미국으로 돌아갔다. 그의 양부모로부터 미국에서 추방당하고 출생국에서 생을 마감한 양아들의 유골을 기꺼이 건네받겠다는 의사를 전해 듣기까지 석 달이라는 시간이 걸렸다. 존 터너의 양부모 주소를 찾아내 연락하고 답을 얻어 냈던 해외 입양인 연대 자문위원 K 씨의 노력이 없었다면 불가능했을 일이었다.

피부색과 생김새가 비슷한 사람들이 사는 한국에서 이방인으로 겉돌다가 자신을 추방한 나라로 주검이 되어서라도 돌아가고 싶다고 유서를 남기고 자살한 존 터너의 사연은 텔레비전 뉴스와 신문 기사를 통해 한국 사람들에게 알려졌다. 혜순이 여러 날 잠을 설쳐야 했을 만큼 가슴 아프고 안타까운 사연이었다.

청소를 하려고 연희의 방에 들어갔다가 해외 입양인들의 수기와 소설, 연구자들의 논문과 보고서 등으로 잔뜩 어질러져 있는 책상을 보았을 때 혜순은 망연자실했다. 식탁에 마주 앉아 밥을 먹다가 존 터너의 비극적인 삶이 안타깝고 슬프다고 말했던 연희가 그의 이야기를 작품으로 쓰려고 자료를 모으고 있는 줄은 짐작도 하지 못했다.

혜순은 딸이 해외 입양인들의 삶에 관심을 기울이고 작품으로 쓰려고 하는 까닭을 알 수 없었다. 아프고 고통스러운 그들의 삶을 감당해 낼 만한 경험이 없고 나이도 젊은 연희가 왜 하필 생부모에게 버려지고 해외로 입양되었다가 추방되어 돌아와 스스로 생을 마감한 비극적 인물에 몰두하는지 이해하기 어려웠다.

글쓰기 소재는 가까운 곳에서 찾아야 한다고 혜순은 배웠다. 시를 쓰면서 여러 대학에서 강의했던 재섭이 지방 국립대학 전임으로 임용되어 집과 원룸을 오가기 시작하면서부터 혜순은 갑자기 늘어난 시간을 의미 있게 보낼 요량으로 문화센터 에세이 쓰기 강좌에 등록하고 본격적으로 글쓰기에 매달렸다. 시간이 날 때마다 혼잣말을 하듯 글을 썼던 혜순은 전문가의 지도를 받으면 더 잘 쓸 수 있게 될 거라고 생각했다.

에세이 강좌를 맡은 늙은 강사는 모든 글은 결국 자신의 이야기라고 말했다. 거창한 것에서 소재를 찾으려고 애쓰지 말고 본인의 경험을 진실하게 쓰라고 조언했다. 자신의 이야기를 진실하게 쓰라는 강사의 말에 혜순은 더럭 겁이 났고 가까운 것에서 소재를 찾으면 쓰는 사람이 감당할 수 있고 독자의 공감을 얻는다는 말에는 고개가 끄덕여졌다. 글을 쓸 때마다 강사의 말을 곱씹어 보았지만 자신이 쓰고 있는 글이 얼마만큼 진실한지 혜순은 알 수 없었다.

존 터너의 사연에 마음 아파하는 것만으로 충분하지 않느냐고 혜순은 딸에게 말하고 싶었다. 아무리 많은 자료와 논문, 수기를 찾아 읽는다고 해도 입양과 파양, 추방을 겪고 스스로 생을 마감한 입양인의 서사를 딸이 감당할 수 있을 것 같지 않았다.

혜순이 어렵게 말을 꺼냈지만 연희는 귀담아 들으려고 하지 않았다.

"초고가 벌써 내 머릿속에 있어요, 엄마."

연희는 입가에 웃음을 짓고 말했다.

"너무 어둡고 무거운 이야기가 되지 않겠니?"

혜순은 책망하는 목소리로 중얼거렸다.

연희가 무엇을 쓰든 좋은 점을 찾으려고 했고 희곡 작품을 읽어 내는 안목이 부족한 줄 알면서도 칭찬과 격려의 말을 아끼지 않았던 혜순은 딸의 머릿속을 꽉 채운 어두운 이야기에 놀라 지레 걱정하고 있었다. 작품의 소재와 주제는 전적으로 쓰는 사람이 결정한다는 것을 혜순은 모르지 않았다. 스스로 검열에 걸려 포기할 수 있겠지만 타인이 건넨 우려 섞인 말 한마디에 글쓰기를 중단하는 작가는 아마 없을 터였다.

"엄마도 글을 쓰니까 아실 거예요. 이번 작품은 이야기가 나를 찾아왔어요. 쓰지 않을 도리가 없죠. 아마 한 편으로 끝나지 않을 것 같아요. 같은 주제로 희곡집 한 권 분량의 작품을 써내고 싶어요."

연희는 떠들고 혜순은 입을 다물었다.

한 편이 아니라 책 한 권 분량으로 '돌아오는 아이들' 이야기를 쓰겠다는 딸의 말에 혜순은 경악했다.

연희는 시민권이 없어서 한국으로 추방당해 돌아온 입양인들뿐 아니라 미국과 유럽 각국으로 입양되어 살아가고 있는 한국계 미국인, 한국계 유럽인들의 이야기를 쓸 계획이라고 했다.

"한국은 전쟁 직후부터 해외로 고아 수출을 가장 많이 했던 나라인 걸 엄마도 아시겠죠? 고아들을 수출해서 돈을 벌어들인 나라라고요."

전쟁이 끝나고 경제적으로 급속히 성장했어도 한국은 지금껏 고아 수출이 이어지고 있는 나라라고 연희는 분개했다.

"존 터너는 우편 주문 아이였어요. 아이가 필요한 양부모들은 굳이 한국으로 오지 않고도 손쉽게 입양을 할 수 있었다고요. 존 터너처럼 입양 기관이 양부모를 대신해서 비자를 받으면 시민권이 자동으로 부여되지 않아서 여러 가지 문제가 생길 가능성이 큰데도 말이에요."

한국 정부와 입양 기관은 양부모가 한국으로 와서 입양 절차를 완료하고 받는 IR-3 비자와 달리 입양 기관이 양부모를 대신해서 IR-4 비자를 받으면 시민권이 자동으로 부여되지 않는다는 것을 알면서도 입양의 수월성을 내세워 수많은 고아들을 해외로 보냈다고 했다.

"그렇게 보내졌던 아이들이 돌아오고 있는 거예요. 엄마, 나는 연구자나 시민운동가가 아니고 희곡을 쓰는 사람이에요. 그들은 내가 글을 쓰기를 바랄 거예요. 자신들이 왜 떠나야 했고 돌아올 수밖에 없었는지 말하고 싶지 않을까요?"

글을 쓰려고 하는 딸의 의지를 어떤 말로도 꺾을 수 없다는 사실을 확인하고 혜순은 절망했다. 지금껏 혜순은 예술대학에 입학해서 문학을 공부하고 글을 쓰고 작가가 되어 성실하게 작품 활동을 이어 가는 딸의 든든한 조력자로 살아왔다. 작가란 타인의 상처에 고통을 느끼고 함께 아파하는 사람이라고 했던 딸의 말에 아무 의심 없이 고개를 끄덕였던 기억이 떠오르자 혜순은 가슴이 답답하고 두통이 몰려왔다.

2

일요일 오전에 재섭은 S시로 떠났다. 술을 마시고 밤늦게 돌아왔는데도 그는 아침 일찍 일어나서 콩나물국을 먹고 빈손으로 집을 나섰다.

집과 대학 근처 원룸을 규칙적으로 오가며 지내고 있는 재섭을 위해서 혜순은 밑반찬과 생필품을 따로 준비해 놓지 않았다. 밑반찬을 만들어 주고 요긴하게 사용할 물건을 챙기는 일은 번거롭다고 생각할 새도 없이 끝나 버린 지 오래였다. 그는 원룸에서 밥을 짓고 반찬을 꺼내 혼자 궁상스럽게 식사하고 싶지 않아서 식빵 한 쪽과 커피 한 잔으로 간단하게 아침 끼니를 때운다고 했다.

재섭은 빈손으로 와서 빈손으로 떠나기를 반복하다가 종강 무렵이 되면 승용차 트렁크 가득 짐을 싣고 집으로 돌아왔다. 길고 긴 여름방학과 겨울방학 동안 그는 집에서 책을 읽고 시를 쓰고 출간 준비를 하는 와중에 친구들과 어울려서 술을 마셨다. 날마다 무엇을 사 먹을까 고민하지 않고 강의며 학생들의 리포트, 습작 시를 읽어야 하는 의무에서 벗어나 자유롭게 지낼 수 있는 시간을 기다렸던 사람이 재섭 혼자만은 아니었다.

방학을 기다리지 않게 된 것이 언제부터였는지 혜순은 정확하게 기억하지 못했다. 연희가 독립하고 재섭과 단둘이 보냈던 겨울방학은 유난히 길게 느껴졌었다. 두 달이 조금 넘는 겨울방학 동안 두 사람은 함께 외출하지 않았다. 식탁에 마주 앉아 식사하다가 정년이 삼 년밖에 남지 않았다는 재섭의 말을 듣고 혜순은 화들짝 놀랐다. 삼 년 뒤에 펼쳐질 지루한 노년의 삶이 걱정스러웠지만 남편의 정년을 늦추게 할 수는 없었다.

퇴직하면 그는 학교와 학생들에게 벗어나서 책을 읽고 시를 쓰고 친구들과 만나 술을 마시며 살아갈 수 있었다. 풍족하지는 않아도 노년에 돈에 쪼들릴 염려는 없었다. 먼 곳으로 여행을 가거나 원 없이 낚시를 하고 건강을 위해 운동을 시작할 수도 있었다. 술에 만취해 돌아와도 이튿날 아침이면 일찍 눈을 뜨고 하루를 시작하는 재섭은 평생 병을 앓았던 적이 없었다.

혜순은 집 안을 대강 치우고 머그컵에 캡슐커피를 내렸다. 서재에 책이 넘칠 듯 쌓여 있는 텅 빈 집에서 혜순은 책을 읽거나 글을 쓰지 않았다. 눈이 나빠져서 글자를 읽기 어렵다고 딸에게 둘러댔지만 사실이 아니었다. 편두통 때문에 날마다 먹고 있는 약은 시력과 상관이 없었다. 연희가 독립해 집을 떠나기 전부터 시작된 두통은 약을 먹어도 좀처럼 나아지지 않았다.

평화롭고 조용한 일상에 균열을 낸 사람은 딸이었다. 혜순은 난독증에 걸린 듯 어느 날부터 책을 읽어 낼 수 없는 사람이 되었다. 주어와 목적어와 서술어로 이루어진 문장을 쓸 수 없었다. 노트북에 갇혀 있는 짧은 글을 불러내기가 두려웠다. 발표 지면이 없어도 꾸준히 글을 썼고 언젠가 다시 책을 낼 수 있을 거라는 기대를 버리지 않았던 혜순은 당황했고 두려움에 빠져들었다.

작가로 인정받지 못했고 치열하게 작품을 쓰지 않았어도

굴곡 없이 평탄했던 삶에 혜순은 만족하고 감사하며 살아왔다. 시인이고 대학교수인 남자의 아내며 희곡을 쓰면서 석사학위를 받고 이듬해 박사과정에 입학했던 딸은 대학에서 전임 자리를 얻기 위해서 경력을 쌓고 있었다. 둘러앉아 식사하면서 문학과 예술에 대해 깊이 있는 대화를 나누고 토론할 수 있는 가족은 결코 흔하다고 할 수 없었다.

문학을 전공하지 않았고 오래전 단행본 한 권을 출간했을 뿐인 엄마를 대화에서 소외시키지 않으려고 했을 만큼 딸은 사려 깊었다. 혜순의 노트북에 차곡차곡 쌓여 가는 원고가 책으로 나올 날을 기다리는 사람도 딸이었다. 엄마와 아내가 아니라 정혜순이라는 사람에게 관심을 기울이고 응원해 준 딸 덕분에 특별하지 않은 삶을 기록하고 반추하며 살 수 있었다. 진실하게 써야 좋은 글이 된다고 했던 강사의 말이 불쑥 떠오를 때마다 혜순은 목구멍에 생선 가시라도 박힌 듯 불편해졌지만 날 것 그대로 온전히 자기 자신과 마주하기란 불가능할 거라고 생각했다.

연희는 친구 같고 선생 같은 딸이었다. 자부심을 느끼게 해준 딸 덕분에 혜순은 그런대로 괜찮은 삶을 살아왔다고 자위할 수 있었다. 버려진 아이들의 사연에 관심을 갖기 시작한 딸이 집요하게 그들의 서사를 추적하지 않았더라면 재섭이 S시로 떠난 일요일 오전에 혜순은 책을 읽고 문장을 쓰면서 평화로운 시간을 보낼 수 있었을 터였다.

딸은 자신이 온전히 이해할 수 없는 타인의 이야기에 매달리지 말았어야 했다. 희곡 한 편으로 부족해서 연작으로 써낼 만큼 매력적인 소재가 아니었다. 혜순은 딸의 의지를 꺾고 주저앉힐 수 없다는 사실에 절망하고 분노를 느꼈다.

— 엄마가 누구인지 내가 왜 버림받았는지 알고 싶어요.

잇바디를 드러내고 환하게 웃는 사진 아래 여자의 이름과 나이가 적혀 있었다. 1980년 11월 15일 원주 시장 골목에서 미아로 발견된 제인 클레이(한국 이름 김정화, 38세)는 보육원에서 열 달 동안 지내다가 사설 입양 기관을 통해 미국 오리건주로 입양되었다.

네 장의 사진이 기사와 함께 실려 있었다. 흰색 셔츠를 입은 아이는 한국 이름이 영문으로 적힌 종이를 가슴팍에 붙이고 겁먹은 표정으로 카메라를 바라보고 있었다. 누렇게 색이 바랜 사진은 그녀가 두 살 무렵에 찍은 것이었다. 입양 직후 그녀는 양부모와 양조모, 피부색이 다른 오빠들과 함께 기념사진을 찍었다. 노란색 원피스를 입은 그녀는 양아버지의 팔에 안겨 있었다. 가족들은 환하게 웃고 그녀는 무표정했다. 미국인 남자와 결혼해 아들과 딸을 낳고 현재 시애틀에서 살고 있다는 제인 클레이는 가족들과 함께 여행지에서 활짝 웃고 있었다.

— 나를 버렸다는 죄책감으로 괴로워하지 마세요. 엄마, 나는 괜찮아요. 지금껏 잘 살고 있으니까요. 나는 그저 알고 싶은 거예요, 내가 누구인지, 왜 이곳으로 오게 되었는지 궁금합니다. 엄

마를 만날 수 있다면 정말 기쁠 거예요. 아직 내가 조금이라도 남아 있을 때 엄마를 만나고 싶어요. 너무 늦지 않게 말이에요.

제인 클레이는 세 차례 한국을 방문했다. 그녀는 미국 입양 기관을 통해 입양 기록을 받았지만 한국에서는 입양에 관련된 추가 서류와 정보를 얻을 수 없었다. 기아棄兒 호적에 올라 입양되었던 그녀는 자신이 버려진 장소를 알게 되었을 뿐이었다. 한국은 사생활보호법으로 입양인들이 생부모의 정보를 당사자 동의 없이 볼 수 없게 막아 놓았기 때문에 설령 기록이 남아 있다고 해도 접근하기 쉽지 않았다.

한국을 방문할 때마다 그녀는 자신이 버려졌던 장소로 찾아갔다. 영문으로 이름이 적힌 종이를 가슴팍에 붙이고 찍었던 사진을 넣어 전단지를 뿌렸지만 전화는 한 통도 걸려 오지 않았다. 세 번째 한국을 방문했던 올해 봄, 그녀의 사연은 공중파 방송을 통해 알려졌고 신문과 인터넷 매체에도 실렸다.

'돌아오는 아이들' 이야기에 매료되어 희곡 연작을 쓰고 있는 연희가 주목했을 만한 가슴 아픈 사연이었다. 연희는 작년 가을 마포 서교동에 오피스텔을 얻어 독립할 때 책과 옷가지 외에 아무것도 가지고 가지 않았다. 가구며 전자제품이 구비돼 있고 침구며 소소한 물품들은 인터넷으로 주문하는 것이 편하다고 했다. 혜순은 집에 오겠다고 연희가 전화와 문자를 하면 낮이든 밤이든 밥을 새로 짓고 김치며 밑반찬을 준비해 놓고 기다렸다.

작업 공간을 얻어 나갔을 뿐 여전히 부모에게 경제적 지원과 보살핌을 받으며 사는 딸이었다. 박사과정을 수료하고 학위를 받기까지 시간이 얼마큼 걸릴지 알 수 없었다. 희곡을 쓰는 일은 돈이 되지 않았다. 서른이 훌쩍 지난 나이지만 부모에게 학비며 용돈을 받아서 쓰는 딸이 자신이 누구며 왜 버려졌고 무슨 까닭으로 먼 이국의 땅으로 가게 되었는지 알고 싶다고 메아리 없는 물음에 매달려 고통스러워하는 입양인들의 마음을 헤아릴 수 있을 리 없었다.

공감과 상상만으로 가닿을 수 없는 세계였다. 엄마의 손을 놓쳤거나 길을 잃고 두려움과 공포에 떨면서 눈물을 흘려 본 적이 없는 딸은 시장 골목에서 울고 있는 아이의 슬픔과 절망을 그저 머릿속으로 이해할 뿐이었다. 성인으로 자라 결혼하고 두 아이의 엄마가 된 그 아이는 가슴팍에 영문으로 이름이 적힌 종이를 달고 찍었던 사진을 들고 한국으로 와서 슬픔과 통곡의 자리였던 시장 골목을 걸으며 한 조각의 기억이라도 찾아내려고 안간힘을 썼을 터였다.

기억하지 못하는 것을 기억해 낼 수 없는 아이는 자신과 피부색이 같고 이목구비가 닮았을 엄마가 내내 딸을 그리워하며 고통 속에서 살았을 거라고 믿고 싶었을 것이었다. 가난하고 병약해서 자식을 키울 여력이 없는 엄마가 눈물을 흘리면서 딸의 손을 뿌리치고 인파 속으로 사라지는 장면은 떠올리기 어렵지 않았다. 어쩌면 아이는 해찰하다가 엄마를 잃어버렸을지도 몰랐다.

두려움으로 온몸이 굳어 버린 아이는 울지 않았다. 해가 지고 파장한 시장 골목에서 우두커니 서 있는 아이를 발견했던 상인이 경찰에 신고하고 보육원으로 넘겨지면서 아이와 엄마가 다시 만날 가능성은 점점 더 희박해졌다. 버려졌거나 길을 잃었거나 부모가 잠시 떠맡긴 아이들이 모여 있는 보육원에서 아이는 열 달을 살았다. 보육원 선생님과 아이들이 이름을 물을 때마다 아이는 우물쭈물하지 않고 대답했다. 김정화.

제인 클레이가 되었을 때도 아이는 김정화라는 이름을 목구멍 깊숙한 자리에 새기고 잊지 않으려고 애썼다. 이름은 아이가 기억하는 모든 것이었다. 조금 더 많이 기억해야 했다고 자책했지만 소용없는 일이었다. 언젠가 엄마를 만나면 지워지고 달아난 퍼즐을 찾아 맞출 수 있을 거라고 스스로 위로하는 수밖에 없었다.

혜순은 식어 버린 커피를 마시고 노트북을 가져와 전원 버튼을 눌렀다. '돌아오는 아이들' 기사를 모아 놓은 폴더를 열고 김정화, 제인 클레이 파일을 클릭했다. 노란색 원피스를 입고 무표정한 얼굴로 양아버지의 품에 안겨 있는 아이는 낯이 익었지만 모르는 아이였다. 혜순은 서울 토박이고 결혼한 뒤에도 내내 서울에서 살았다. 한 번도 가보지 않은 도시의 시장 골목에서 아이의 손을 놓쳤을 리 없었다.

아이의 손을 잡아 보지도 못했다. 이름은커녕 남자아이인지 여자아이인지조차 알 수 없었다. 아이가 엄마를 놓쳤는지 혜순이 아이를 놓아 버렸는지 분명하게 말하기 어려웠다. 감쪽같이 사라진 아이의 행방을 물을 수 없었다. 눈물이 흐르고 머릿속이 어지러웠다. 구역질이 치밀었다. 불렀던 배가 꺼지자 몸은 빠르게 회복되었다. 가족들은 아이의 행방에 대해 입을 다물었다. 그녀는 아이를 낳고 며칠이 지났는지 날짜를 헤아리지 않았다. 아이를 낳았다는 사실조차 거짓말 같았다.

누구도 원하지 않은 아이는 신속하게 처리되었고 그녀는 노여워하지 않았다. 연극이라도 하는 듯 태연히 일상을 살아가는 부모에게 분노를 터뜨릴 수 없었다. 그녀는 스물한 살이었고 삼 년을 더 공부해야 대학을 졸업할 수 있었다. 진로가 분명하게 정해지지 않았지만 졸업과 취업, 결혼, 출산으로 이어지는 특별할 것 없는 삶을 차근차근 살아가야 했다.

어떤 것들은 순서를 앞질러서 오기도 하는데, 만약 치명적인 문제가 있다면 바로잡아야 한다고 그녀의 부모는 말했다. 교육공무원이었던 그녀의 부모는 남에게 폐를 끼친다거나 거짓말하는 사람을 끔찍이도 싫어했다. 선량하고 올곧게 살면서 어려운 이웃들에게 도움을 줄 수 있는 사람이 되어야 한다는 부모의 말은 반박할 여지없이 훌륭했다.

실수를 인정하고 되풀이하지 않으면 그것으로 충분했다. 그녀의 부모는 딸의 과오를 새삼스럽게 들춰내서 고통에 빠뜨리려고 하지 않았다. 실수에서 비롯된 불행한 사건은 빨리 잊고 털어 버려야 옳았다. 상처는 완벽하게 봉합되고 그녀 스스로 발설하지 않는 이상 누구도 알 수 없었다.

그녀는 그녀의 부모가 아이를 건네받아 매장하는 꿈을 꾸었다. 사산아를 낳았는지 땅에 묻어 죽게 했는지 정확히 알 수 없었다. 아이는 울지 않았고 그녀도 울지 않았다. 그녀의 부모는 이름 없는 아이가 묻힌 자리를 두 발로 다진 뒤 손을 털면서 산에서 내려갔다. 해가 지고 어두워졌을 때 그녀는 아이가 묻혀 있는 곳으로 걸어가 무릎을 꿇고 한참 동안 엎드려 있었다.

꿈에서 아이는 울지 않았지만 그녀는 자신의 몸을 찢고 나오면서 터뜨렸던 아이의 울음소리를 기억했다. 얼굴을 볼 수 없었던 아이는 짧은 울음으로 뇌리에 각인되었다. 두려움과 혼란, 빛과 소리에 저항하며 내지르는 단말마의 비명이었다. 폭력에 저항하거나 그녀의 자궁으로 돌아갈 수 없는 아이의 애처로운 울음이었다.

시간이 흐르고 상처 난 자국이 감쪽같이 아물었는데도 그녀는 이따금 아이 울음소리를 듣고 깜짝깜짝 놀랐다. 해마다 나이를 먹어 그녀는 서른이 되고 마흔, 쉰이 되었지만 얼굴을 보지 못한 이름 없는 아이는 여태도 산부인과 분만실에서 울고 있었다.

3

왜 버려졌는지, 엄마가 누구인지 아이는 묻고 있었다.

시나브로 한국어를 잊어버린 아이는 영어로 말하고 생각하면서 대답이 들려오지 않는 질문을 수없이 던졌을 터였다. 행여 두려움과 죄책감 때문에 생모가 끝내 자신을 외면할까 봐 조바

심하고 시장 골목에서 어린 딸의 손을 놓아 버린 엄마가 내내 고통 속에서 살아갈 거라 믿고 싶었을 것이었다.

가난하고 병약하고 슬픔으로 가득 찬 가여운 생모와 만나게 되는 기적 같은 일을 소망하는 사진 속 아이의 얼굴을 혜순은 오랫동안 응시했다. 잇바디를 드러내고 웃는, 더 이상 아이가 아닌 아이의 눈과 코와 입을 주의 깊게 살폈다. 김정화라는 낯설지 않은 이름을 가진 아이는 혜순의 딸이 아니었다.

울음소리를 기억할 뿐이었다. 아이는 땅속에 묻혀 있었다. 혜순은 딸의 실수와 불행을 봉인하고 내내 침묵했던 부모를 원망하지 않았다. 이제 늙어 버린 그녀의 부모는 오래전 자신들의 손으로 매장했던 아이의 존재를 까맣게 잊었을지도 몰랐다. 연희가 '돌아오는 아이들'의 목소리에 관심을 기울이고 책과 자료를 찾아 읽으면서 작품을 쓰지 않았다면 혜순은 손을 잡아 볼 틈도 없이 사라져 버린 아이를 새삼스럽게 기억해 냈을 리 없었다.

죄책감과 두려움을 잊은 덕분에 평온하고 아늑한 일상을 영위할 수 있었다. 진실을 마주하라는 늙은 강사의 목소리가 들려올 때마다 문장이 어긋났지만 견딜 수 없을 만큼 괴롭지는 않았다. 흠결 없는 삶을 살았다고 자신 있게 말할 수 있을 만큼 완벽한 사람이 존재할 리 없었다. 상처를 긁어 덧나게 만들어도 박제된 아이는 걷고 뛰고 자라지 못했다. 봉인된 종이를 열 수 있는 사람은 혜순이 아니었다.

목적지에 언제 닿을지 가늠하기조차 어려운 줄 알 텐데도 제인 클레이는 환하게 웃고 있었다. 외롭고 막막한 긴 여정 끝에 이제 두 아이의 엄마가 된 제인 클레이가 무엇을 보게 될지 단언할 수 없었다. 아이는 제 이름 석 자를 악착같이 붙잡고 놓치지 않았다. 언젠가 그 이름을 지어 준 부모의 귓가에 아이의 목소리가 닿게 되는 불가능한 일이 생길 수도 있었다.

혜순은 주방으로 가서 머그컵을 헹구고 냉장고를 열었다. 사과와 키위를 하나씩 꺼내고 냉장고 문을 닫으려다가 냉장실 선반 위에 차곡차곡 쌓여 있는 반찬통을 발견하고 무르춤했다. 연희가 오피스텔로 돌아갈 때 들려 보내려고 꽈리고추 멸치볶음과 연근조림, 진미채, 깍두기를 만들어 납작하고 투명한 통에 담아 놓았는데 까맣게 잊고 있었다.

반찬을 두고 갔지만 딸은 아쉬워할 것 같지 않았다. 오피스텔 주변에는 식당이며 레스토랑이 즐비하고 장을 봐서 해 먹을 수도 있었다. 독립한 뒤에도 여전히 엄마가 해주는 음식에 의존해서 살아가는 생활을 한 번쯤 돌아보는 것도 나쁘지 않을 듯했다.

혜순은 사과와 키위를 썻어 접시에 깎아 놓고 비닐봉지에 껍질을 담았다. 음식물 찌꺼기가 담긴 비닐봉지를 응시하면서 사과 한 쪽을 입에 넣었다. 오전에 집을 나설 때 재섭은 돋보기를 새로 맞추라고 혜순에게 말했다. 책 읽는 취미마저 없으면 노년에 무슨 재미로 살 거냐고 입가에 웃음을 짓고 말하는 재섭에게 그렇게 하겠다고 혜순은 대답했다.

콩나물국으로 아침 식사를 하다가 불쑥 강아지를 입양해 키우자고 말해서 재섭은 혜순을 놀라게 했다. 당장은 아니더라도 정년퇴직하면 푸들이나 말티즈를 키우고 싶다고 했다. 강아지나 고양이를 키워 본 적이 없고 특별히 동물을 좋아하지도 않는 재섭은 이제 곧 닥칠 노년의 시간이 길고 지루할 거라 지레짐작하면서 겁을 먹은 것 같았다.

"강아지를 키우면 집 안에 온기가 돈다고 그러더라고. 부부 사이에 할 이야기도 생기고. 재롱 피우면서 반겨 주고 졸졸 따라다니는데 왜 예쁘지 않겠어? 강아지 데리고 산책을 나가면 일면식도 없는 사람들이 서로 자기 강아지 자랑을 하느라 바쁘다는 말을 듣고 웃음이 나왔지만 말이야."

독립하려는 딸에게 경제적 지원을 아끼지 않았던 재섭은 연희가 빠져나간 자리를 살아서 움직이는 동물로 채우고 싶은 모양이었다.

유기견을 돌보는 시설을 찾아가면 입양이 어렵지 않을 거라는 재섭에게 혜순은 좋다 싫다 의견을 말하지 않았다. 길을 잃었거나 주인에게 버림받았거나 병들어 내쳐진 상처 입고 슬픔에 잠긴 강아지가 집 안을 오가는 모습은 상상만으로도 괴로웠다.

딸이 떠나고 비어 있는 자리를 고스란히 남겨 두고 싶었다. 생명과 온기를 가진 어린것은 혜순의 몫이 아니었다. 쓰지 못하고 미루어 놓은 이야기가 넘칠 듯 많았다. 진실을 마주하고 글을 쓰라는 늙은 강사의 목소리가 희미해지기 전에 묵혀 둔 원고를 꺼내 읽어야 했다.

혜순은 달고 신맛을 느낄 수 없는 사과와 키위를 번갈아 씹어 삼키고 머릿속을 꽉 채운 문장을 소리 내 발음해 보았다. 혜순의 이야기는 딸이 쓴 '돌아오는 아이들'과 같을 수 없었다. 온전한 문장이 되지 못한 언어를 더 이상 방치하지 말아야 했다.

　　노트북이 놓인 탁자 앞으로 가서 혜순은 무릎을 꿇고 앉았다. 숨겨 놓은 파일을 찾아 마우스를 가져다 대자 내내 숨죽이고 있었던 문장이 아우성을 치면서 쏟아져 나왔다. 물줄기처럼 사방으로 튀는 문장을 끌어안고 혜순은 열 개의 손가락으로 키보드를 두드리기 시작했다. 저물녘에 시장 골목에서 엄마를 기다리는 아이의 이야기였다. 산부인과 분만실에서 여태도 울고 있는 그녀의 아이 이야기였다. 추방당해 출생국으로 돌아왔지만 한국어를 모르고 돈이 없어서 이태원 거리를 떠돌고 있는 우편주문 아이의 이야기였다.

이장욱 李章旭

2005년 문학수첩작가상을 받으며 작품 활동을 시작했다. 소설집 『고백의 제왕』『기린이 아닌 모든 것』『에이프릴 마치의 사랑』『트로츠키와 야생란』, 장편소설 『칼로의 유쾌한 악마들』『천국보다 낯선』『캐럴』 등을 펴냈다.

크로캅

곤자가의 주먹이 날아온다. 빠르게 눈가를 스쳐 간다. 곤자가의
육중한 몸에 짓눌린 상태. 테이크다운 상태. 일방적으로 당하는
상태. 빠져나갈 방법이 없다. 곤자가의 몸을 끌어안는다. 간격을
좁혀야 한다. 사이를 없애야 한다. 주먹을 뻗지 못하도록.

주먹을 막아도 문제는 남는다. 엘보, 엘보다. 곤자가의 엘
보, 그 자체로 흉기. 뾰족하고 딱딱한 팔꿈치 뼈. 그것이 간결하
고 빠르게 회전한다. 눈가를 강타한다. 시야가 흔들린다. 격렬하
게 흔들린다. 다시 엘보가 날아든다. 본능적으로 고개를 돌려 피
한다. 피하면서 곤자가의 팔을 붙잡는다. 팔을 붙잡은 채 눈을 노
려본다. 곤자가의 눈에 잔인한 공격성 같은 것은 없다. 아무것도
읽히지 않는다. 아무것도 없다. 본능만이 있을 뿐이다. 때리지
않으면 맞는다. 죽이지 않으면 죽는다. 그러므로 공격한다. 단순
하다.

엘보,

다시 엘보.

곤자가의 연속적인 엘보가 이마 쪽을 강타한다. 뇌가 정지할 것 같다. 눈가가 부어오른다. 연약한 부위다. 곧 살이 찢어질 것이다. 피가 흐를 것이다. 얼굴을 적실 것이다. 중요하지 않다. 싸우는 한 피는 흐른다. 살아 있는 한 피는 흐른다. 익숙한 일이다.

케이지 쪽으로 움직이려 해보지만 여의치 않다. 곤자가의 몸이 짓누르고 있다. 곤자가의 왼팔을 필사적으로 붙잡는다. 엘보를 막아야 한다. 가슴 쪽으로 머리를 밀어 넣는다. 공간을 없애야 한다. 다행히 곤자가의 움직임 역시 여의치 않다. 팔을 움직이지 못한다. 곤자가로서도 할 수 있는 공격이 없다.

소강상태.

소강상태.

격렬한 소강상태.

심판이 업을 선언한다. 업, 업이다. 일어서야 한다. 곤자가에게 짓눌렸던 몸이 풀려난다.

일어선다.

일어선다.

옥타곤 전체가 빙빙 돈다. 비틀거린다. 고개를 흔든다. 전열을 가다듬는다. 이렇게 무너질 수는 없다. 십여 초만 견디면 1라운드가 끝날 것이다. 1라운드가 지나면 페이스를 되찾을 수 있을 것이다. 1라운드만 잘 버티면……이라고 생각하는 순간,

미들킥이 날아온다. 막을 수 있다고 생각한다. 팔로 허리 쪽

을 방어한다. 팔로 허리 쪽을…… 아니다. 예상보다 고도가 높다. 이것은 미들킥이 아니다. 하이킥이다. 육중한 하이킥이다. 110킬로그램의 몸무게가 실린 거대한 발이다. 그것이 날아온다. 곤자가의 발이 머리를 강타한다.

정신을 잃어버린다.

잃는다. 정신을.

무너진다.

무너진다.

허물어진다……

크로캅이 가브리엘 곤자가에게 무너졌다. 크로캅은 일어나지 못했다. 그것으로 경기는 끝이었다. 크로캅은 정신을 잃은 듯 보였다. 곤자가는 옥타곤을 돌며 포효했다. 승리를 믿을 수 없다는 표정이었다. 곤자가의 환호가 화면을 메웠다.

2007년이었다. 2007년이라니. 벌써 십수 년 전이다. 그렇게 시간이 흐른 것이다. 시간이 흘렀으므로 그 경기는 기억이 되었다. 기록이 되었다. 역사가 되었다. 곤자가에게 실신 패를 당한 후 크로캅은 하강 곡선을 그었다. 하이킥의 예술가가 하이킥에 무너졌다. 이미 삼십 대 중반이었다. 누구나 그것으로 끝이라고 생각했다. 당신도 그렇게 생각했다. 크로캅의 UFC 커리어는 끝이라고.

크로캅의 패배 이후 당신은 UFC에 관심을 잃어버렸다. 지금은 크로캅이나 표도르의 시대가 아니다. 주도산이나 레미 본

야스키, 반달레이 실바의 시대도 아니다. 그들의 시대는 지나갔다. 그들 이후 은가누, 맥그리거, 조니 워커가 등장했다. 새로운 시대가 온 것이다. 하지만 은가누, 맥그리거, 조니 워커의 시대도 곧 끝날 것이다. 아니, 이미 끝났는지도 모른다. 끝났을 것이다. 당신이 모르는 새로운 이름들이 등장했을 것이다. 그것이 격투기의 세계다. 그것이 인생이다.

크로캅은 당신의 우상이었다. K1 시절의 크로캅은 당신을 매료시켰다. 크로캅이 태권도로 격투기 커리어를 시작했다는 사실은 중요하지 않았다. 그것은 당신의 관심을 끌지 못했다. 당신은 '국뽕'에 끌리는 사람이 아니다. 크로캅이 누구인가? 크로아티아의 경찰 특수부대 출신에 국회의원이었으며 동시에 우아한 마셜아트의 예술가. 법을 만들고 법을 집행했던 격투가. 태권도가 아니라 주짓수나 가라테로 커리어를 시작했어도 그는 당신의 우상이었을 것이다.

모든 우상은 역사 속으로 사라진다. 크로캅도 마찬가지다. 시간은 흐르고 크로캅은 구시대의 이름이 되었다. 그것을 어쩔 수는 없다. 세상에는 받아들이는 것 외에는 다른 방법이 없는 일들이 있다. 시간이 흘러가는 일. 흘러가서 강물이 되는 일. 바다가 되는 일. 되돌릴 수 없는 일. 비가역적인 일.

UFC에 관심을 잃은 후 당신의 몸무게는 늘어 갔다. 한때는 85킬로그램 안팎이었는데, 지금은 105킬로그램이 넘는다. 등은 굽었고 뱃살은 출렁거린다. 벌거벗고 선 채 아래를 내려다봐도 성기가 보이지 않는다. 출렁이는 뱃살이 둥근 원을 그리고 있을 뿐이다.

점점 물이 되어 가고 있구나. 당신은 생각한다. 상관없다. 흐늘거리는 육신을 내려다보고 있으면 이상한 쾌감이 느껴진다. 점점 자유로워지는 느낌. 무언가로부터 자유로워지는 느낌.

그런데 무엇으로부터?

당신은 그것을 알 수 없다.

*

똑.

똑.

똑.

물방울 떨어지는 소리가 들렸다. 천장에서 들리는 것 같았다. 당신은 낡은 침대에 누운 채 소리를 듣고 있었다. 한 시간째 듣고 있었다. 집중해서 듣고 있었다. 저것이 무슨 소리인지 분간되지 않을 때까지. 소리가 소리로 의식되지 않을 때까지.

창밖은 희미하게 빛이 번지는 시간. 월요일의 새벽. 새로운 한 주의 시작. 아침의 시작. 언제나처럼 무서운 하루가 시작된다. 아무 일도 일어나지 않는 하루가. 아무 일도 일어나지 않기 때문에…… 무서운 하루가.

당신은 오늘 주민센터에 가야 한다. 외출을 해야 한다. 재유행이라고 했다. 사람들은 다시 마스크를 쓰기 시작했다. 재유행 이후 거리는 다시 한적해졌다. 다들 성실하게 마스크를 쓰고 다넸다. 심지어 윗집 남자까지, 윗집의 그자까지, 윗집의 악한까지, 검고 두꺼운 마스크를.

마스크를 쓴 유령을 본 적이 있는가. 유령처럼 그자는 스르르 걸어 다닌다. 표정도 없이 걸어 다닌다. 계단으로 걸어 다니고 엘리베이터를 타고 오르내리고 거리를 휘적휘적 돌아다닌다. 원한을 품은 자답게, 당신을 노리는 자답게, 당신의 죽음을 기다리는 자답게, 당신의 주위를 떠나지 않는다. 하이에나가 사체 주위를 배회하듯이. 독수리가 죽어 가는 동물의 머리 위를 선회하듯이.

물론 당신은 먹잇감이 아니다. 죽은 동물도 아니다. 죽음이 가깝다고 해서 누가 마음대로 해도 좋다는 뜻은 아니다. 아무렇게나 해도 좋다는 뜻은 아니다. 여전히 당신은 생물이다. 생물. 살아 있는 물질……. 지금도 당신은 적의로 팽창할 수 있다. 원한으로 들끓을 수 있다. 분노로 폭발할 수 있다. 마침내 반격할 수 있다. 왜냐하면…… 살아 있는 물질이기 때문에.

당신은 마스크를 쓰지 않는다. 마스크를 쓰지 않아도 사람들은 당신에게 뭐라 하지 않는다. 힐끗 쳐다보고는 혐오스러운 표정으로 제 갈 길을 갈 뿐이다. 당신은 개의치 않는다. 육중한 몸에 거무튀튀한 살빛에 험악한 인상. 당신은 쉽게 말을 걸거나 시비를 붙일 수 있는 상대가 아니다.

105킬로그램이나 나가는 거대한 노인에게 말을 거는 사람은 없다. 노인이라고는 해도 날카로운 눈빛은 어디 가지 않는다. 어깨는 귀까지 올라와 있고 목은 보이지 않는다. 머리카락은 얼마 남지 않았고 얼굴에는 검버섯이 피어 있다. 눈알은 회백색으로 탁하다. 당장 품에서 사시미 칼을 꺼내 들어도 전혀 이상하지 않을 분위기.

그렇다. 이만하면 자유로운 영혼인 셈이다. 당신은 거대한 몸을 가진 생물이고 움직이는 생물이고 자족적인 생물이다. 그렇다는 것이 당신은 마음에 든다. 세상은 당신을 혐오하고 당신도 세상을 혐오한다. 공평하다. 아무도 당신에게 호의적이지 않고 당신도 호의를 보일 필요가 없다. 그것이 좋다. 동정이라든가 연민 따위의 감정은 옥타곤 바깥의 일이다. 정의니 도덕이니 하는 것 역시 당신은 모른다. 당신은 옥타곤 바깥에 관심이 없다.

일생을 옥타곤 안에서 살아왔다고 당신은 느낀다. 옥타곤만이 진짜 세계라고 느낀다. 그 안에서만 자유롭다고 느낀다. 눈을 감으면 여전히 적의 주먹이 날아오고 엘보는 간결한 반원을 그리며 공격해 온다. 빈틈을 주어서는 안 된다. 간격을 주어서는 안 된다. 적은 언제나 가까운 곳에 있다. 당신은 외롭지 않다. 외로움. 평안한 인생을 사는 자들의 호사 취미. 당신에게는 언제나 적이 있고 적은 언제나 옥타곤 안에 있고 눈앞에 적이 있는 한 당신은…… 외롭지 않다.

가령 윗집 남자. 윗집의 그자. 윗집의 악한. 마스크를 쓴 유령. 하이에나가 사체 주위를 배회하듯이, 독수리가 죽어 가는 동물의 머리 위를 선회하듯이, 당신의 죽음을 기다리는 자. 적의와 원한과 분노를 품은 자. 치명적인 엘보를 옆구리에 감춘 자.

집을 나갈 때마다 시선이 느껴졌다. 뒤를 따라오는 시선이 느껴졌다. 날카로운 시선이었다. 기회를 엿보는 시선이었다. 보이지 않는 주먹이, 보이지 않는 엘보가, 등 뒤에서 타이밍을 엿보고 있는 느낌.

사소한 잽에도 뇌가 흔들린다. 짧게 회전한 엘보에도 뼈가 부러진다. 눈가가 부어오르고 살이 찢어진다. 코너를 도는 순간 누군가 잔뜩 웅크리고 있다가 급습할 것 같은 기분. 피를 볼 것 같은 기분. 뇌가 정지할 것 같은 기분. 알고 있다. 싸우는 한 피는 흐른다. 살아 있는 한 피는 흐른다. 익숙한 일이다. 그것이 옥타곤의 법칙.

윗집 남자. 그자도 체격이 작은 편은 아니다. 80킬로그램은 넘을 것이다. 리치가 길고 다리도 길다. 그 몸으로 휘적휘적 잘도 걸어 다닌다. 계단으로 걸어 다니고 엘리베이터로 오르내리고 거리를 돌아다닌다. 허여멀건 게 젊었을 때는 틀림없이 잘생겼다는 말을 들었을 얼굴. 하지만 음침한 얼굴. 창백한 낯빛. 거의 투명에 가까운 살갗.

눈빛만 봐도 어떤 자인지 알 수 있다. 눈이 큰 데 비해 눈알이 작아서 허영만 만화에 나오는 인물 같다. 작은 눈알을 치뜨면 네놈의 모든 걸 알고 있다는 살수의 표정이 된다. 어디를 바라보는지 가늠할 수 없는 눈. 시선이 없는 눈. 유령 같은 눈. 그 눈에 잔인한 공격성 같은 것은 없다. 아무것도 없다. 말이 없고 표정이 없고 움직임을 예측하기 어렵다. 예측하기 어려운 것만큼 두려운 것은 없다. 그곳에서 주먹이, 엘보가, 니킥이 날아온다.

당신은 느낀다. 이제 곧 공격이 시작되리라는 것을. 팔꿈치 뼈가, 무릎뼈가, 당신을 공격해 오리라는 것을. 두 팔로 고리를 만들어 목을 조르리라는 것을.

비유가 아니다. 당신은 등 뒤를 유의한다. 어디서든 벽에 등을 붙이고 있기를 선호한다. 엘리베이터에서는 옆으로 비켜서고 단지 앞 식당에서는 먼 구석 자리를 택한다. 버스를 타도 맨 뒤에 앉고 지하철에서는 차량 끝의 노인석에만 앉는다.

알고는 있다. 그럴수록 당신의 영혼이 뾰족해진다는 것을. 당신에게도 적의와 분노와 원한 감정이 쌓여 간다는 것을. 적의는 적의를 부르고 분노는 분노를 부르고 원한은 원한을 증폭시킨다는 것을. 끝나지 않는 원환圓環이라는 것을.

그런 감정에 시달려 보지 않은 자들은 아직 애송이들일 뿐이다. 인생을 모르는 철부지들일 뿐이다. 에너지는 불변한다고 했던가. 영원하다고 했던가. 육체가 소멸하고 기억이 사라져도 에너지는 남는다고 했던가. 윗집 남자는 은밀하고 지속적으로 당신을 노리고 있다. 그는 당신의 끈기를 인내력을 주의력을 집중력을 시험한다. 물방울을 한 방울씩 한 방울씩 떨어뜨리는 사람의 표정으로.

그 새벽, 당신은 낡은 침대에 누워 있었다. 크로캅은 패배했고 당신은 실의에 빠져 있었다. 하이킥의 예술가가 하이킥에 무너졌다. 크로아티아의 경찰이었고 국회의원이었던 우아한 마셜 아트의 예술가가 한순간에 무너졌다. 당신은 피곤했고 자고 싶었고 꿈 따위는 꾸고 싶지 않았다. 죽은 듯이 잠을 자고 새로 태어나듯 깨어나고 싶었다. 그때 똑,

똑,

똑.

귀를 파고드는 소리가 있었다. 물방울 소리였다. 한 방울씩 규칙적으로 떨어지는 소리. 목표물을 향해 정확하게 떨어지는 소리. 어디서 어디로 떨어지는지 모르지만 정확하게 그곳으로 떨어지는 소리.

똑.

똑.

똑.

소리는 생략 없이 규칙적으로 정기적으로 당신의 귀를 파고들었다. 윗집에서 내려오는 소리인 건 확실했다. 어디서 어디로 떨어지는지는 확실치 않았다. 화장실인가. 싱크대인가. 아니, 천장 곳곳에서 물방울이 떨어지는 느낌이었다. 침대에 누운 채 당신은 생각했다. 저것들은 어디서 어디로 떨어지는가. 왜 떨어지는가. 집 안을 천천히 돌아다니며 정확한 간격으로 낙하하는 저 물방울들은.

옛날 고문 방식에 그런 게 있다던가. 죄수의 이마에 물방울을 떨어뜨린다. 한 방울씩 떨어뜨린다. 똑. 똑. 똑. 죄수는 떨어지는 물방울을 하나하나 이마에 맞는다. 반복적으로 맞는다. 속절없이 맞는다. 시간이 흐른다. 시간이 흐를수록 물방울은 조금씩 무거워진다. 거대해진다. 물방울은 물방울처럼 떨어지다가 자갈처럼 떨어지다가 돌멩이처럼 떨어지다가 바위처럼 떨어지다가 마침내 폭탄처럼 떨어진다. 똑, 똑, 똑 떨어지다가 쿵, 쿵, 쿵 떨어지다가 쾅, 쾅, 쾅 떨어진다. 죄수는 이마에 구멍이 뚫리는 느낌을 받는다. 뇌가 깨지는 느낌을 받는다. 비명을 지른다. 죄수는 이윽고…… 죽는다.

똑.

똑.

똑.

이마 위로 여전히 작고 투명한 물방울이 한 방울씩 떨어지고 있다. 바늘처럼 뾰족한 것이 한 방울씩 떨어지고 있다. 당신은 죄수가 아닌데, 고문을 당할 이유가 없는데, 침대에 누운 사람일 뿐인데, 이마에 구멍이 뚫릴 것 같은 느낌에 시달린다. 조만간 피가 얼굴을 적실 것 같은 느낌에 시달린다.

알고 있다. 어차피 이 낡고 작은 아파트는 소음에 취약하다. 소음은 손쉽게 공간을 장악한다. 집 안 어디로 이동해도 마찬가지다. 그것을 피할 수는 없다. 낡은 배관은 소리를 실어 나른다. 화장실에 앉아 있으면 윗집에서 대화하는 소리가 관을 타고 내려온다. 아랫도리를 내리고 앉아 귀를 기울이면 윗집 남자가 중얼중얼하는 소리를 들을 수 있다. 아…… 그 새끼가…… 저주받을 새끼가…… 혼자인데…… 어쩌라고…… 뭘 어쩌라고…… 사장 편이나 드는 새끼가…… 외로워서 어쩌라고…… 그 저주받을 새끼가…… 히히.

당신은 귀를 막았다. 당신은 수면제를 입에 털어 넣었다. 몇 개의 알약을 삼켰다. 이게 수면제인가 신경안정제인가. 아니면 마약성진통제인가. 중요하지 않다. 어쨌든 곧 잠이 밀려올 것이다. 밀물처럼 잠이 밀려올 것이다. 죽음에 가까운 형태로 몸을 잠식할 것이다.

아침. 새로운 아침. 당신은 이웃을 마주치려 하지 않는다. 그들은 당신에게 적대적이다. 그들은 당신을 피한다. 당신도 그들을 피한다. 하지만 피하려 한다는 바로 그 이유로 마주치는 것들이 있다. 우연을 가장하는 것들이 있다. 불가피한 것들이 있다. 얼마 전 당신은 일 층 우편함 앞에서 윗집 남자를 마주쳤다. 윗집의 악한. 마스크를 쓰고 다니는 유령. 하이에나가 사체 주위를 배회하듯이, 독수리가 죽어 가는 동물의 머리 위를 선회하듯이, 당신의 죽음을 기다리는 자.

계단참이 고요하다고 느껴질 때, 복도가 고요하다고 느껴질 때, 엘리베이터가 멈추어 있을 때, 당신은 집을 나왔다. 주위가 고요할 때를 골라 당신은 엘리베이터를 타고 일 층으로 내려갔다. 당신에게도 외출해야 할 이유가 있으니까. 주민센터에 가야 하니까. 보험 공단에 가야 하니까. 탈락하고 탈락해도 될 때까지 내봐야 하니까. 차상위라도 신청해야 하니까. 평생 낸 세금을 돌려받아야 하니까. 옥타곤에서도 돈은 필요하다. 아니 옥타곤이야말로…… 돈이 전부인 공간이다. 그게 없으면 주먹 한 번 뻗지 못하는.

윗집 남자는 일 층 우편함 앞에 서 있었다. 미동도 없이 서 있었다. 우편물을 확인하는 자세가 아니었다. 혼자 뭐라 뭐라 중얼거리며 서 있을 뿐이었다. 당신은 입술을 깨물었다. 눈을 가늘

게 뜨고 남자의 옆모습을 노려보았다. 그자의 등 뒤를 지나는 순간, 그자의 목소리가 당신의 목덜미를 낚아챘다. 아…… 이 새끼가…… 저주받을 새끼가…… 왜 지랄을 하나…… 왜 생뚱맞게 고나리질을 하나…… 중뿔났다고 멱살을 잡나…… 제 앞가림도 못 하는 새끼가…… 외로운 새끼가……

당신은 무시했다. 걸음을 재촉했다. 언제부터인가 저렇게 혼자 중얼거리며 헛소리를 늘어놓는 자들이 많아졌다. 그뿐이다.

하지만 최근 들어 부쩍 심해졌다. 그자가 당신을 자극하는 것이. 당신을 도발하는 것이. 해코지할 기회를 엿보는 것이. 목을 조를 듯 손을 내뻗는 것이.

어느 아침, 택배 상자를 가지러 나가려다가 당신은 문득 이상한 기운을 느꼈다. 현관문을 열기 전 외시경으로 바깥을 확인했다. 외시경에 사람이 비쳤다. 윗집 남자가 문 앞에 서 있었다. 멍하니 서 있었다. 문 앞에 놓인 택배 물품들을 유심히 바라보고 있었다. 쿠팡, 11번가, 홈플러스에서 주문한 것들이 도착해 있었다. 쌓여 있었다. 그자는 꼿꼿이 선 채로 그것들을 내려다보았다. 물건들을 바라보며 움직이지 않았다. 언제까지나 그렇게 하고 있겠다는 듯이.

당신은 외시경에 눈을 댄 채 인상을 찌푸렸다. 그 순간, 윗집 남자가 고개를 돌려 당신 쪽을 바라보았다. 스르르 다가오더니 외시경에 눈을 갖다 댔다. 아무것도 보이지 않을 외시경에 눈알을 갖다 댔다. 거대한 눈알이 당신의 시야를 막았다. 당신은 깜짝 놀라 외시경에서 눈을 뗐다. 숨을 몰아쉬었다. 다시 천천히 외시경에 눈을 갖다 댔다. 아무것도 보이지 않았다. 아직도 눈알이 외시경을 가로막고 있는 것인가. 미친. 외시경에 눈을 갖다 댄 채 당신도 그자의 눈알을 노려보았다. 그자의 눈알이 당신의 눈알과 대치하고 있었다.

대치 상태, 대치 상태, 격렬한 대치 상태. 문을 열면 적의가, 분노가, 원한이 밀려들 것 같았다. 목을 조를 것 같았다. 엘보가, 니킥이 날아들 것 같았다. 얼마나 시간이 지났을까. 당신은 외시경이 점점 붉게 변하고 있다는 것을 알았다. 시뻘겋게 물들고 있다는 것을 알았다. 피가 흐르고 있다는 것을 알았다. 당신은 벌컥,

문을 열었다. 홀연히 계단 위로 사라지는 윗집 남자의 등을 당신은 보았다. 사라진 남자를 쫓아 올라가지는 않았다. 이게 무슨 미친 짓이냐고 따지지는 않았다. 그자가 홀연히 사라진 계단 참을 당신은 오래 노려보았을 뿐이다. 당신의 얼굴 근육이 제멋대로 씰룩이고 있다는 것을 당신은 알지 못했다.

그뿐이 아니다. 엘리베이터에서 그자를 마주친 적도 있다. 먼저 엘리베이터에 타고 있던 그자는 오른손에 칼을 들고 있었다. 식칼이었다. 세상의 모든 부엌에 있는 것. 세상의 모든 부엌에 있지만 부엌이 아닌 곳에 있으면 이상하게 보이는 것. 가령 엘리베이터 같은 곳. 주민센터 민원 창구 같은 곳. 버스 정류장이나 편의

점 같은 곳. 그런 곳에서 들고 있으면 섬뜩해 보이는 것.

신문지로 감싼 것도 아니었다. 그냥 손에 들고 있었다. 무표정한 얼굴이었다. 단지 부엌 용품을 손에 들고 있을 뿐이라는 투였다. 당신은 도망치지 않았다. 엘리베이터에 탄 후 자연스럽게 돌아서서 정면을 응시했다. 손에 칼을 쥔 자 역시 정면을 응시하고 있었다. 엘리베이터 안에서 당신과 그자는 나란히 서서 미동도 하지 않았다. 일 층에 도착할 때까지 꼼짝도 하지 않았다.

윗집 남자가 당장 그것을 휘두르지 않으리라는 것을 당신은 알았다. 벌건 대낮에 일을 저지르지는 않으리라는 것을 당신은 알았다. 엘리베이터 안에는 CCTV가 설치돼 있다. 모든 것이 기록되고 있다. 기록되는 한 행동은 유예된다. CCTV가 당신을 보호한다.

당신은 주먹을 그러모았다. 선공할 수 있다고 생각한다. 식칼을 빼앗고 그것으로 경동맥을 따버릴 수 있다고 생각한다. 생각만으로도 당신은 지친다. 몸에서 피가 빠져나간다. 거의 그로기 상태가 될 즈음, 엘리베이터 문이 열렸다. 윗집 남자가 식칼을 손에 든 채 유유히 엘리베이터를 나갔다. 손에 든 게 식칼이 아니라 에코백이라도 된다는 듯 자연스러운 걸음이었다. 당신은 엘리베이터 안에 선 채로 그자의 등을 바라보았다. 홀연히 멀어지는 그자의 등을 오래 노려보았다.

윗집의 그자. 윗집의 악한. 마스크를 쓴 유령. 그자는 식칼이 아니라 휘발유 통을 들고 엘리베이터에 탄 적도 있다. 이번에는 일 층에서였다. 당신이 탄 뒤에 그자가 엘리베이터 안으로 들어섰다. 당신은 멈칫했지만 멈칫했다는 것을 간파당하지 않기 위해 계기판 쪽으로 시선을 돌렸다. 1에 머물러 있던 불빛이 2, 3, 4……로 올라가는 것을 당신은 물끄러미 바라보았다.

당신은 엘리베이터 구석에 등을 붙이고 있었다. 그자도 무표정한 얼굴로 전방을 바라보고 있었다. 손에 휘발유 통을 든 채였다. 당신은 그자의 뒤통수를 45도 각도에서 빤히 바라보았다. 노려보는 것은 아닌데, 무슨 할 말이 있어서 바라보는 것도 아닌데, 그냥 가만히 바라보는 사람의 시선으로.

어째서 휘발유 통을 들고 있느냐고 당신은 묻고 싶었다. 휘발유 통이라니. 집에 석유곤로가 있는가. 안방에서 오토바이를 타는가. 고양이나 개가 휘발유를 마시는가. 휘발유로 목욕을 하는가. 지금 시대에 대체 왜 휘발유 통을 들고 엘리베이터에 타는가. 합리적 의심이다. 당신은 합리적으로 의심하는 사람이다. 그자는 휘발유를 모아서 뭘 어떻게 하려는 것일까.

화재는 끊임없이 발생한다. 최근 근처 아파트들에서 화재 발생 건수가 늘었다. 불은 칼보다 무섭다. 칼은 칼을 쥔 사람이 제어할 수 있다. 불은 불을 지른 사람이 제어할 수 없다. 칼은 특정 표적을 겨눈다. 불은 불특정 다수를 겨냥한다. 칼은 물건이지만 불은 물건이 아니다. 칼은 죽어 있지만 불은 그 자체로 살아 있다. 불은…… 생물이다. 생물. 살아 있는 물질.

그래도 당신은 입을 열지 않았다. 이 휘발유 통은 뭐냐고 입을 열어 묻지 않았다. 그렇게 입을 여는 순간 그자가 히히, 희미

하게 웃음을 흘릴 것 같았다. 중얼거릴 것 같았다. 아…… 이 새
끼가…… 저주받을 새끼가…… 휘발유는 향기롭고 나는 외롭
지…… 어쩌라고. 히히, 그래서 뭐 어쩌라고.

당신은 그자의 중얼거림을 견디지 못할 것이므로 침묵했
다. 당신은 미동도 하지 않았다. 주먹으로 그를 후려칠 수도 있을
것 같은데, 엘보로 안면을 가격할 수도 있을 것 같은데, 이 좁은
옥타곤에서라면 목을 졸라 버릴 수도 있을 것 같은데,

엘리베이터는 침묵 속에서 상승 중이었다. 마치 영원히 상
승하기라도 할 듯이. 구름을 뚫고 캄캄한 우주 공간으로 올라가
는 것처럼.

당신이 먼저 엘리베이터에서 내렸다. 휘발유 통을 든 자를
남겨 두고 먼저 내렸다. 등 뒤의 시선을 느꼈지만 뒤돌아보지 않
았다. 당신은 문 앞에 멈추어 섰다. 등 뒤의 엘리베이터가 위층으
로 올라가기를 기다렸다. 엘리베이터가 사라진 후에야 도어록
의 비밀번호를 눌렀다.

관리실에는 전화하지 않았다. 윗집 남자가 식칼과 휘발유
통을 들고 엘리베이터를 탄다고, 우편함 앞에 서서 당신의 우편
물을 뒤진다고, 남의 집 택배 상자들을 물끄러미 바라본다고, 윗
집 물방울이 온 집 안에 떨어진다고, 윗집에서 끊임없이 소음이
내려온다고, 당신은 항의하지 않았다.

왜냐하면 소용이 없기 때문에.

이 낡고 오래된 소규모 아파트에는 관리소장 겸 경비가 한
명 있을 뿐이다. 그는 윗집 남자가 무슨 짓을 해도 관여하지 않

을 것이다. 항의해도 반응하지 않을 것이다. 관리자란 언제나 그런 자들이다. 그는 탁한 목소리로 당신에게 말할 것이다. 아, 그런 건 일단 입주민 회의에 나와서 말씀하셔야지. 자꾸 항의만 하시믄 어떡해요. 제가 어떡해요. 제가 윗집에 전화라도 할까요. 항의라도 할까요. 아, 이 저주받을 새끼가…… 하고 욕이라도 할까요.

관리실에 전화를 하는 대신, 당신은 집의 여러 곳에 창살을 설치했다. 베란다뿐 아니라 세탁실 쪽의 작은 창문에까지 창살을 설치했다. 사람이 들고나지 못할 간격으로, 촘촘하게.

아파트 칠 층에 창살을 설치하는 경우는 드문데요……라고 평화철물의 늙고 노회한 사장이 웃으며 말했다. 외국인 인부가 창살을 설치하는 것을 바라보면서였다. 당신은 팔짱을 낀 채 침묵했다. 대꾸하지 않았다. 사장은 멋쩍은 표정으로 덧붙였다. 아, 하긴 요즘은 칠 층이라도 침입이 가능하죠, 기술이 발달했으니까요.

기술이 발달하면 칠 층도 침입하나. 당신은 궁금했지만 되묻지 않았다.

현관문 위에 방범용 카메라도 설치했다. 초소형 기기로 달고 휴대전화와 연동시켜 문 앞을 감시했다. 이건 방범용이긴 한데 여성분들이 많이 사 가시는 물건이에요. 어르신들이 쓰는 경우는 아무래도 드물고요. 젊은 설치 기사는 어쩐지 설득하는 어조로 말했다. 당신은 차갑게 침묵했다. 설치 기사는 알겠다는 듯 웃음을 띠고 덧붙였다. 그렇죠. 물론 그렇죠. 흉흉한 놈들은 사람을 안 가리죠. 아무래도 세상이 흉흉하니까요. 히히.

히히. 히히라고. 히히라고? 당신은 왜 그렇게 웃느냐고 묻고 싶었다. 그렇게 웃는 것은 그자와 한통속이라는 뜻이냐고 묻고 싶었다. 기사는 사람 좋아 보이는 얼굴로 집중하는 표정을 짓고 있었다. 당신은 견뎠다. 간신히 견뎠다. 히히……라는 간교한 웃음을.

당신은 방범용 카메라를 가능한 모든 곳에 설치했다. 현관문에 설치하고 창밖에 설치하고 세탁실 쪽문에도 설치했다. 돈이 생각보다 많이 들었다. 돈은 중요하지 않다. 죽음이 얼마 남지 않았는데 돈 따위가 뭐란 말인가. 돈은 죽음 앞에서는 무력한 것이다. 아닌가. 죽음 앞에서는 더 필요한가. 평화롭게 죽기 위해서는 얼마만큼의 돈이 필요한가. 죽고 난 후에는 얼마만큼의.

이제 당신은 방에 앉아서 집의 안팎을 관찰할 수 있다. 휴대전화로 모든 곳을 감시할 수 있다. 가능하다면 길 쪽에도 설치하고 싶었다. 관리사무소에 문의했으나 예상했던 답변이 돌아왔다. 그건 권한 밖의 일이라는 것이었다. 말끝에 히히…… 하고 웃음을 흘린 듯했지만 당신은 항의하지 않았다. 이 아파트에서는 당신을 제외한 모든 자들이 한통속이다. 당신은 반격하지 않는다. 반격하지 않는다. 마지막 한 방을 위해서.

당신은 견딘다. 참는다. 주먹을 뻗지 않는다. 곤자가는 자신이 왼손잡이와 싸우고 있다는 것을 알고 있다. 그러므로 집요하게 왼쪽으로 스텝을 밟는다. 그래야 당신의 왼손 스트레이트를 피할 수 있으니까.

당신은 상대의 생각대로 움직여 준다. 상대의 예측대로 움직여 준다. 당신도 왼쪽으로 사이드스텝을 밟아 준다. 상대의 예측을 예측하고 그것을 따라 움직여 준다. 상대가 의도하는 대로 움직여 상대를 안심시킨다. 상대가 모르는 것, 예측하지 못한 것, 그것을 준비한다. 반전의 순간을 준비한다. 킬 포인트 한 방으로 끝낸다는 것. 이것은 복수전이다. 리벤지매치인 것이다.

옥타곤의 상대는 물론 만만치 않다. 상대를 만만치 않게 만드는 것은 언제나 당신 자신이다. 당신의 영혼이다. 뾰족한 영혼이다. 자기 자신을 찌르는 바늘. 1라운드에서는 공격다운 공격을 한 번도 해보지 못했다. 아니, 하지 않았다고 해두자. 하지 않는 것도 작전이니까. 곤자가의 아킬레스홀드 공격을 받고 위기. 위기. 다시 엘보가 날아온다. 곤자가의 엘보가. 지난 경기의 끔찍한 악몽이 떠오른다.

그때도 곤자가의 무지막지한 엘보에 당했다. 미들킥인 줄 알았던 하이킥은 엘보에 덧붙인 마침표였을 뿐이다. 또 정신을 잃고 패배할 수는 없다. 다행히 1라운드 종료 벨이 울린다. 관중들은 웅성거리겠지. 1라운드 패배를 겨우 면했다고. 늙은 파이터가 겨우 초반 KO를 면했다고. 히히, 경멸적으로 웃음을 흘리겠지.

하지만 그들은 모른다. 테이크다운 상태에서도 당신의 오른팔이 곤자가의 왼쪽 팔을 잡고 있었다는 것을. 당신의 왼쪽 팔이 곤자가의 목을 감고 있었다는 것을. 모든 것을 적절히 제어하고 있었다는 것을.

2라운드에서도 당신은 공격하지 않는다. 견딘다. 참는다. 당신이 왼손을 뻗는 순간 상대는 오른손을 뻗을 것이다. 당신이 하이킥 동작을 취하는 순간 상대는 테이크다운을 노리고 들어올 것이다. 알고 있다. 당신은 견딘다. 참는다. 준비한다. 대비한다.

하지만 몸이 배반하는 순간이 있다. 제멋대로 움직이는 순간이 있다. 공격할 타이밍이 아니라는 것을 알면서도 당신의 발이 올라간다. 본능이다. 당신의 왼발 하이킥이 허공을 가르는 순간, 상대는 몸을 낮추어 밀고 들어온다. 당신의 하이킥이 빗나가는 순간 당신은 균형을 잃는다. 아아, 다시 테이크다운인가. 넘어지는 건가. 이번에 당하면 견뎌 내지 못할 것이다.

로블로가 나오지 않았다면 경기는 끝났을지도 모른다. 당신이 급소를 움켜쥐고 고통스러운 표정을 짓자 레퍼리가 타임을 선언한다. 타임. 시간. 시간을 벌 수 없었다면 힘들었을 것이다. 옥타곤의 시간은 짧고도 길다. 한순간에 모든 것이 끝난다. 하지만 동시에 이 삶이 영원히 지속될 것 같은 느낌이다. 옥타곤의 일 분은 현실 세계의 일 년과 같다. 달리고, 훈련하고, 달리고, 훈련하고…… 섀도복싱을 하고 스트레이트 잽을 내뻗고 미친 듯이 계단을 뛰어오르고 무표정하게 니킥과 하이킥을 반복하고…… 그렇게 보냈던 모든 시간이 일 분, 아니 일 초에 응축된다. 한순간에 모든 것이 끝난다. 고통 속에서. 분노 속에서. 슬픔

속에서.

2라운드 종료 일 분을 남기고 테이크다운을 당한다. 곤자가에게 톱포지션을 허용한다. 마운트에 이은 파운딩. 파운딩. 파운딩. 상대는 가슴까지 올라와 압박한다. 이래서는 움직일 수 없다. 주먹이 날아오고 엘보, 엘보, 다시 엘보. 이대로 끝나도 할 말이 없을 것 같다. 악몽의 엘보가 다시 날아와 왼쪽 눈 부위의 살을 찢는다. 피가 쏟아진다. 얼굴이 젖는다. 또 이대로 끝인가, 생각하는 순간 2라운드 종료 벨이 울린다. 구원은 그렇게 외부에서 온다.

운명의 3라운드.

운명의 3라운드. 앞선 라운드들은 탐색전으로 보냈다고 당신은 생각한다. 그렇게 생각하기로 한다. 이제 계획 같은 것은 사라진다. 전략 전술도 무의미하다. 너덜너덜한 느낌뿐이다. 무엇을 할수 있을까. 집으로 돌아갈 수 있을까. 샤워를 하고 싶다. 조용히 식탁에 앉아 스파게티를 먹고 싶다. 사랑하는 사람과 대화를 하고 싶다. 다정한 대화를 하고 싶다. 대화를 하다가 창밖을 물끄러미 바라보고 싶다. 아늑하게 해가 지고 있을 것이다.

다시 주먹이, 다시 엘보가 날아온다. 당신은 케이지 쪽으로 몰린다. 힘으로 곤자가를 당할 수는 없다. 마지막인가. 복수전이, 리벤지매치가, 오래 기다린 복귀전이, 은퇴 경기가 될 것인가. 사람들은 히히, 다시 경멸의 미소를 날릴 것인가. 마흔이 넘은 노구를 이끌고 케이지에 들어서다니, 저런 미친……

당신은 이를 악문다. 케이지에 몰린다. 넘어지지 않기 위해 사력을 다한다. 곤자가는 압도적인 힘으로 밀어붙인다. 쓰러져서는 안 된다. 쓰러지면 다시 톱포지션을 허용할 것이고 다시 엘보가 날아올 것이다. 지난 경기 후 사람들은 하이킥의 마스터가 바로 그 하이킥에 무너졌다고 말했다. 사실이다. 하이킥 마스터가 하이킥에 실신을 당했다. 말 그대로 정신을 잃은 것이다.

그때도 하이킥은 장식품에 불과했다. 중요한 것은 여전히 엘보다. 엘보…… 십여 차례의 엘보…… 그날 이후 꿈속에서도 당신은 엘보를 보았다. 무수한 엘보가 날아드는 꿈을 꾸었다. 엘보가…… 엘보가…… 이제 다시 무수히 쏟아질 것이다. 구원은,

외부에서 온다. 아니, 이것은 외부가 아니라 내부인가. 케이지에 등을 대고 방어하던 어느 순간, 환한 빛이 당신의 눈앞을 스쳐간다. 곤자가의 몸이 조금 멀어진다. 그렇다고 느낀다. 사이가 뜬 순간. 그 사이로 빛이 지나갔다고 느낀다. 그것은 본능이었을 것이다. 본능적으로 당신은 왼쪽 엘보를 휘두른다. 첫 번째 엘보가 곤자가의 얼굴을 타격한다. 적중한다. 반전은 그렇게 시작된다. 엘보는 곤자가만 쓸 수 있는 것이 아니다. 팔꿈치 뼈는 누구에게나 있다. 당신에게도 있다. 당신은 지난 경기의 바로 그 엘보를 되돌려 준다. 엘보. 엘보. 무차별한 엘보…… 무언가가 어긋나고 있다고 상대는 느꼈을 것이다. 절망을 느꼈을 것이다. 슬픔을 느꼈을 것이다. 곤자가가 쓰러진다. 곤자가의 얼굴이 피투성이가 된다. 레퍼리가 두 손을 흔들며 종료를 선언한다.

종료.

끝이다.

모든 것이 끝이다. 순식간에 끝이다.

리벤지.

복수.

마흔두 살의 크로캅이 리벤지에 성공했다. 경기장은 환호로 가득찼다. 크로캅의 은퇴 경기, 2015년이었다. 2015년이라니. 까마득한 과거로 느껴진다. 그렇게 시간이 흐른 것이다. 시간이 흘렀으므로 경기는 기억이 되었다. 기록이 되었다. 역사가 되었다.

당신은 크로캅과 곤자가의 리턴매치를 다시 돌려 보고 있었다. 이미 수십 번, 수백 번을 돌려 본 것이다. 복수에 성공한 크로캅의 담담한 표정을 당신은 바라보고 있었다. 당신도 저런 표정을 짓고 싶다고 생각했다. 모든 것을 쏟아부은 뒤의 담담함. 허탈함. 이제 옥타곤을 떠날 때가 되었다고 느끼는 자의 홀가분함. 그 표정에 중독된 것인지도 모른다. 당신은 그 표정 속으로 들어가 나오지 않는다.

당신은 화면을 끄고 수면제를 삼켰다. 이제 깊은 잠을 잘 수 있을 것이다. 잠은 당신의 몸 깊은 곳으로 스며들 것이다. 몸속의 세포들이 한 올 한 올 몽롱해지는 느낌이 당신을 잠식할 것이다.

똑.

똑.

똑.

물방울 소리가 규칙적으로 들려왔다. 한 방울씩 떨어지는 소리였다. 정확하게 목표를 향해 떨어지는 소리. 소리들. 어디서 어디로 떨어지는지 확인할 수 없지만 바로 그곳으로 떨어지는 것들.

물방울 소리는 집 안을 천천히 돌아다니며 일정한 간격으로 떨어졌다. 당신은 그것을 견뎠다. 무시했다. 소리를 지우고 잠 속으로 빠져들려고 노력했다. 하지만 어느덧 물방울은 당신의 이마에 떨어지기 시작했다. 더 이상 물방울이 아닌 물방울들. 바늘처럼 뾰족해진 물방울들. 뾰족하다가 점점 무거워지는 물방울들. 자갈처럼 떨어지다가 돌멩이처럼 떨어지다가 바위처럼 떨어지다가 마침내 폭탄처럼 떨어지는 것들. 똑, 똑, 똑 떨어지다가 쿵, 쿵, 쿵 떨어지다가 쾅, 쾅, 쾅, 떨어지는 것들.

당신은 견딜 수가 없었다. 잠이 오려고 했는데…… 몸이 몽롱했는데…… 이놈의 물방울들이…… 물방울이 아니라 핏방울인가…… 귀에서 피가 흐르는 느낌이구나. 핏방울이 귀로 떨어지는 느낌이야.

당신은 침대에서 몸을 일으켰다. 비척비척 힘겹게 침대를 내려왔다. 낡은 잠옷을 입은 채 슬리퍼를 신고 현관문을 나갔다. 계단 위를 올려다보았다. 물방울 소리는 위에서 들려오고 있다. 이것은 윗집에서 들리는 소리다. 당신은 확신했다. 당신은 계단을 올라갔다. 물방울 소리가 당신을 이끌었다. 핏방울 소리가 당신을 이끌었다. 홀연히 움직이는 당신의 그림자. 당신의 그림자를 바라보고 있는 방범용 카메라.

당신은 윗집 문 앞에 섰다. 크로캅이 승리했는데. 크로캅이 리벤지에 성공했는데. 이제 은퇴하여 홀가분하게 여생을 보내려 하는데. 전직 경찰이자 국회의원이자 마셜아트의 예술가가 승리했는데. 그런데도 물방울이 떨어지다니. 핏방울이 떨어지다니. 옥타곤을 벗어나지 못하다니.

아닌가. 리벤지에 성공했기 때문에 물방울이 떨어지는 건가. 복수에 성공했기 때문에 핏방울이 떨어지는 건가. 당신은 중얼거렸다. 혼자인데…… 왜 혼자인데…… 어째서 혼자인데…… 자꾸 혼자 돌아다니고…… 외롭지 않나…… 외롭겠지…… 외롭다…… 히히.

당신은 홀린 듯이 중얼거리며 윗집 현관문 앞에 서 있었다. 현관문에 달린 외시경을 바라보았다. 오랫동안 바라보았다. 그러다 문득 외시경에 눈을 갖다 댔다. 당신은 캄캄한 내부를 노려보았다. 아무것도 보이지 않는 내부를 노려보았다. 그자가 안쪽에서 외시경으로 당신을 바라보고 있을 것만 같았다. 히히, 웃고 있을 것만 같았다. 어느 순간,

당신은 자신도 모르게 손잡이를 잡았다. 남의 집 현관문 손잡이를 잡았다. 손아귀에 힘을 주었다. 손잡이는 부드럽게 돌아갔다. 문은 잠겨 있지 않았다. 누가 이끌기라도 한 듯 당신은 문을 열고 안으로 들어갔다.

윗집.

적의 집.

동료였으므로 더욱 가증스러운 자의 집.

당신을 적의와 증오와 분노의 나락으로 빠뜨린 자의 집.

실직한 동료를 위로해 주려고 술집으로 불러냈을 뿐인

데…… 한때는 복싱 도장까지 같이 다닌 사이이기 때문에…… 외롭고 고독한 인생을 위로해 주려고 술집으로 불러냈을 뿐인데…… 당신이 사장 편을 들었다고 욕을 하다니…… 선의를 무시하고 욕을 하다니…… 코딱지만 한 회사에 노조를 만들어서 분란을 일으킨 자가…… 그런 성질머리니까 와이프도 떠난 거아니냐고 당신이 한마디 하자마자…… 입에 담지 못할 욕을 퍼붓고…… 그래 놓고 화가 난 당신이 멱살을 좀 잡았다고 경찰까지 부르다니…… 아니 멱살이 아니었나…… 주먹다짐이었나…… 그래도 경찰이…… 경찰을…… 경찰까지……

그때는 당신도 노인이 아니었다. 윗집의 그자도 노인이 아니었다. 유령처럼 거리를 걸어 다니고 계단을 오르내리고 엘리베이터를 타고 미동도 없이 서 있는 그자 역시 노인이 아니었다. 혼자 정의로운 척, 혼자 외로운 척, 혼자 개폼을 잡고 술잔을 비운 뒤에, 그자는 혼잣말처럼 중얼거렸지. 아…… 이 새끼가…… 저주받을 새끼가…… 왜 그렇게 생각이 없나…… 생뚱맞게 왜 사장 편을 드나…… 중뿔났다고 고나리질을 하나…… 제 앞가림도 못 하는 새끼가…… 외로운 새끼가……

당신은 새벽 시간 윗집 현관문을 열고 안으로 들어갔다. 밤마다 물방울 떨어지는 소리가 들린다고 항의할 참이었다. 핏방울 떨어지는 소리가 들린다고 소리칠 참이었다.

당신은 현관에 나동그라져 있는 휘발유 통을 발견했다. 뚜껑이 열려 있었다. 휘발유 통 속의 휘발유는 어디로 갔나. 당신은 현관에 서서 중얼거렸다. 윗집의 좁은 거실을 둘러보았다. 희미한 빛이 거실 바닥을 돌아다니고 있었다. 거실 바닥에서 빛이 번들거리고 있었다. 물기로 덮여 빛이 반사되고 있었다. 지독한 냄새가 당신의 코를 파고들었다. 휘발유 냄새였다. 휘발유라니. 이런 것을 왜 거실 바닥에 뿌리나. 이 집은 휘발유로 청소를 하나. 휘발유로 바닥을 닦나. 당신은 코를 막고 중얼거렸다.

안쪽으로 발을 들였다. 이왕 할 거면 확실하게 해야지. 휘발유는 왜 뿌리다가 말았나. 당신은 휘발유 통을 집어 들고 천천히 집 안을 살폈다. 좁은 거실. 안방. 작은 방. 방문은 열려 있고 비어 있었다. 아무도 보이지 않았다. 적막한 공기, 휘발유 냄새에 찌든 공기, 후텁지근한 공기가 가득할 뿐이었다.

혼자인데…… 왜 혼자인데…… 어째서 혼자인데…… 자꾸 혼자 돌아다니고…… 중얼거리고…… 외롭지 않나…… 외롭겠지…… 외롭다……

목소리가 들렸다. 목소리가 이끄는 대로 당신은 화장실로 향했다. 화장실 문이 빼꼼하게 열려 있었다. 손끝으로 열린 문을 밀었다. 문이 스르르 안쪽으로 열렸다. 내부를 보여 주었다. 내장을 보여 주었다.

그렇게 나를 발견한 것은 당신이었다. 나는 미동도 하지 않고 잠겨 있었다. 물에 잠겨 있었다. 욕조 안에 누워 있었다. 욕조는 붉은 물로 가득했다. 휘발유 냄새에 섞여 또 다른 종류의 지독한 냄새가 당신의 코로 스며들었다.

물방울 떨어지는 소리가 규칙적으로 화장실 내부를 울리고 있었다. 물방울이 떨어지는 소리. 핏방울이 떨어지는 소리. 어디에서 어디로 떨어지는 소리. 나에게서 당신에게로 떨어지는 소리. 아래로, 아래로, 아래층으로, 더 아래층으로, 지하층으로 떨어지는 소리. 영원히 멈추지 않을 소리.

그날, 당신은 나를 발견하고 비명을 질렀다. 입을 막고 내 집을 뛰쳐나갔다. 112 버튼을 눌렀다. 전화기 저편에서 침착한 목소리가 들려왔다. 신고자분, 신고자분, 위치가 어디신가요.

당신은 지금도 나를 만난다. 엘리베이터에서도 만나고 계단에서도 만나고 외시경을 통해서도 만난다. 나는 휘발유 통을 들고 식칼을 들고 당신을 만난다. 당신을 해칠 의도가 나에게는 없다. 당신은 이미 영원히 나에게 패배했으니까.

나는 무심하게 당신을 바라볼 뿐이다. 작은 눈알로 당신을 가만히 바라볼 뿐이다. 어디에서든 당신을 바라볼 뿐이다. 어째서 우리가 적인가. 옥타곤의 적은 실은 동료가 아닌가. 영원한 동료가 아닌가. 우리는 우호적이다. 경기 시작 벨이 울리고 글러브 터치를 할 때의 우정 어린 마음은 아무도 이해하지 못할 것이다. 미친 듯이 파운딩을 하고 엘보를 날릴 때의 슬픔도 이해하지 못할 것이다.

오늘 당신이 갈 곳은 동사무소다. 주민센터라고 하던가. 당신은 비굴한 표정으로 공무원을 바라본다. 또 오셨느냐고, 받는 연금이 있고 먼 데 자식도 있어서 요건이 안 된다고, 이미 설명드리지 않았느냐고, 젊은 공무원은 당신에게 말한다. 이번에는 차상위를 신청할 거라고, 그건 되지 않겠느냐고, 당신은 말한다. 애원하고 하소연하는 표정일 것이다. 공무원은 당신을 물끄러미 바라보다가 뒷자리의 상사에게 가서 무언가 논의한 뒤 다시 자리로 돌아와 서류를 내민다. 이 서식을 채우세요. 어쨌든 올려 볼게요. 결과는 알 수 없지만…… 선량한 공무원은 말끝을 흐린다.

당신은 순한 표정으로 서류를 작성한다. 공무원이 시키는 대로 한 칸 한 칸 메워 간다. 나는 당신 곁에 앉아서 당신이 서류를 작성하는 것을 바라본다. 손에 식칼을 들고, 다른 한 손에는 휘발유 통을 들고.

이제 당신은 뭔가 생각하는 듯 옆자리의 나를 물끄러미 바라보다가 서식의 공란을 채워 간다. 당신의 삶은 이제 얼마 남지 않았고, 당신은 그것이 싫지 않다. 당신은 점점 나에게 가까워진다. 그것이 좋다.

당신은 자유로워질 것이다. 아주 많은 것으로부터.

육체로부터. 욕망으로부터. 원한으로부터.

무엇보다도 삶으로부터.

당신은 그것이 좋다.

주먹을 뻗으려던 당신이 멈칫한다. 짧게 회전하던 나의 엘보가 문득 멈춘다. 당신이 나를 바라보며 묻는다. 이봐, 당신은 아는가? 이 옥타곤은 대체 누가 만든 것인가? 옥타곤 안에서 싸우는 우리를 바라보는 것은 누구인가? 당신과 나를 관람하는 것은 누구인가?

저 위에서,

점점이 물방울이 떨어지는 곳에서,

핏방울이 떨어지는 곳에서,

아래를 바라보고 있는 것은.

나는 옥타곤의 천장을 바라본다. 작은 눈알로 위를 바라본다. 거기서 누가 물끄러미 아래를 내려다보고 있다. 나와 눈이 마주친다. 들키기라도 한 듯, 그가 문득 화면을 끈다.

최은미 崔銀美

2008년『현대문학』을 통해 작품 활동을 시작했다. 소설집『너무 아름다운 꿈』『목련정전目連正傳』『눈으로 만든 사람』, 중편소설『어제는 봄』, 장편소설『아홉번째 파도』등을 펴냈다. 젊은작가상, 대산문학상, 현대문학상, 한국일보문학상 등을 받았다.

그곳

오래전 한여름에 나는 고립 야영객이었던 적이 있다. 여름엔 계
곡을 건너가지 않는 게 좋다는 걸 알고 있었지만 나는 아이스박
스를 들고 강을 건너 놀러 갔다. 그리고 한 시간 만의 폭우로 강
건너에 고립되었다. 나는 아홉 시 뉴스에 나왔다.

　구조대원들이 계곡 건너 저쪽에서 로프를 쏘아 보내던 소
리가 생생하다. 나는 그게 나를 살릴 소리라는 걸 알았고 무서웠
다. 그해 여름엔 너무 더웠고 툭하면 비가 왔다. 벽지에 얼룩이
생겼고 변기에서 물이 솟아 넘쳤다. 나는 여러모로 잘 안 풀리는
여자였다. 어느 밤엔 한 테러 단체의 처형 동영상 보기를 눌렀다
가 이십오만 원을 소액결제 당했다. 한국이 아열대 기후로 접어
들었다는 홈쇼핑 쇼호스트의 말에 설득 당해 제습기를 주문했
지만 널어놓은 빨래에선 계속 곰팡이가 피었다.

　어느 날은 눈썹 문신을 한 여자가 나를 따라와 말했다. 내가
안 풀리는 건 처녀로 죽은 조상이 있어서라고. 여자는 내게 팥과

천일염을 주며 산 쪽 창문가에 놓아두라고 했다. 그때도 난 말리산 아래의 주택가에 살았는데 말리산은 먼 옛날 궁녀와 내시들을 묻었던 곳이었다. 나는 물 먹는 하마 옆에 팥과 소금을 처박아두고는 저녁마다 수건 뭉치를 싸 들고 코인 빨래방을 전전했다. 그러다 하루 놀기로 한 것이다.

앞쪽에 서 있던 중년 여자는 계속 울었다. 너무 겁이 나 도저히 로프에 매달릴 수 없다고 흐느꼈다. 내 바로 앞엔 아기 띠로 아기를 안은 남자가 있었다. 뒤쪽에선 개가 짖었다. 건너편엔 방송국 차량이 있었다. 나는 눈앞의 로프가 나를 살릴 줄이라는 걸 알고 있었지만 어쩌면 죽을 수도 있다고 생각했다. 흙탕색 계곡물이 내 슬리퍼 한 짝을 훑어 갔을 때 나는 로프에 매달린 채로 오줌을 지렸다.

"순식간이었어요."

나는 아홉 시 뉴스에 나왔다. 비닐 우비를 입은 방송 기자한테 누군가 그 말을 했을 때, 거기에 있던 모든 사람들이 그게 무슨 말인지를 알아들었다.

순식간이었다.

그때 나는 죽을 뻔했다.

*

대기가 차가워지면 사람들은 목을 가리고 다니기 시작한다. 사람들이 목을 가리면 나는 안심이 된다. 계절이 바뀌고 사람들이 다시 목을 드러내면, 그때부턴 가슴이 뛴다. 여름이면 나는 매일 가슴이 뛴다. 사람들이 저렇게 쉽게 급소를 드러내고 다닌다는 것에 놀라움을 느낀다.

가슴이 뛰면 잠을 잘 잘 수 없다. 내 몸의 온도조절 중추가 흥분하여 나를 잠들 수 없게 한다. 자율신경계가 활성화되고 멜라토닌 분비가 줄어든다. 물론 그건 더위 때문이기도 하다. 나는 며칠째 내 체온과 맞먹는 더위 속에 있다. 섭씨 37에서 37.5도 사이. 습도는 아마도 80퍼센트 이상. 고기압이 뜨거운 공기를 가두고 북진이 예고된 태풍이 습기를 밀어 올리고 있다. 섭씨 27도가 넘으면 인삼이 자라지 않고 35도가 넘으면 닭들이 죽기 시작한다. 열화상 카메라를 지날 때마다 나는 시뻘겋다. 내 체온 때문에 나는 잠들 수 없다. 더워서 잘 수가 없다.

이렇게 말하니까 한여름 같지만 아직도 6월이다.

내가 국민체육센터를 드나들게 된 건 거기가 꼭 고지대여서만은 아니었다. 체육센터를 낀 공원이 말리산 자락에 있어서도 아니었다. 그럼 무엇 때문인가. 냉방이 훌륭해서인가? 체육센터의 시설은 나무랄 데가 없었다. 화장실엔 도톰한 핸드타월이 떨어진 적이 없고 스트레칭실엔 8밀리미터 두께의 고무매트가 푹신하게 깔려 있었다. 샤워실엔 무려 해바라기 샤워기. 로커는 깊고 주차장은 광활하다. 탁구대는 여덟 대. 헬스장엔 얼마 전 핵스쿼트머신이 새로 들어왔다. 국가유공자뿐만 아니라 가임기 여성에게도 10퍼센트 할인을 해준다. 매점 아이스크림 냉동고엔 항상 붕어싸만코가 들어 있다.

붕어싸만코를 사 먹는 사람은 원래 나뿐이었는데 날이 더워지면서 한 남자 노인도 사 먹기 시작했다. 그는 주로 덤벨 운동을 하는데 덤벨을 잡기 전 양 손바닥에 침을 퉤퉤 뱉는다. 그러곤 손바닥을 비빈다. 그 손으로 덤벨을 잡는다. 내가 체육센터에 도착할 즈음 목격하게 되는 장면으로, 그걸 볼 때마다 나는 전자 민원을 넣는다.

나는 언제 어디서든 극혐 행동을 포착할 수 있고 신고에도 적극적인 편이다. 전염병이 한창일 때 나한테 신고를 당한 사람은 수도 없다. 나는 이 구역의 최다 민원인이다.

민원을 넣고 나면 지구력존으로 가서 지압 훌라후프를 한다. 때로는 부드럽게, 때로는 힘차게, 때로는 멍하게 훌라후프를 돌린다. 훌라후프를 마치고 나면 순발력존으로 이동해 원레그 데드리프트를 한다. 힙과 허벅지 뒤에 온 감각을 집중하면서, 이보다 더 우아할 수 없게, 한 다리로 서서 균형을 잡는다. 운동이 끝나면 아무도 오르지 않는 실내 암벽장을 바라보면서 생수를 1리터 정도 마신다. 그게 내 아침 루틴으로, 내가 매일같이 국민체육센터를 드나드는 이유이다. 그러니까 내가 체육센터에 가는 건 지구력과 순발력을 기르기 위해서다.

해가 진 뒤에는 한 시간 정도 말리산 트랙을 뛴다. 비가 와도 뛰고 날이 끈적해도 뛴다.

그래도 잠이 오지 않으면, 가슴이 계속 뛰는 여름밤이 되면 나는 내가 계곡을 건너갔던 몇 해 전 여름을 생각한다. 그때의 습도와 열기와 축축함을 누군가한테 이야기하고 싶어진다. 내가 매달려 있던 로프와 구명조끼에 대해서. 삼선슬리퍼에 대해서. 계곡 저쪽에 혼자 남겨졌던 개에 대해서.

나는 그런 얘기를 쉽게 하는 편이다. 누군가를 꼬시고 싶을 때나 술에 취했을 때, 어떨 땐 아무 이유 없이, 내가 죽을 뻔했지만 죽지 않았던 때를 이야기한다. 아홉 시 뉴스에 나온 적이 있다고 하면 대개 믿지 않지만 믿어 주는 사람이 없지는 않다. 수석 씨를 처음 만난 것도 국민체육센터에서였다. 그도 나처럼 말리산 아래의 상습 침수 지역에 살았는데 우리는 소위 말하는 동네 친구였다. 슬리퍼를 끌고 나와 편의점 파라솔에서 같이 맥주를 마시는 친구. 어쩌다 연락할 뿐이지만 모종의 가능성과 기대를 완전히 내려놓지는 않는 친구. 홍수가 나면 같은 동선으로 대피해야 하는 그런 친구 말이다.

—뭐 해요?

—잠이 안 와요.

—더워요?

—더워요.

그렇게 뜻이 맞으면 수석 씨와 나는 동네에서 제일 높은 곳에 있는 말리산 공원으로 가곤 했다. 올해 여름도 역시나 뜻이 맞아 우리는 금요일 밤인데도 만났다. 체육센터가 바라다보이는 공원 편의점 앞에 앉아 칭다오 맥주를 마셨다. 때 이른 폭염과 열대야로 잠들지 못하는 사람들이 공원 여기저기에 흩어져 있었다. 눈앞에 말리산이 있었다. 시의 제3둘레길 코스에 포함된 말리산 산책로는 체육공원의 걷기 트랙과 한참 겹쳐지다 인근의

북한산 둘레길로 이어졌다.

"그래서 그 팥은 아직 있어요?"

수석 씨가 물었다.

"팥은 먹었고요, 소금은 아직 있죠."

지금까지 틈틈이 확인한 바로 이 일대에서 눈썹 문신 여자한테 팥과 소금을 받은 사람은 나밖에 없다. 알려져 있다시피 팥과 소금은 잡귀를 쫓는 데 쓰인다. 눈썹 문신 여자는 여전히 말리산 공원과 둘레길을 돌아다니고 있는데 요새는 아이스쿨타월을 팔고 있다. 대기만 해도 시원하다는 아이스쿨타월.

여자가 편의점 앞쪽으로 왔을 때 나는 타월을 한 장 사서 수석 씨한테 주었다.

"진짜 대기만 해도 시원하네요."

수석 씨가 타월을 목에 둘렀다. 수석 씨가 급소를 가려 버리자 나는 조금 안심했고 또 조금 아쉬웠다.

"날 기억 못 하는 것 같지 않아요? 팥이랑 소금도 줘놓곤."

"모르는 척하는 거 아닐까요?"

"나랑 산에 갈래요?"

수석 씨가 못 들은 척했다. 수석 씨는 나와 달리 체육센터를 잘 애용하지 않았다. 내가 불러내지 않는 한 말리산 공원으로 산책을 나오지도 않았다. 수도권 서북부 일대의 최고 기록으로 남아 있는 몇 해 전의 호우 당시 수석 씨는 이재민이었던 적이 있다. 그때 이후로 여름은 조금씩 더 더워졌고 조금씩 더 빨리 왔다. 하지만 6월부터 전국에 폭염 특보가 내려진 적은 없었다. 이런 적은 없었다.

지열을 식히느라 분사된 쿨링 포그가 도심 주택가 야경 사이에 식은 김처럼 가라앉아 있었다. 살수차가 물을 뿜으며 지나다니던 길을 새벽이면 온열질환자를 실은 응급차가 내달렸다. 배관이 달궈지면서 스프링클러가 오작동하고 콘크리트 도로는 휘어졌다. 상가 골목을 걷다가 멈춰 서면 도심을 메운 에어컨 실외기 소음이 진동기처럼 귓속을 울렸다. 6월 하순 평균 기온 역대 1위. 6월 사상 첫 초열대야. 알프스 빙하가 떨어져 나와 등산객들을 덮치고 프랑스에서는 에어컨을 가동하지 않은 실내 활동을 금지했다. 살인적, 사상 초유, 역대급 같은 말들이 매일 들려왔다. 체육센터의 강좌 홍보 현수막 옆에는 폭염 시 주의사항을 적은 자율 방재단의 현수막이 추가되었다.

나는 체육센터의 인기 강좌 접수에 자주 성공할 만큼 운이 지나치게 좋은 편이다. 나는 기초체온이 높다. 잡귀들이 탐을 낼 만한 어떤 구석을 지니고 있는 게 틀림없고 배고픈 것보다 더운 것을 더 싫어한다. 아이스쿨타월로 급소를 가린 동네 친구와 맥주를 마시고 있다.

누군가 쏘아 올린 LED 플라잉이 포물선을 그리며 아래로 떨어졌다. 분수 물이 멈춘 발물놀이터에 사람들이 발을 담그고 있었다. 배달 오토바이 몇 대가 올라와 돗자리 여기저기에 치킨과 족발을 부려 놓았다. 정자에 늘어져 누워 있는 몇몇이 보였다. 삑삑이 운동화 소리, 바람 소리, 허공에서 반짝이던 야광 플라잉이 갑자기 방향을 틀어 이쪽으로 날아왔을 때 수석 씨와 나는 동시에 비명을 지르며 일어났다. 처음 보는 벌레 한 쌍이 테이블로 날아와 몸을 비비적거리고 있었다. 비슷한 비명이 공원 여기저기서 들려오다 잦아들었다.

"태풍이 온다고 하지 않았어요?"

수석 씨가 다시 자리에 앉으며 말했다. 나는 산 아래로 펼쳐진 주택가 불빛을 바라보았다.

태풍은 언제나 온다. 여름이 벌레의 계절이듯이.

그리고 그곳엔 국민체육센터가 있었다. 동네에서 가장 고지대에 있는 곳. 재난 발생 시 이재민 임시거주시설로 지정되어 있는 곳. 그날 저녁 말리산 공원엔 많은 사람들이 나와 있었지만 거기 있던 누구도 그 주가 채 지나기 전에 자신들이 어떤 재난문자를 받게 될지 알지 못했다.

*

나는 한 다리로 서 있는 순간의 나를 사랑한다. 적당한 중량의 덤벨을 들고 서서 원레그 데드리프트를 하는 내가 좋다. 한 다리로 지면을 지탱한 채 상체를 숙이고, 반대쪽 다리를 길게 뻗어 티 자형의 몸을 만든다. 힙라인과 척추기립근이 일자가 되며 몸이 부들부들 떨리는 순간. 둔근과 햄스트링에 짜릿한 자극이 오며 내가 밸런스를 얻는 순간. 그 순간의 집중력을 사랑한다. 나는 골반이 좀 되는 편으로 생활체육을 즐기며 지구력과 순발력이 생존에 유리하다는 걸 경험으로 알고 있다. 남자를 볼 때 힙을 중요시하며 주기적으로 조상에 대해 생각하고 생활체육인이 아닌 사람이 체육센터에 들어오면 재빨리 감지할 수 있다.

실내 암벽장 밑으로 못 보던 애들이 나타난 건 내가 한 다리로 서서 땀을 흘리고 있을 때였다. 들려오는 소리가 서로 문제를 내고 있는 듯했다.

"너 50 더하기 20이 뭔지 알아?"

"70!"

"그럼 25 더하기 25도 알아?"

"어…… 40?"

"아닐걸? 50 아닌가?"

"야, 25 더하기 25가 어떻게 50이냐."

한 다리로 서 있던 나는 순간 균형을 잃었다. 트집 잡을 만한 게 없나 살펴보며 그쪽으로 걸어갔지만 두 아이는 코편까지 꼭 눌러 마스크를 제대로 쓰고 있었다. 체육센터에는 아동을 위한 강좌는 없다. 아직 방학 기간도 아니고 주말도 아니었다.

"너네 여기 왜 왔니?"

"더워서요."

"학교 안 가?"

"휴교예요."

"너네끼리 왔니?"

아이가 다목적체육관을 가리켰다. 체육관으로 가보고 나서야 나는 지난 자정을 기해 체육센터가 폭염대피소로 기능 전환을 했다는 걸 알았다. 탁구대는 다 걷혀져 벽 쪽으로 붙고 바닥엔

은박 방습재와 간이 텐트가 줄을 맞춰 설치돼 있었다. 폭염 특보 기간이 길어지면서 전력량이 급증하자 시가 구역별로 순환 정전을 실시하기로 한 것이다. 당일의 정전 구역에 해당하는 주민들은 시가 지정해 놓은 폭염대피소로 대피 권고가 내려졌다. 나는 소화기 옆에 가만히 서서 가방 하나씩을 들고 모여드는 사람들을 지켜보았다. 이제 나는 샤워실과 탈의실을 고즈넉이 사용할 수 없었다.

나는 저 아래 주택가의 내 집을 생각했다. 눅눅한 사방 벽으로 곰팡이 포자들이 떠다니고 있었지만 며칠 전부터 환기를 시킬 수 없었다. 쌍으로 다니는 벌레가 수를 늘려 출몰해 창문에 떼로 달라붙기 시작한 것이다. 벌레들은 자동차 유리창과 건물 외벽에 새까맣게 모여들었다 날아가고 다시 날아왔다. 습한 곳을 찾아 수백 개씩 알을 까고는 죽어 버렸다. 아무도 정체를 알지 못했고 누구도 이전에 본 적이 없었다. 중요한 건 구청 직원들이 버그 민원 때문에 정신이 없어졌다는 것이다.

나는 집으로 내려가 몇 해 전의 호우 이후로 마련해 놓은 생존 가방을 챙겨 들었다. 그러곤 국민체육센터의 스트레칭실로 숨어 들어가 구석의 요가매트 하나를 찜했다. 매트에 삼십 분 정도 앉아 있다 보니 알 수 있었다. 내가 그곳에서 운동을 하든 자원봉사를 하든 대피 주민처럼 앉아 있든 특별히 관심 가질 사람이 없다는 것을.

요가매트에 생존 가방을 올려놓을 때까지만 해도 내게 국민체육센터는 일대에서 가장 안전한 장소였다.

*

체육센터로 대피를 온 사람들한테선 기묘한 활기와 권태가 함께 느껴졌다. 특별한 곳으로 하룻밤 합숙 체험을 나온 사람들처럼도 보였고 마지못해 단체 마실을 나온 것처럼도 보였다. 이 년 넘는 팬데믹 기간 동안 얼굴을 마주하지 않던 사람들이 갑작스럽게 한 공간에 모여 하룻밤을 보내야 했다. 바로 옆 돗자리에 누워 있는 사람은 불과 얼마 전까지도 경계와 공포의 대상이었던 그 이웃이었다. 대피라고는 했지만 눈앞에서 집이 무너진 것도 아니고 홍수가 동네를 휩쓸고 간 것도 아니었다. 폭염은 너무도 조용한 재난이어서 사람들은 자신들이 대피 중이라는 걸 잊었고 대피하지 못한 이들이 있다는 것도 잊었다.

실내에 운동할 공간이 없어졌기 때문에 나는 아침저녁으로 말리산 둘레길 트랙을 달렸다. 산속은 미친 듯이 습했고 땀을 흘리며 달리다 보면 곤충들이 날개를 비비적대는 듯한 소리가 살갗으로 달라붙었다. 아주 잠깐 바람이 부는 순간에 회화나무꽃이 트랙 가장자리로 하얗게 떨어져 내렸다. 그러면 나는 그 자리에 멈춰 서서 말리산의 기운을 탐색하듯 코로 습기를 한껏 빨아들였다. 그곳을 통과하는 둘레길을 묘역길이라고 부를 만큼 말리산은 뼈와 비석이 굴러다니는 산이었다. 눈썹 문신 여자한테 팥과 천일염을 받은 뒤부터 나는 말리산이 무덤산이라는 것을 잊어 본 적이 없다. 궁녀와 내시뿐일 리가 없다.

그들뿐일 리가 없지. 그런 생각이 들면 소름이 일었고 나는 소름을 털어 버리려 아아아아 소리를 내면서 숨이 턱에 찰 때까지 트랙을 내달렸다. 달리다 뒤를 돌아보고 아아아아 다시 달리다 뒤를 돌아보고 아아아아 왜 죽었어요? 아아아아아아 어떻게 죽었어요? 아아아아아아아 한이 많은 편이에요? 아아아아아아아 정말 처녀였어요? 아아아아아아아아아 나를 좀 보살펴 주면 안돼요?

땀범벅이 되어 대피소가 된 체육센터로 돌아오면 눈에 거슬리지 않는 게 없었다. 샤워실 하수구엔 머리카락이 뭉쳐 있고 발가벗은 꼬마 애들이 해바라기 샤워기 밑에서 물총을 쏘아 댔다. 나는 이상하게 바빠져서는 정수기 앞에 서서 "물받이는 물 버리는 곳이 아닙니다", 화장실 핸드타월 옆에 서선 "한 장이면 충분해요", 재활용 쓰레기통에 쓰레기가 잘못 들어가 있는 걸 보면 씩씩거리며 쓰레기를 다시 분리했다. 버그가 산에서 자꾸 날아온다고 구청으로 시간 맞춰 전화를 했다.

집보다 안전한 곳에서 조용히 숨어 지내다 가고 싶었을 뿐인데 어느 순간 계단참에 서 있기만 해도 사람들이 다가와 무언가를 물었다.

"여자 탈의실이 몇 층이에요?"

"한 층 더 올라가세요."

"근데 저 대피소에 왔다고 전남친한테 연락해도 될까요?"

"네?"

"코로나 걸렸을 때도 연락하고 싶었는데 못 했어요. 대피소 왔으니까 해도 되지 않을까요?"

초록색 조끼를 입은 자율 방재단원은 나한테 잠깐 어디로 가자고 했다. 따라가다 보니 그는 덤벨에 침을 묻히던 노인이었다. 믿을 수가 없었다. 자율 방재단이 무엇인가. 재난 예방과 유사시의 수습 활동을 위해 조직된 지역 내 재난 안전 지킴이가 아닌가. 최소한의 시국 감수성은 필수였다. 공용 덤벨에 자기 침을 묻히는 건 2020년 봄이었다면 공개 처형감이라고 할 수 있었다.

"계속 지켜봤습니다."

나한테 매일같이 신고를 당하던 노인이 나를 진지한 표정으로 쳐다보며 말했다.

"자질이 충분해 보입니다. 만 20세 이상이면 누구든 가입할 수 있지요."

자율 방재단 노인이 내게 내민 건 방재단 가입 신청서였다. 나는 노인이 내민 볼펜을 말없이 쳐다봤다. 그들이 날 어떻게 봤는지 모르겠지만 사실 나는 굉장히 바쁜 편이다. 이달에는 십 대 청소년 세 명에게 가우스 기호를 포함한 방정식의 풀이와 미지수가 두 개인 연립이차방정식을 가르치고 있었고 세탁기능사 필기시험을 앞두고 있었다. 얼마 전엔 정리수납전문가 2급 자격증을 땄고 곧 자동차정비기능사와 떡제조기능사에 도전할 예정이었다. 몇 시간 전엔 숲 해설사에도 관심이 생겼다. 순발력과 지구력도 길러야 했고 당국으로부터 건강을 장려받는 가임기 여성인 데다 동네 친구도 챙겨야 했다.

나는 자리를 박차고 나와서 수석 씨한테 전화를 걸었다.

"수석 씨, 정전 언제예요? 어느 대피소로 갈 거예요?"

수석 씨는 그냥 집에 있을 거라고 했다.

"국민체육센터로 와요. 여기가 제일 안전해요."

"전 못 가요."

"내가 지켜 줄게요. 네?"

"……"

"수석 씨."

"……"

"수석 씨?"

내가 수석 씨의 이름을 부르고 있을 때 아기를 안은 여자가 다가와 모유 수유실을 물었고, 그 시간 타이베이 남동쪽 250킬로미터 부근 해상에선 제4호 태풍이 시속 30킬로미터로 북상하고 있었다. 같은 시각, 말리산에서 남서쪽으로 6킬로미터 떨어진 농가에서 곰 두 마리가 뜬장을 뚫고 나왔다.

여자의 품에 안겨 있던 아기가 나를 보자 울먹이기 시작했다.

울지 마. 하지만 아기는 계속 입을 삐죽였고 제발 울지 마, 곧이어 목을 젖히며 자지러지게 울어 댔다. 아기는 그치지 않고 울어 대며 팔을 들어 내 뒤쪽 어딘가를 가리켰다. 로비에 있던 사람들도 모두가 아기가 가리키는 곳을 향해 고개를 돌렸다. 텅 빈 주차장 위로 폭염이 그대로 내리꽂히고 있었다. 차를 십 분도 세워 둘 수 없을 것 같은 어마어마한 열기가 광활한 콘크리트 바닥을 달구는 중이었다. 6월 폭염의 숨 막힘과 두려움을 그대로 압축해 놓은 것처럼 열기는 반듯한 구획 안에 고여 이글거리고 있었다. 사람들은 비현실적인 빛에 눈이 먼 것처럼 유리문 너머의 광경을 그저 멍하니 쳐다보았다. 오직 아기만이 울고 있었다.

"곰 얘기 들었어요?"

저지대 주민들이 좀 더 큰 가방을 들고 말리산 공원길을 올라왔다. 장마전선과 맞물린 태풍이 물 폭탄을 예고하고 있었다. 인근 축사에 쿨링 패드 설치 지원을 나가기 위해 자율 방재단원들이 팀을 짜서 마을로 내려갔다. 그 주에만 닭 2만 마리가 죽었다.

"들었어요."

농가를 탈출한 곰 두 마리 중 한 마리가 사살되었다는 소식이었다. 다른 한 마리는 어디서도 행방이 잡히지 않았다. 나는 로비 구석으로 가서 숨을 골랐다. 어디서도 보이지 않는다는 건 이 일대 어디서든 곰을 마주칠 수 있다는 뜻이기도 했다. 나는 벽에 등을 붙인 채 휴대폰에 도착한 재난문자 일부를 반복해서 읽었다.

'말리산 입산 자제'

'곰을 발견하면 즉시 신고 바랍니다.'

*

사라진 곰이 인근 농가에서 사육되던 반달곰이라는 게 알려지자 사람들은 술렁였다.

"반달곰은 지리산에 사는 곰 아니에요?"

멀지 않은 곳에서 수 마리의 곰들이 십 년 가까이 살고 있었다는 걸 대부분의 사람들은 곰이 탈출하고 나서야 알게 된 것이다. 그 곰들은 국립공원공단에서 이름을 붙여 주고 골절 수술을 해주는 그런 반달곰이 아니었다. 도축 허용 나이인 10년생이 될 때까지 야외 뜬장에 갇혀 살던 반달곰들이었다. 지역 사정에 밝은 자율 방재단 노인의 말에 따르면 곰 한 마리한테서 나오는 웅담 값은 기본 천만 원이었다.

체육관의 이재민 텐트에 새로 짐을 푼 저지대 주민들은 태풍의 두려움을 달래려는 듯 한동안 곰 화제에 집중했다.

"저는 농장주가 허위 신고를 했을 가능성도 있다고 봅니다."

"맞아요. 전에도 이런 일이 있었죠. 도축해 놓고는 탈출했다고 허위 신고를 했었죠."

"아니요. 저는 말리산으로 들어갔다고 봅니다."

누군가 말하자 사람들 사이에 잠깐 침묵이 흘렀다. 곰이 말리산에 있다면 사람들은 체육센터에 있는 동안 어떤 식으로든 영향을 받을 수밖에 없었다. 하지만 둘레길 초입의 CCTV 어디에도 곰은 잡히지 않았다. 발자국이나 배설물 등의 흔적도 나오지 않았고 포획 틀에 놓아 둔 먹이도 그대로였다.

"아줌마는 곰이 어디 있다고 보세요?"

지구력존에 앉아 있는데 두 꼬마가 오더니 내게 말을 건넸다. 자세히 보니 서로 연산 문제를 내던 애들이었다.

"선생님이라고 부르지 그러니?"

"뭘 잘하시는데요?"

"난 10,000 곱하기 10,000도 알아."

"진짜요?"

나는 지압 훌라후프 하나를 꺼내서 천천히 돌렸다.

"너네 그 말 들어 봤어?"

"뭐요?"

"곰은 사람을 찢어. 뿌로로 친구 포비가 아니라고."

아이들이 아무 대꾸를 안 했다.

"생각을 해봐. 곰은 지금 쫓기고 있어. 같이 탈출했던 동료는 사살됐고. 굶주려 있다고. 극도로 예민해져 있는 데다 공격성이 엄청나게 차올라 와 있는 상태일 거라고."

엄마로 보이는 여자가 나를 못마땅하게 쳐다보고는 아이들을 데려갔다. 나는 훌라후프를 좀 더 세차게 돌렸다. 곰 때문에 말리산 트랙을 뛸 수 없게 되자 몸이 근질거려 미칠 것 같았다.

"유연하신데요?"

그렇게 말하며 지구력존으로 걸어 들어온 건 짧은 단발을 한 여자였다. 여자는 베이지색 리넨 원피스를 입고 있었는데 스퀘어 넥에 가슴 부분엔 핀턱 주름이 풍성하게 잡혀 있었다. 너무나 내 취향이라 어디서 샀냐고 물어보고 싶을 정도였다.

"돌려 보실래요?"

나는 훌라후프를 머리 위로 빼서 여자한테 건넸다. 여자가 선뜻 훌라후프를 건네받아 원 안으로 몸을 집어넣었다. 여자가 훌라후프를 돌리자 같은 방향으로 원피스가 뱅글뱅글 말려 돌아갔다. 나는 그게 너무 웃겨서 무릎을 치면서 깔깔거리고 웃어 댔다.

"나 이거 너무 좋아요. 원피스 입고 훌라후프 돌릴 때 말리는 거. 보기만 해도 좋다 진짜."

리넨 원피스 여자가 같이 웃었다. 눈썹 문신 여자가 이쪽을 유심히 쳐다보며 지나가는 게 보였다.

"혼자 왔어요?"

"네, 혼자 왔어요."

"몇 호 텐트예요?"

여자가 팔로 체육관 끝쯤을 가리켰다.

"곰이 어디 있다고 보세요?"

내가 묻자 여자가 훌라후프를 멈추고는 말했다.

"이러면 어떨까요. 오늘 밤에 산 초입에 초코파이를 놔둬 보는 거예요."

"대박. 곰이 초코파이를 좋아해요?"

"어, 글쎄요."

"너구리가 먹고 갈 수도 있지 않을까요?"

체육센터 창밖으로는 금세 어스름이 내려왔다. 헤어지기 전 여자는 나를 말리산 둘레길로 통하는 기계실 끝으로 데려갔다.

"신기한 거 보여 줄게요."

땅과 완만하게 닿아 있는 시멘트 기단 위에 발자국 하나가 찍혀 있었다. 시멘트가 채 마르기 전에 누군가 밟은 자국이었는데 신발 자국은 아니고 맨발 자국이었다. 여자가 발자국 위로 자신의 맨발을 포개자 발이 거짓말처럼 들어맞았다.

"진짜 신기한데요?"

나를 보며 씩 웃더니 여자는 다목적체육관 안으로 들어갔다. 여자가 가버리고 나자 나는 갑자기 허허로운 마음이 들었고 그래서 매점으로 내려가 정말로 초코파이를 샀다. 초코파이를 사면서도 나는 곰이 정말로 말리산에 있을 거라고는 생각할 수 없었다. 누군가는 생사를 걸고 있다는 것도, 사람들이 다목적체육관에서 밥을 먹고 잠을 자고 있다는 것도, 저렇게 해가 쨍한데 태풍이 오고 있다는 것도 아무것도 실감할 수 없었다.

*

나한테 그런 걸 묻는 사람은 아무도 없지만 내게 뭘 좋아하냐고 누군가 물어 준다면 나는 이렇게 답하고 싶다.

친절한 사람이요.

저는 친절한 사람을 좋아해요.

나는 툭하면 누군가를 좋아해 버리는 버릇이 있다. 좋아하는 사람이 없는 기간은 내내 가라앉아 있을 정도로 누군가를 좋아한다는 건 내게 중요한 일이다. 그래서 좋아할 수 있는 사람이 있으면 나는 기꺼이, 기필코 좋아해 버린다. 내시경실 베드에 누울 때 긴장하지 말라고 손을 잡아 주던 간호사를 나는 그날 하루 종일 좋아했다. 버스가 급정거해서 어, 어, 하며 몸이 떠밀려 갈 때 재빨리 내 팔을 잡아당겨 주던 남자를 나는 일주일 동안이나 좋아했다. 빗물과 눈물과 오줌 범벅이 되어 로프에서 풀려났을 때, 내게 다가와 담요를 둘러 주던 구조대원을 나는 아직도 좋아하고 있다. 이상하고 뜨거운 여름에 대피소 한쪽에서 같이 훌라후프를 돌렸던 여자도 나는 좋아하게 된 것 같다.

"저 기억하세요?"

아직 어두운 새벽이었지만 몇몇 사람들은 벌써 일어나 앉아 있었다. 나는 방습재 돗자리에 앉아 다리를 두드리고 있는 눈썹 문신 여자한테 다가가 나를 기억하느냐고 물었다. 가까이에서 보니 그녀는 이미 노년으로 접어든 나이였다. 눈썹 문신 여자는 팥과 소금을 얘기하는 것인지 아이스쿨타월을 얘기하는 것인지 잠시 가늠하는 것 같더니 둘 다 기억하고 있다고 말했다. 여자가 막상 몇 해 전의 나를 기억하고 있다고 하자 새삼스레 가슴이 묵직해져 왔다.

물이 차오를 땐 절대로 물건에 미련을 두면 안 된다. 여름엔 계곡을 건너가서 놀면 안 된다. 나는 돗자리에 걸터앉아 다목적 체육관을 훑어보았다. 지금 이곳으로 대피를 와 있는 저지대 주민들은 모두 몇 해 전 여름을 기억하고 있을 터였다. 아무렇지 않게 앉아 있는 것처럼 보여도 그 호우가 가져온 공포가 여전히 새겨져 있을 것이었다. 적어도 지금은 사후 대피가 아니라 사전 대피였으므로 사람들의 간이 텐트와 돗자리엔 유사시에도 포기할 수 없는 것들이 하나씩 숨겨져 있을 거라고 나는 생각했다.

"쿨타월 총각은 아직 집에 있어요."

나는 눈썹 문신 여자한테 수석 씨 안부를 전했다.

"걔가 아파요."

반려동물의 출입을 허용하는 대피소는 한 군데도 없었다. 시력과 신장이 안 좋은 개를 어딘가로 보내 놓고 혼자 대피소로 오는 건 수석 씨한테 가능한 일이 아니었다.

수석 씨 얘기를 하고 나서 한참 그대로 있자 눈썹 문신 여자가 나를 말없이 쳐다봤다. 순간 나는 그녀가 왠지 리넨 원피스 여자 얘기를 듣고 싶어 한단 생각이 들었는데 기계실 앞에서 헤어진 뒤로는 이상하게 여자의 모습이 보이지 않았다.

"그때 말리산에 산사태 났을 때 뼈다귀가 무더기로 떠밀려 왔잖아."

일찍 일어난 노인들 몇이 몇 해 전의 호우 얘기를 꺼냈다. 국민체육센터가 지금 자리로 이전을 준비하고 있을 무렵이었다.

"뼈요? 혹시 궁녀들 뼈였나요?"

노인 한 명이 손을 내저었다.

"뭘 그렇게 멀리까지 가."

"말리산에 숱하게들 갖다 버렸지. 이름도 없고 집도 없는 그런 여자들 있잖아. 왜 죽었는지 사람들도 쉬쉬하는 여자들."

"원래가 무덤산이니 티도 안 났지."

체육관 창밖이 서서히 밝아 오는 게 보였다. 벽면의 LED 시계에 5:57이라는 숫자가 찍히는 걸 보면서 나는 돗자리에 모여 앉은 노인들한테 고해성사하듯 말했다.

"제가요, 간밤에 몰래,"

"응, 몰래,"

"산 초입에 초코파이를 갖다 놨어요."

모두들 잠시 말이 없었다. 시계 숫자가 6:05가 되었고, 밖에서 갑작스러운 소음이 들려왔다. 바람 소리와 모터 소리가 섞인 듯한 진동음에 여러 사람의 말소리가 뒤섞여 있었다. 자율 방재단원 몇이 상기된 얼굴로 체육관 문을 열어젖혔다.

"지금부터 절대 밖으로 나가면 안 됩니다. 야외 체력 단련장도 안 됩니다. 주차장도 안 됩니다."

사람들이 모두 동작을 멈췄다.

나는 침을 삼켰다.

곰이 나타난 것이다.

"말리산에 있는 게 확실해졌습니다. 체육센터 가까이로 내려왔어요."

쌍으로 출몰하는 버그가 말리산에서도 기승을 부리자 시는 나무와 나무 사이에 대형 끈끈이 트랩을 장막처럼 걸어 두고 있었다. 산에 사는 곤충들 사체가 붙어 있는 그 끈끈이 트랩에서 반달곰의 털 뭉치가 발견된 것이다.

"흔적이 잡혔으니 이제 포획은 시간문제입니다."

열화상 카메라가 장착된 드론이 말리산 상공에 띄워졌다. 야생동물관리협회 소속 엽사들이 장총을 들고 산으로 올라갔다. 태풍이 더 가까워졌는지 산 위 나무들이 흔들리는 게 육안으로도 보였다. 쨍한 아침 해가 고여 든 공원 광장만이 아직 환하게 고요했다. 나는 물이 자작하게 고여 있는 발물놀이터를 넋을 놓고 바라보았다. 리넨 원피스 여자와 연산이 약한 애들 둘이 맨발로 물을 차며 놀고 있었다. 물방울이 무릎 높이로 튀어 올랐다 사라지고 튀어 올랐다 사라졌다. 언뜻 여자가 나한테로 손을 흔든 것도 같았다. 밖을 본 사람이 나뿐이 아니었는지 아이들 엄마가 문을 밀며 달려 나갔다. 밖에 있으면 안 된다고. 위험하다고.

　소란을 틈타서 나는 몰래 체육관을 빠져나왔다. 드론이 품고 있는 열화상 카메라에 나는 어떤 색깔로 잡힐까 생각하면서 기계실 복도를 지나 둘레길 초입으로 올라갔다. 은박 접시에 놓아두었던 초코파이 세 개가 모두 사라져 있었다. 나는 동그랗게 빛을 반사하고 있는 접시를 들고 다시 체육센터로 돌아왔다.

*

체육관 한쪽 창가에 은박 접시를 놓아두고 나는 리넨 원피스 여자를 찾아 실내 여기저기를 돌아다녔다. 여자를 만나면 곰인지 너구리인지가 훑고 간 접시를 보여 주며 다시 한번 같이 신기해할 생각이었다. 하지만 여자는 어느 텐트에 있는지 좀체 보이지 않았다. 나는 기도를 하는 사람처럼 은박 접시 앞에 서 있다가 자율 방재단 노인이 보이면 뒤를 따라다니며 상황이 어떻게 되어 가는지를 물었다.

　금방이라도 곰을 잡아올 것처럼 요란하게 산으로 올라간 사람들은 정오가 지나도록 아무 소식이 없었다. 산은 무섭도록 조용했다. 태풍이 도착한다는 시간이 곧이었지만 바람과 습기만이 증폭될 뿐 해는 여전히 맹렬하기만 했다. 태풍이 서쪽으로 비껴갔다거나 약해졌다는 얘기조차 들려오지 않았으므로 대피소 사람들은 기약 없는 시간에 볼모로 잡힌 것처럼 점점 지쳐 가고 있었다.

그때 그 일이 일어났다.

처음엔 정수기의 불빛이 경고등처럼 몇 번 깜빡거렸다. 곧이어 체육관 천장에서 돌고 있던 대형 팬이 천천히 속도를 늦췄다. 냉방기기가 가져오는 미세하고도 웅장한 진동음이 잦아들다 멈추었고, 그와 동시에 LED 시계판의 붉은 숫자가 사라졌다.

체육관 안은 갑자기 비현실적일 만큼 조용해졌다.

기습처럼 찾아온 정적 속에서 사람들은 어리둥절해하며 서로를 쳐다보았다. 그러다 곧 그 상황이 정전이라는 것을 깨달았다. 밖은 더할 수 없이 환한 햇빛이 흘러 다녔고 바람이 불면서 여전히 나무가 움직이고 있었다. 건물 안만이 갑작스레 뭔가가 멈춰 버린 것이다.

텐트 안에 있던 사람들이 하나둘 텐트 밖으로 기어 나왔다. 에어컨 소음이 멎자 옆 사람의 부스럭거리는 소리 하나도 귀에 거슬리게 꽂혀 왔다. 콧속에 무언가가 꽉 들어찬 것처럼 숨이 갑갑해지면서 겨드랑이에서부터 습기가 뻗쳐올랐다. 사람들은 거대한 체육관 강당 안에 모여 앉아 서로한테 텁텁한 숨을 내뿜으며 땀을 흘리기 시작했다. 온습도계의 숫자가 빠르게 변하고 있었다.

문을 열어야만 한다는 걸 본능적으로 깨달은 누군가가 출입문으로 걸어가다가 곧 걸음을 멈췄다. 문을 열 수 없다는 걸 떠올린 것이다. 밖에는 아직 잡히지 않은 곰이 있었다.

창문은 가능하단 생각에 몇몇이 걸어가 창문을 열어젖히자 외벽에 모여 있던 버그들이 곧바로 날아들어 왔다. 말벌만 한 버그가 쌍을 지어 날아들자 사람들이 비명을 지르며 체육관을 뛰어다녔다.

다급히 창문을 닫아걸고 났을 때, 사람들은 자신이 찜통이 되어 가는 건물 안에 그대로 고립되었다는 것을 깨달았다. 어떤 문도 열 수 없는 상태에서 정전이 된 체육센터 안은 일대에서 가장 위험한 장소가 되어 버렸다.

"숨을 못 쉬겠어요. 나가야겠어요."

공황 증세가 있는 듯한 여자가 나를 잡고 괴로움을 호소했다. 나는 체육센터의 실내 약도를 머릿속에서 불러낸 뒤 그나마 가장 밀폐감이 덜 드는 구역으로 여자를 데리고 나갔다.

옆 사람이 뿜어내는 체온이 그대로 내 고통이 되어 가는 상황이었다. 온도는 계속 올라가고 있었다. 누군가는 옷을 벗어젖혔고 누군가는 옷을 벗은 누군가를 비난했다. 누군가는 울었고 누군가는 귀를 막았다. 누군가 기침을 하자 사람들이 그 주위에서 서서히 물러났다. 사람들은 전염병 기간 동안 쌓인 트라우마에 붙들리며 다시 마스크를 단단히 찾아 쓰고 호흡을 안으로 삼켰다.

곰만 잡히면 이 모든 문제가 해결될 수 있다는 듯 곰이 빨리 잡히기만을 고대하는 목소리가 높아졌다. 하지만 그곳엔 곰이 잡히지 않길 바라는 사람들 또한 분명 있었다. 아기 우는 소리가 귀를 찢자 누군가는 무슨 수를 써서라도 소리가 안 들리게 해달라고 사정했다. 하지만 그곳엔 땀범벅이 된 부모한테서 아기를 받아 안아 어르는 사람들 또한 있었다. 기침을 하는 사람에게 누군가는 제발 복도로 나가 있어 달라고 말했지만 체온계와 상비약을 먼저 챙기는 사람들이 한쪽에 꼭 있었다.

나는 시간이 갈수록 사람들이 움직이고 있다는 것을 알아챘다. 대피소가 쾌적할 땐 데면데면 흩어져 말도 안 섞던 사람들이 상황이 나빠질수록 옆 사람들을 보기 시작했다. 몇몇이 매점 냉동고의 얼음을 긁어모아 몸이 늘어지는 노인들한테 가져갔다. 비품실에서 물을 담을 수 있게 생긴 것들을 모두 꺼내 샤워실의 냉수를 날라 왔다. 같은 질환을 앓고 있는 걸 서로 알아본 이들이 항불안제를 나누고 응급처치법을 공유했다. 나는 몇몇과 함께 자동제세동기를 쓸 수 있는 사람들을 파악해 대기시키고는 텐트를 돌며 그 안에서 늘어져 있는 사람이 없는지 살폈다. 기침과 미열 증세가 있는 사람들을 스트레칭실로 분리했다. 그러곤 체육관으로 돌아와 다시 텐트를 돌았다.

나는 텐트를 돌고 또 돌았다. 다시 돌고, 또 돌고, 그러다 머리부터 발끝까지 흠뻑 젖어 버려서, 땀 때문에 도저히 눈을 뜰 수가 없어서, 리넨 원피스 여자는 어디에서도 보이지 않고, 서로를 살피는 저 친절들이 자꾸 나를 두드려서, 나는 그곳에 더 있지 못하고 비칠비칠 로비 입구로 걸어 나갔다. 손 조심이라고 써 있는 유리문의 잠금장치를 풀어 버리고 싶다는 생각을 하면서 나는 문 앞에 섰다. 내가 밀폐된 공간에 있다는 자각이 그제야 한꺼번에 밀려오며 갑자기 호흡을 할 수 없는 느낌이 들었다. 땀으로 완전히 젖어 버린 비상 상황이 되자 나는 내게 또렷하게 새겨진 그 감각을, 계곡 물소리가 주던 두려움을, 내가 움켜쥐었다 놓친 로프의 감촉을, 순식간에 다시 나를 감아올리던 누군가의 안간힘을 그대로 다시 경험할 수밖에 없었다.

누군가 다가와 내게 괜찮으냐고 물었고 나는 로비 유리문의 문고리에 매달린 채 괜찮지 않다고, 숨을 쉬기 힘들다고, 도와달라고 말했다. 그가 무언가를 가지러 다급히 뛰어가는 걸 보면서 나는 다른 어느 때도 아닌 바로 지금이, 내 지구력과 순발력이 최대치로 작동해야 할 때라는 걸 알았다. 나는 의식적으로 들숨과 날숨의 속도를 고르며 몸을 일으켰다. 몸을 일으켜 세우고 밖을 보았다. 볕이 하얗게 내리꽂히는 유리문 너머에 리넨 원피스 여자가 서 있었다.

나는 여자를 보자마자 소리쳤다. 거기서 뭘 하고 있느냐고, 빨리 안으로 들어오라고, 밖은 지금 위험하다고.

하지만 곧 그게 얼마나 공허한 말인지를 깨달았다.

여자는 태평한 표정으로 나를 보더니 씩 웃었다.

"나는 한이 그렇게 많은 편은 아니에요."

뒤에서 바람이 불어 가고 있어서인지 여자는 마치 시간이 흐르는 장소에 서 있는 것 같았다. 한참 동안 나를 보던 여자가 이쪽을 향해 오른쪽 팔을 천천히 들어 올렸다. 얼마만큼인지 가늠할 수 없을 정도로 한참 동안, 길게, 여자의 팔이 내 목을 향해 뻗어 왔다. 곧이어 여자의 두 손가락이 내 오른쪽 턱 아래, 경동맥에 와 닿았다. 손가락을 내 급소에 대고 심박을 확인하면서, 여자는 그렇게 한참을 서 있었다.

여자가 확인해 준 바 나는 살아 있었다.

그리고 그 순간에 나는 말리산에서 총성이 울리는 소리를 들었다.

사람들은 돗자리를 접었다. 비품실에서 꺼내 왔던 물품들을 제자리에 돌려놓았다. 쓰레기봉투에 쓰레기를 모았다. 빌려 갔던 연고를 돌려주고 타월들을 한군데에 모았다. 가방을 열었고 또 가방을 닫았다. 계단참을 멍하니 쳐다보았고 몇몇은 강단에 걸터앉았다. 바닥에 등을 대고 누웠다. 눈을 뜨고 천장을 바라보았다.

체육관 창턱에는 내가 아침에 놓아둔 은박 접시가 그대로 있었다. 만지지도 않았는데 바스락 소리가 났다. 은박 접시는 원래 시끄러우니까. 시끄러운 접시를 보고 있자 나는 절이 하고 싶어졌다. 못 견디게 절이 하고 싶어졌다. 그래서 접시를 앞에 두고 한 배, 두 배, 절을 했다. 두 무릎을 굽히고 몸을 엎드리며 이마를 바닥에 댔다.

몇몇이 다가와 내 옆에서 같이 절했다. 누군가 종이컵에 물을 따라 접시 옆에 놓았다. 누군가는 새까매진 바나나 송이를 창턱에 올려놓았다. 새 모양의 키링을 올려놓는 사람도 있었다. 마이쮸와 구운 계란. 머리끈과 핸드로션. 몇몇이 절을 하고 물러나면 다시 또 몇몇이 다가와 절을 했다.

그날 해가 떨어지기 전에 사람들은 모두 건물 밖으로 나왔다. 그곳을 바로 내려가지 못한 채 사람들은 자신들이 갇혀 있던 대피소 건물을 바라보았다. 말리산 자락에서부터 공원 광장을 거쳐 아래 주택가로 막바지 오후 해가 가라앉고 있었다. 그들은 그렇게 서서 아마도 무언가를 본 것도 같다. 비가 오는지 안 오는지 확인해 볼 때처럼 누군가 허공을 향해 손바닥을 내밀며 말했다.

"6월인데 눈이 오나 봐요."

그러자 그게 정말로 눈인지 확인해 보겠다는 듯 사람들이 하나둘 허공으로 손을 뻗었다.

"이건 회화나무꽃 같은데요."

"미세먼지 아닌가요."

"비눗방울이에요."

그렇게 한마디씩 하며 사람들은 단체 퍼포먼스를 하듯 다같이, 고개를 들어 어딘가를 봤다. 그러곤 그곳으로 손바닥을 내밀었다.

*

여름이 다 가기 전에 나는 세탁기능사 필기시험에 합격했다. 시험공부를 하러 가는 길엔 언덕길을 지나야 했는데 내가 지나는 시간이면 늘 오른쪽 길 위에서 택배차가 내려왔다. 내가 먼저 길을 지날 때는 택배차가 속도를 늦췄고 택배차가 먼저 지날 땐 내가 잠시 걸음을 멈췄다. 잠을 자려고 누우면 그 사실에 갑자기 눈물이 날 때가 있었다. 트럭이 나를 보면 멈출 것이라는 걸 내가 알았다는 사실에.

나는 요새 택배 기사를 좋아하고 있다.

자율 방재단에는 끝내 가입하지 않았다. 대신 나는 노인한 테 수석 씨를 소개했다. 늦더위도 다갈 무렵 노인은 내게 특별히 영상 하나를 보여 주었다. 산불 감시용 감시카메라에 담긴 6월 말의 말리산이었다. 그 안에 곰이 있었다. 곰은 산을 거닐고 있었 다. 흙을 밟으며 걷다가 쿵쿵 냄새를 맡고, 또 이리저리 걸어가 다가 무언가를 뜯어 먹고, 땅에 코를 몇 번 박고는 다시 설렁설렁 걸어갔다. 곰은 그저, 그럴 뿐이었다.

나는 여전히 매일 체육센터에 간다. 혼자 훌라후프를 돌리 고 혼자 말리산을 뛴다. 잊을 만하면 잊어야 할 것들이 생기지만 어떤 장면들은 여전히 간직하고 있다. 은박 방습재 위에 놓여 있 던 휴대폰 충전기라든가 누군가의 머리 자국이 그대로 나 있던 베개 같은 것들을.

발물놀이터의 무지개도.

비가 오면 빗물이 고일 누군가의 발자국도.

드론의 열화상 카메라에 남았을 말리산 생명체들의 울긋불 긋한 체온들도 생각한다.

내가 의지했던 친절의 순간들도. 나를 살린 것들도.

그것들은 여전히 그곳에 남아 있다.

2023년 제46회 이상문학상 작품집

3부

선정 경위와 심사평

2023년 제46회 이상문학상

심사 및 선정 경위

1977년부터 시작된 이상문학상이 2023년 46회를 맞이한다. 매년 멈추지 않고 이어 온 이상문학상은 『문학사상』의 문학적 가치와 의미에 대한 집념의 족적이라 할 수 있겠다. 아울러 창간 50주년을 넘어선 『문학사상』은 올해부터 새로운 50년의 역사로 진입한다. 그 영예로운 서막에 기록될 제46회 이상문학상의 심사 및 선정 경위는 다음과 같다.

예심 과정

2023년 이상문학상 심사는 예심과 본심으로 나누어 이루어졌다. 예심 과정에는 문학평론가 노태훈, 양윤의, 이경재가 심사위원으로 참여했다. 예심위원은 지난 11월 중순부터 약 한 달 동안, 2022년 국내 주요 문예지에 발표된 약 200여 편의 중·단편소설을 두루 읽었고 그 가운데 16편을 본심에 올리기로 결정했다.

예심을 통과한 작품은 다음과 같다. (가나다순)

구병모, 「노커」

김기태, 「세상 모든 바다」

김혜진, 「축복을 비는 마음」

문진영, 「내 할머니의 모든 것」

박서련, 「나, 나, 마들렌」

서성란, 「내가 아직 조금 남아 있을 때」

안보윤, 「애도의 방식」

양선형, 「말과 꿈」

위수정, 「우리에게 없는 밤」

이서수, 「춤은 영원하다」

이장욱, 「크로캅」

최은미, 「그곳」

최정화, 「창이 없는 방」

최진영, 「홈 스위트 홈」

한정현, 「다만 지구의 아침」

현호정, 「연필 샌드위치」

　예심 과정에서 예심위원들은 작품의 주제와 기법이 다양하고 그 수준이 고르게 높아졌다고 평가했다. 16편의 예심 통과작 가운데 최은미, 이장욱, 이서수, 최진영, 문진영의 작품을 예심위원들이 특별히 주목했다는 점도 밝혀 둔다.

본심 과정

2023년도 제46회 이상문학상 본심은 지난 1월 6일에 열렸다. 이상문학상 본심 심사위원회는 권영민 주간이 본심을 주재했고 본심위원으로는 소설가 구효서, 윤대녕, 전경린, 문학평론가 김종욱이 참여했다.

본심 심사위원들은 금년도 예심 통과작이 다채로운 소재와 기법을 자랑하면서 소설적 재미를 더하고 있다는 데에 동의했다. 특히 '장르소설'에서 다루어질 만한 이야기의 통속성을 소설적 기법을 통해 정제된 서사로 발전시킨 작품도 있고 코로나 팬데믹 이후 벌어진 재난 상황과 위험사회의 징후를 밝혀내는 작품들도 많아졌다는 점도 지적했다. 이러한 경향과 함께 주목되는 것이 소설 문단의 뚜렷한 세대교체 현상이다. 후보작을 낸 작가들 대부분이 2010년을 전후하여 등단한 소설 문단의 신세대라는 점도 주목할 만한 변화였다.

심사위원들이 각자 수상 후보작으로 서너 편씩 작품을 천거하는 단계에서 가장 많이 거론된 작품으로는 최진영의 「홈 스위트 홈」, 최은미의 「그곳」, 이장욱의 「크로캅」이었고, 위수정, 박서련, 김기태, 안보윤, 양선형, 서성란의 작품도 한두 차례씩 거명되었다. 이 과정에서 자연스럽게 「홈 스위트 홈」, 「그곳」, 「크로캅」으로 대상 후보작이 좁혀졌다. 이 세 작품을 논의하는 중에 「크로캅」이 먼저 제외되었고 대상 수상작 후보로 「홈 스위트 홈」과 「그곳」이 남게 되었다. 두 작품이 지니고 있는 소설적 특징이 서로 다르고 이야기를 이끌어 가는 서술의 힘도 서로 대비되는 면이 적지 않았기 때문에, 심사위원들의 의견이 서로 엇갈려 한 시간이 넘는 토론이 이어졌다.

최종 결정 단계에서 심사위원들은 작품의 구성적 완결성과 소설적 주제의 무게를 들어 최진영의 「홈 스위트 홈」을 2023년 제46회 이상문학상 대상 수상작으로 결정했다. 최종 심사 과정에서 거론했던 작품들 중에 김기태의 「세상 모든 바다」, 박서련의 「나, 나, 마들렌」, 서성란의 「내가 아직 조금 남아 있을 때」, 이장욱의 「크로캅」, 최은미 「그곳」을 우수작으로 선정했다. 이상문학상 심사위원회는 대상의 영예를 안게 된 최진영 작가에게 진심으로 축하를 보낸다.

2023년 제46회 이상문학상

심사평

심사위원장 ┃ 권영민   예심 심사위원 ┃ 권영민, 노태훈, 양윤의, 이경재

본심 심사위원 ┃ 구효서, 김종욱, 윤대녕, 전경린

여전히 문학이라는
이름으로

노태훈 盧泰勳 ∣ 문학평론가

지난 몇 년간 한국문학은 내외적으로 많은 변화를 겪어 왔다. 사회 현실의 변동에 따른 작품 자체의 질적 변화뿐만 아니라 문학의 유통이나 구조를 둘러싼 일련의 문제 제기와 그에 따른 조정이 있었고 많은 부분들이 이전과 달라진 듯하다. 그런가 하면 문학작품이 창작되고 발표되는 과정, 독자를 만나서 읽히고 또 소통하는 방식은 여전한 것 같기도 하다. 한국문학은 달라졌을까. 달라졌다면 무엇이, 어떻게 달라졌을까. 이상문학상 예심을 통해 심사위원들은 한국문학이 어떤 변화를 모색하고 있는지 확인하고자 했고, 의미 있는 성과들을 다수 찾아낼 수 있었다.

2022년 문학 매체를 통해 발표된 중·단편소설을 하나하나 검토하면서 작품의 폭이 현저히 넓어졌음을 알 수 있었다. 특히 여성, 퀴어를 중심으로 한 젠더 문제가 더 날카롭고 깊이 있게 그려지고 있다는 사실이 고무적이었다. 한국 소설이 견인해 온 정체성과 글쓰기의 문제가 여러 작가들에 의해 낯설고 독특한 형태로 '서사화'되고 있다는 점도 주목할 만했다. 나아가 비현실적 상상력과 결합한 주체가 스스로를 확장시켜 매력적인 세계를 만들어 나가는 이야기도 다양하게 발견할 수 있었다. 또 다수의 신인 작가들이 눈에 띄는 작품을 써낸 것을 비롯해 새롭게 발견된 작가들, 더 깊이 있는 작품을 보여 준 중견작가 등 작가군도 더욱 다채로워진 한 해였다고 평가할 수 있겠다.

이서수의 「춤은 영원하다」와 문진영의 「내 할머니의 모든 것」은 세대를 넘나드는 여성 서사의 훌륭한 사례기도 하지만 올해 가장 활발하게 작품 활동을 펼쳐 온 두 작가가 도달한 곳이라는 점에서도 주목된다. 현재 우리 사회의 문제들을 충실히 재현하면서도 자기 스타일을 만들어 나가고 있는 작가여서 많은 지지를 받았다. 이장욱의 「크로캅」, 구병모의 「노커」, 최은미의 「그곳」, 최진영의 「홈 스위트 홈」 역시 여러 심사위원들의 추천을 받았다. 각각의 작가들이 가진 특유의 문체와 서사가 매력적으로 구현되어 있으면서도 그 문제의식이나 주제적 측면에서도 이야깃거리가 많은 작품이었다. 김혜진의 「축복을 비는 마음」과 안보윤의 「애도의 방식」, 한정현의 「다만 지구의 아침」, 서성란의 「내가 아직 조금 남아 있을 때」, 최정화의 「창이 없는 방」은 우리가 외면하기 어려운 폭력과 죽음, 입양과 육식 등의 문제에 대해 성찰하고 있는 작품이었다. 특히 참사의 슬픔을 애도하고 더 이상의 비극을 방지하는 것이 시급한 현재 한국 사회에서 이들 작품이 적지 않은 의미를 갖는다는 의견이 많았다.

박서련의 「나, 나, 마들렌」과 현호정의 「연필 샌드위치」, 양선형의 「말과 꿈」 등은 독특한 상상력에 기반하고 있는 작품이다. 또 다른 '나들'이 등장하기도 하고, 뒤섞이는 꿈과 현실에서 서로 다른 이야기들이 교차하며 내달리기도 하는 이 작품들은 과감한 설정에도 불구하고 끝내 독자를 설득시키는 힘을 가지고 있었다. 그러한 에너지는 김기태의 「세상 모든 바다」, 위수정의 「우리에게 없는 밤」에서도 확인할 수 있었다. 아이돌 팬덤 문화, 성매매 조건 만남 등 다소 예민한 소재를 다루면서도 이를 전형적이지 않게 그려 내는 작가의 미더움을 심사위원들은 높이 평가했다.

예심을 통해 위 16편의 작품을 본심으로 올린다. 백수린의 「봄밤의 우리」, 김본의 「슬픔은 자라지 않는다」, 신종원의 「노루 사냥」, 성혜령의 「버섯 농장」 등에 관해서도 의견을 나누었지만 논의 끝에 본심 추천은 이뤄지지 못했다는 점도 언급해 둔다.

한 해 동안 발표된 소설들을 정리·검토하면서 심사위원들은 한국문학의 세계가 더욱 다채로워지고 깊어졌음을 실감할 수 있었다. 이른바 '콘텐츠'의 시대에 소설이라는 전통적인 형식과 매체가 여전히 어떤 의미를 가질 수 있다면 지금 우리가 읽고 있는 바로 이 작품들 때문일 것이다. 이제 소설은 이야기로서의 성취뿐만 아니라 문학이라는 형식마저 설득시켜야 하는 곤경에 처해 있다. 한국의 작가들이 자신들을 둘러싼 현실과 싸우면서, 또 서사의 범람 속에서 오로지 언어를 통해 문학이라는 이름을 고수하려는 분투를 지지하고 응원하는 마음으로 심사를 마무리한다.

본심 심사평

잘 쉬라는 인사

구효서 具孝書 | 소설가

우열을 가리기 어려웠다.

　심사평에 심심찮게 등장하는 말이다. 나 또한 몇 차례 그렇게 썼던 것도 같다. 그래서 심사가 그토록 어려웠던 걸까. 솔직히 좀 지옥 같다는 생각도 들었고, 쟁쟁한 작품들 중 하나를 고르라니 이건 너무 잔인하지 않은가 싶기도 했고, 대상 작가들의 두드러진 면면을 떠올리자니 내 주제에 대한 공연한 자괴감이 들기도 했을 뿐더러, 문학상이라는 것은 도대체 어떤 사회적 기원을 갖는 것일까 엉뚱한 상상에 빠지기도 했다. 하지만 나의 결론은 항상, 그래도 문학상은 있어야 한다는 쪽이었던 같다. 그러지 않았다면 진즉에 문학상 심사에 참여하지 않았을 것이므로.

　우열을 가리는 각축의 리그가 아니라 문학상이 문학장, 즉 하나의 모꼬지라는 생각이 절로 드는 것은 벌여 놓은 작품들의 다채로운 매력 때문일지도 모른다. 모름지기 잔치란 수적으로 풍성하기도 해야 하려니와 여러 빛깔과 모양이 어우러져 도무지 외면하기 어려운 화려함을 빼놓을 수 없는 것 아니겠는가.

그렇게 보자면 심사는 수고로움보다는 설렘에 가깝다. 더구나 이번에 읽은 16편의 작품들 중 한두 편을 빼고는 모두 2000년 이후 등단작가의 작품이었기에 더욱 그랬는지도 모른다.

둘, 셋으로 번식하는 자기의 목을 자기 손으로 베기 위해 식칼 앞에 공손히 무릎을 꿇는 장면에서는 비명을 지르고 말았다(「나, 나, 마들렌」). 분열하는 페르소나와 관련한 소설들을 안 읽었던 것은 아니지만 비명을 지른 것은 처음이었다. 비명을 지른 것에서 그치지 않고 내 목이 둘로 자라나는 악몽에 실제로 시달리게 할 만큼 매우 고약하고 강력하여 도망칠 수조차 없게 하는 흑마술적 마력으로, 작품은 분열 중인 개인과 사회를 서늘하게 패러디한다.

사랑하는 사람을 사랑하는 것만으로도 환경 위기로부터 지구와 인류의 미래를 지속시킬 수 있을까? 그랬으면 좋겠는데 그럴 수 있다고 말하는 이야기가 「세상 모든 바다」인 것 같다. 미당 서정주가 '눈이 부시게 푸르른 날은 그리운 사람을 그리워하자'고 했는데, 그렇게만 해도 세상 모든 바다가 오염에서 헤어날 수 있다면 얼마나 멋진 일인가. 지구처럼이나 무겁고 바다처럼이나 망망한 국제, 환경, 인류, 재앙과 같은 문제에 대해 사소하다면 사소할 개인적 차원의 '이지 액션'이랄까 실천 항목을 제시하는 솜씨가 귀엽다 못해 얄밉다.

여러 작품집에서 보아 왔듯 이장욱과 최은미는 나로서는 나무랄 데가 없다. 이렇게 꾸준히 오랫동안 한 편의 태작도 없이 작품을 써낸다는 건 믿기 어려울 정도다. 더구나 이번 「크로캅」은 정말이지 의외였다. 이장욱의 펀치와 하이킥이 이토록 날카롭고 집요하고 치명적일 줄이야. 그동안 이장욱의 소설은 나에게 국어 시험의 '지문 같은 거'였다. 왠지 읽고서 답을 해야만 할 것 같았는데, 출제한 선생님(지적으로 짓궂은 선생님이어서 질문의 요지를 파악하기도 쉽지 않다)이 바라는 답이 무언지 확신할 수 없어 내 깐에는 찾아 놓고도 제출하기 망설였던 적이 많았다. 그래서 그의 작품을 오래 들여다보곤 했었는데 이번에는 코를 바투 내시 않아도 작품에서 엘보와 발길질이 날아와 나를 확실히 가격했다. 질문과 답이 마치 자웅동체인 양 소설 안에서 분명해졌다는 것인데 얻어맞은 데가 아파서였는지 차라리 안 아팠던 때가 살짝 그리워졌다.

최은미는 스펙트럼이 있는 작가인 것 같다. 여성 서사, 인제 삼척 이야기, 그로테스크 지옥 열전, 그리고 「근린」과 같은 계열의 이번의 「그곳」까지. 「근린」은 무인정찰기를 추락시켜 마을과 사람을 한눈에 훑더니 「그곳」에서는 곰을 탈출시켜 마을 사람들을 한곳에 모으는데, 그래서 어쨌다는 거냐는 질문 따위 아랑곳 않고 마냥 소설을 끝내 버린다. 그런데 이런 불친절한 결말이 어째서 통쾌한 걸까. 불친절한 결말이라기보다는 결말이 없는 결말이기 때문인지도 모른다. 알맹이라든가 내용이라든가 준비된 작의라든가 전하고자 하는 메시지가 고의적으로 소거된 결말. 실은 있어야 한다고 믿어지는 그곳에 있지 않는 결말이 있는 이야기. 없음의 공백을 도넛처럼 에워싸는 이야기가 연쇄적으로 진행됨으로써 예사롭지도 않고 유례도 흔치 않은 공연한 긴장을 유발하는 괴이쩍은 이야기. 그러나 마을과 사람들을 감싸는, 어딘가 불안하고 불온해 보이는 이러한 긴장이 삶과 존재의 무목적성과 우연성에 기인한다고 한다면 없어 보이는 결말일지라도 말하는 바가 없지는 않다. 최은미의 여러 색깔의 소설 중에서도 '빈 공백이 연출해 내는 특이한 긴장의 서사' 갈래라서 작품 수는 적더라도 귀하지 않을 수 없다.

그동안 이래저래 읽은 최진영의 작품 중에 「홈 스위트 홈」만큼 단숨에 읽은 작품이 없었음을 고백한다. 읽고 나서는 잘도 쓴다 잘도 써, 라고 혼자 중얼거렸으나 잘 써서 쉴 틈 없이 읽은 건지 쉴 틈 없이 읽어서 잘 썼다는 느낌이 든 건지는 아직도 알 수 없다. 왜 잘 읽혔는지 그 이유를 꼭 알아야만 할까 싶다가, 도대체 잘 읽힌다는 게 뭐고 잘 썼다는 게 뭐지? 라는 억하심정마저 생겨 흥분을 잠시 가라앉히기로 한다.

'오래된 미래'라는 말을 떠올리게 할 만큼, 이 작품 속에서는 '미래의 기억'이라는 '말도 안 되는 말'이 화자 엄마의 입을 통해 거듭 비판된다. 그러니까 「홈 스위트 홈」은 말도 안 되는 말이 시나브로 말이 되게 하는 이야기여서 신기하고 매력적이었는지도 모른다. 하지만 이처럼 직선적 시간관으로부터 자유로운 발상의 이야기는 굳이 양자역학이나 베르그송에 기대지 않더라도 이제는 누구라도 할 수 있게 되었다. 자유로운 시간관에 의거한 죽음에 대한 사유도 그래서 마찬가지로 썩 새롭지만은 않다. 시간, 기억, 죽음, 사유라는 거창한 말보다는 오히려 청개구리의 감촉 같은 미소한 것에 독자로서 더 애착이 가는 것도 그 때문인지 모른다. 암에 걸려 죽어 가는 젊은 화자가 엄마에게 하는 이런 말 한 마디 같은 것. "나을 수 없을지도 몰라. 하지만 더 행복해질 수는 있어."

죽음에 관한 색다른 사유를 더하기 위해 시간과 기억의 문제를 끌어왔다고 이해되더라도 그렇게 이해하지 않으려 몽니를 부리고 싶은 까닭은 뭘까. 그런저런 것 말고, 되는 말도 안 되는 말도 아닌, 아쉬운 과거도 안쓰러운 미래도 아닌, 기억이나 사유 따위도 물론 아닌 그 모든 것들의 과감한 유보, 그 모든 것으로부터의 쉼. '내 쉴 곳'으로서의 '작은 집 내 집뿐'인 장소. 그곳을 찾아가는 숙연한 여정을 잘도 썼다고 나는 감탄하고 싶었던 것 같다.

삶과 죽음이라는 옷감,
직조하는 문장들

김종욱 金鍾郁 ㅣ 문학평론가

소설을 읽고 공부하는 사람에게 이 자리는 늘 두렵다. 하나의 텍스트는 자기만의 우주를 생성하기에 온전히 이해하거나 해석하는 것이 영원히 불가능하다는 터무니없는 믿음을 가진 사람에게는 더욱 그러하다. 물론 사람 사는 세상에서 때로는 하나를 고르는 것도 꼭 필요한 일이라고 생각해 보기도 한다. 하지만 여러 척도를 동원해서 따져 보고 재어 보아도 한 작품의 길이나 크기나 무게를 재는 일은 만만치 않다. 누군가에게 어떤 즐거움을, 어떤 깨달음을, 어떤 위안을 주었다는 것을 나는 끝내 알 수 없기 때문이다.

예심을 거쳐 16편의 작품이 선정되었다는 소식을 전해 들었을 때도 비슷했다. 어떤 작품들이 선정되었을까 궁금하기도 했고, 문제적인 작품들을 한꺼번에 볼 수 있다는 기대도 있었지만, 기대가 불안으로 바뀌는 데에는 그리 많은 시간이 필요하지 않았다. 특히 최근에 활동을 시작한 낯선 이름들이 꽤 많았던 것도 한몫했다. 예전에는 꾸준하게 작품 활동을 했던 사람들에게 스포트라이트가 모아졌던 것으로 기억하는데, 몇 년 사이 젊은 작가들에 대한 관심이 높아진 것이다. 아마도 사람 사는 모습이 모두 바뀌어 과거의 언어로는 지금 눈앞에 펼쳐지는 세상을 포착할 수 없어서 나타난 현상이리라.

자이니치在日의 눈을 통해 핵발전소와 같은 사회적 이슈를 깔끔하게 엮어 냈던 작품이나, 동물권과 관련된 문제를 능란하게 다룬 작품이 여기에 해당한 것이다. 작품을 읽으면서, 훅! 하고 치고 들어온다고 느낄 정도로 강렬한 인상을 남겼다. 구석구석 조그맣게 웅크리고 있는 것조차 식별해 내는 해상도 높은 시력도 정녕 부러웠다. 그들의 소설을 읽으면서 이제 얼마 지나지 않아 한 개인의 조그마한 삶이 다른 사람과 만나 커다란 의미를 지닌 것으로 확장되는 묵직한 소설을 만날 수 있겠구나, 라는 기대에 설렌다.

심사위원들과 함께 모이는 자리에서 어떤 작품을 추천할까 고심하다가 가까스로 3편을 골랐다. 사실 3편이 아니라 5편이나 10편이라고 해도 상황은 크게 다르지 않았을 것이다. 이런저런 이유를 대지만, 어떤 작품을 제외할 만한 특별한 결함을 찾기가 쉽지 않았던 탓이다. 아니, 정확하게 말하면 핑계나 트집에 불과하다는 것을 너무나 잘 알고 있었기 때문이다. 그래도 나를 솔깃하게 만드는 몇몇 이야기들에 조금 더 애정이 갔다. 그들이 그려 놓은 세상이 좀 더 내가 경험한, 그래서 내가 아는 유일한 세상의 모습과 닮았다고 느꼈던 까닭이다.

이장욱의 「크로캅」은 명쾌하고 강렬하다. 육각형의 케이지 안에 두 명의 전사를 가두어 놓고 승과 패를 나누는 결투, 혹은 그런 결투를 바라보는 현대적인 콜로세움을 우리가 사는 세상의 알레고리로 제시한다. '전성기가 지난 파이터가 결국 리벤지 매치에서도 패배하는구나' 절망할 때쯤 일어났던 그 극적인 반전을 경쟁과 대립으로 잔혹스럽기 짝이 없는 현실과 깔끔하게 엮어 낸다는 점에서 작가의 탁월한 능력을 잘 보여 준 작품이었다. 거칠 것 없이 나아가는 문장이야말로 이 작품을 더욱 빛나게 만들었다.

최은미의 「그곳」은 누구나 쉽게 접근할 수 있는 편안한 장소가 점차 위험과 공포의 공간으로 바뀌는 과정을 담고 있다. 끊임없이 안전을 내세우지만, 한 발짝 옆에 거대한 위험이 도사리고 있는 현대사회의 모습, 그래서 결국에는 재난이 일상화되는 상황들이 이 한 편에 잘 드러난다. 처음부터 작품을 휩싸던 어떤 불길한 예감이 점차 현실로 구체화되는 과정을 이만큼 능숙하게 그려 내는 작가는 흔치 않다. 위험사회론의 문학적 버전답게, 안온함과 위태로움이 공존하는 분위기를 아이러니의 언어로 묘사한 작가의 능력에 경의를 표하고 싶다.

최진영의 「홈 스위트 홈」은 첫 장면부터 인상적이었다. 웅숭깊은 우물이 있는 집, 그 회색빛 풍경 속에 선명하게 돋보이는 청개구리의 연두색만으로 이 작가의 내공을 충분히 눈치채게 만들었다. 죽음을 앞에 두고 얼마 남지 않은 생애를 함께할 집을 고치는 일이 이야기의 씨줄이라면, 오래된 기억을 끄집어내어 현재의 생활을 풍요롭게 만드는 것이 이야기의 날줄에 해당할 것이다. 우리의 삶이란 그렇듯 흘러가는 시간 속에 끊임없이 현재를 개입시켜 옷감 한 장을 짜는 일이고, 그 옷감 속에 자신만의 무늬를 만드는 일이라는 자명한 사실을 이 작품은 투명하게 보여 준다. 그런 모습은 모든 사람에게 부여된 것이어서 보편적이기도 하고 운명적이기도 한 것이니, 우리는 이 소설 덕분에 삶을 다르게 보게 될지도 모른다. 집을 공간이 아니라 시간으로 바꾸는 마법적인 문장들 덕분이다.

애초에 3편의 작품을 겨우 선정했을 때부터 어느 작품이 더 뛰어나다고 생각하지 않았다. 다른 방향의 시선과 다른 힘을 가진 문장들로 자신만의 우주를 만든 3편 모두 이상문학상이라는 무게를 감당할 만한 충분한 성취를 이루었다고 믿었다. 그러니 수상을 하게 된 최진영 작가에게 축하의 말씀을 전하는 것만이 내가 할 일인 듯하다. "우리에게 좋은 소설을 선물해 주셔서 감사합니다."

죽음에의 뜨거운 응시,
불타오르는 삶

윤대녕 尹大寧 | 소설가

올해 이상문학상 심사에서 필자는 몇 가지 주목할 만한 현상을 목격했다. 우선 후보작에 선정된 16편의 작가들 중 대부분이 2000년 이후에 등단했다는 점이다. 이는 세대교체로 해석할 수 있는 대목일 터다. 또한 이삼 년 전까지만 해도 압도적 비중을 차지했던 여성 서사가 줄어들면서 소재와 주제 면에서 다양성을 확보한 작품들을 여러 편 만날 수 있었다. 코로나 팬데믹 시대를 관통하면서 동시대 문학이 필연적으로 다채로운 서사 양식을 필요로 한 결과가 아닐까 생각된다. 그중에는 물론 재난을 다룬 서사들도 포함돼 있었다. 이렇게 올해 이상문학상 심사는 보다 풍성한 담론들이 오간 자리였다.

　최종까지 논의된 작품은 이장욱의 「크로캅」, 최은미의 「그곳」, 최진영의 「홈 스위트 홈」 이상 3편이었다. 이들 작품에 대해 언급하기 전에, 갓 등단한 신인 김기태의 작품에 대해 잠시 짚고 넘어가고 싶다.

김기태의 단편 「세상 모든 바다」는 문제의식으로 가득하다. 그 가득한 '넘침'이 결과적으로 서사의 불균형을 초래하고 있지만, 이는 패기 넘치는 신인의 작품이기에 발견되는 역설적 현상 중 하나다. 재일 교포 4세인 주인공이자 화자인 스물여섯 살의 '나'는 한국에 체류하는 유학생으로 잠실주경기장에서 열리는 K팝 그룹 「세상 모든 바다」의 공연을 관람하러 갔다가 경기장 앞에서 원전 지역 출신의 열여섯 살 소년 백영록을 만나게 된다. 이날 소요 사태로 인해 백영록이 사망하자 '나'는 경계인으로서 정체성의 혼란을 겪게 된다. 여기에 더해 작가는 성소수자, 홍콩 시위, 환경, 분쟁 등 '공존'과 관련된 문제들을 환기시키고 있다. 하회에 대한 기대가 큰 까닭이다.

이장욱의 「크로캅」은 "일생을 옥타곤 안에서 살아왔다고" 느끼는 노인 둘을 등장시킨다. 낡은 아파트 위아래 층에서 살아가고 있는 이들은 과거, 같은 회사에서 근무한 경험이 있다. 한쪽은 노조원, 다른 한쪽은 사주의 편에 섰던 인물로 서로 대립적 위치에서 지금도 창살과 방범용 카메라를 설치해 서로를 경계하며 지낸다. "옥타곤의 적은 실은 동료가 아닌가"라는 인식으로 마무리되는 이 작품을 통해 작가의 능수능란한 서사 기법을 다시 확인할 수 있다.

최은미의 「그곳」은 최진영의 「홈 스위트 홈」과 마지막까지 수상작으로 치열하게 논의가 된 작품이다. 그의 필력은 이미 정평이 나 있는 바, 이 소설에서 그는 민첩하게 '재난'의 문제를 다루고 있다. 작가는 우선 '궁녀와 내시가 묻힌 말리산 자락 아래

상습침수지역'을 서사 공간으로 등장시킨다. 야영을 하다 고립된 기억(트라우마)를 가지고 있는 주인공 '나'는 때 이른 6월의 폭염('조용한 재난')으로 "공포와 경계의 대상이었던 이웃"과 함께 체육관에서 지내게 된다. 때맞춰 인근에서 탈출한 곰 때문에 외부 출입조차 자유롭지 못하다. 이러한 한계상황을 작가는 열화상 카메라 속에서 움직이고 있는 울긋불긋한 실루엣으로 탁월하게 형상화하고 있다. 그런데 흐름의 변화 없이 수평적으로 서술된 이야기가 긴장감을 다소 이완시키고 있다는 점이 심사 과정에서 언급되었다.

수상작으로 결정된 최진영의 「홈 스위트 홈」은 등단 이후 십여 년간 한결같은 걸음걸이로 소처럼 뚜벅뚜벅 걸어온 작가의 작품 세계가 마침내 새로운 경지로 들어섰음을 보여 주는 작품이다. 일러스트 프리랜서인 사십 대의 '나'는 어느 날 말기 암 진단을 받게 된다. 그러자 주인공은 엉뚱하게도 시골 폐가를 사들여 죽음 이후에 살아갈 집을 꾸미는 일에 몰두한다. "시간은 발산한다"라는 서술에서 보듯 현재는 과거와 미래로 서로 침투하면서 이윽고 삶과 죽음의 경계마저 지워 버린다. 삶이 죽음이고 죽음이 또한 삶이다. '나'의 기억은 두어 살 때 보았던 햇빛 속의 청개구리에 가닿고 '나'가 살아 본 적도 없는 엄마의 옛집이 훤히 눈에 보이기도 한다. 그러니 죽음 이후에 살 집을 구축하는 "말도 안 되는 짓"이 더 이상 무용하다 여길 수 없게 되는 것이다.

이 작품은 죽음이라는 생의 근원적 화두를 뜨겁게 응시하고 있다. 그 시선이 뜨거운 만큼 삶은 휘황하게 불타오른다. 시공간이 씨줄과 날줄로 겹치는 교차점에서 바야흐로 집은 '우주'로 시간은 '영원'으로 확장되기에 이른다. 이러한 장면을 목격하는 것만으로도 눈이 부시다. 작가는 제목에서 '스위트'라는 표현을 중첩적으로 쓰고 있는데, 그게 아니더라도 이 소설을 '생의 찬가'로 해석할 기회를 여러 장면에서 선사하고 있다. 최종에서 논의된 다른 두 편의 소설도 인상적이었으나, 나는 보다 보편적 공감과 울림을 주는 이 소설에 선뜻 한 표를 던졌다. 자가에게 축하의 말을 전한다.

손을 뻗는 순간,
사라진 그 자리에서

전경린 全鏡潾 ❙ 소설가

본심에 넘어온 16편 대부분이 2000년 이후에 등단한 작가들의
작품이어서 우리 소설의 지형도가 크게 바뀐 것을 새삼 실감했
다. 2000년대를 맞이한 뒤로도 이십여 년이 흘렀으니 세대교체
가 된 것도 당연한 일이기는 하다. 이들은 대체로 소재를 더 잘게
쪼개어 무게를 덜어 내며 가볍게 쓰고, 구조를 별로 의식하지 않
고 자유롭게 서술하며 저마다의 세계에서 더욱 자연스러운 구
어체로 다양한 이야기를 하고 있었다. 덕분에 한꺼번에 많은 소
설을 읽는데도 지루하지 않고 재미있는 시간이었다.

이장욱의 「크로캅」은 도입부에서부터 서술 층위가 어그러지며
엘보 공격을 세게 당한 기분이었다. 크로캅에 자신을 이입시키
고 주인공을 당신이라고 부르는 이 화자는 누구인가 하는 의혹
이 번쩍 일지만, 멈칫거릴 틈도 없이 이내 소설에 빠져들게 된다.
　격투기 영웅의 패배와 복수전이 펼쳐지는 옥타곤은 두 남

자의 이야기를 싣는 비유적 구조일 뿐 아니라, 치밀한 준비 끝에 킬 포인트 한 방으로 독자를 쓰러뜨리는 소설의 장이기도 하다. 보기 드물게 강력한 남성 서사지만, 노사갈등으로 회사에서 쫓겨나고 동료와도 반목하다 혼자가 되어 자살에 이르고만 유령 화자는 소멸하는 중년 남성의 현주소로도 읽혔다. 개인적으로 가장 재미있게 읽었지만 묵직한 타격감이 뒤이어 밀려와 아득한 통증으로 남는 작품이다.

최은미의 「그곳」은 재난 트라우마를 가진 과민한 화자를 통해 지금 우리가 마주한 복합적인 위기와 언제라도 수면 위로 고개를 쳐들 것만 같은 재난의 몽타주를 정교한 언어로 그려 냈다. 화자는 재난문자에 시시각각 신경을 곤두세우며, 순발력과 지구력을 기르기 위해 평소 체력 단련에 힘쓰고, 비상시에 들고 나갈 생존 가방을 준비해 두었으며. 자신뿐 아니라 남도 챙기는 오지랖 넓은 지킴이자 투철한 신고자다. 죽을 뻔하다가 살아난 뒤로 타인의 작은 친절에도 감사하다 못해 그만 사랑하게 되어 버리는 소위 '금사빠'인 데다, 누군가를 사랑하지 않고는 못 사는 캐릭터여서 소설의 분위기가 심각하지만은 않다. 원래 갑자기 닥치는 위험에서 우리를 구하는 이는 항상 가장 가까이 있는, 모르는 사람이다. 위기에 처한 옆 사람을 단호하게 돕는 사람, 그는 우리가 금세 사랑에 빠질 만한 사람인 것이다.

큰 사건이 일어날 것만 같이 긴장감이 한껏 부풀어 올랐다가 일시에 해소되어 변죽만 울린 허전함도 있지만, 애초부터 작가는 불길한 긴장이 고조되어 가는 상황 자체에 주안점을 두었을 것이다. 언어는 바로 그 지점에서 최고의 효능을 발휘하기 때문이다. 보일 듯 말 듯 평범한 인물을 통해 작가가 그려 낸, 이 잠재된 재난의 몽타주는 올여름에라도 당장 마주칠 것만 같이 생생한 데가 있다.

김기태의 「세상 모든 바다」에서는 한 존재의 총체가 실려 나오는 지극히 개인적인 구어체와 변별성 있는 서술이 신선했다. 지면에서 약간 들린 듯 가볍고, 그 무엇과도 밀착되지 않고 스치는 듯 동떨어져 존재하는 재일 교포 4세인 화자 특유의 감성이 글로벌 팬덤 현상을 다루는 이야기와 잘 맞아떨어졌다.

화자는 군중이 한곳으로 몰리는 사태에서 일어난 대형 사고를 계기로 초연결 시스템 안에서 기획 산업인 아이돌 팬덤에 휩쓸려 '세상 모든 바다'를 공유하는 대신 자신의 작은 세계를 잃는 문제적 상황에 질문을 던진다. 특히 사고 현장에서 죽은 열여섯 살 소년 백영록을 떠올리며 그의 집이 있는, 먼 변두리 어촌인 '해진'을 찾아가는 막막하고 허술한 여정과 그 끝에서 만난 진짜 바다에서 뒷걸음치며 물러서는 화자의 어설픈 몸짓이 묘하게도 이 소설의 갈라진 틈을 꽉 채워 주었다. 끝에 이르러 소심하게 밝히는 반전의 고백이 폭죽이 터지듯 폭발력이 있었다.

수상작인 최진영의 「홈 스위트 홈」을 읽을 때는 마음에 관해 생각했다. 소설의 마음이라니 참 오랜만이다. 이 소설의 동력은 청개구리로부터 비롯된 생의 근원적인 마음이다. 이 마음이 끌어가는 거듭되는 사유의 전개는 말도 안 되는 일들과 죽음이 드리운 암울한 비극을 뚫고 화자를 밝은 빛을 향해 돌려세운다.

나로선 얼른 눈에 띄는 작품은 아니었다. 투박하게 느껴지는 문장인 데다 단순한 구조고, 흐름도 평이하고 내용도 어딘가 낯익었다. 그러나 질박함과 익숙함이 문득 귀한 보물로 여겨질 때가 있는데, 그게 바로 지금이 아닐까 하는 생각이 들었다. 단순한 그릇에 담은 삶을 향한 순연한 진심이 우리에게 결핍된 것을 채워주기 바라며 수상작으로 선정하는 데 동의했다.

눈앞에 나타났던 청개구리를 향해 손을 뻗는 순간, 사라진 그 자리에서 울음을 터뜨렸던 어린 마음이 자라나 이제는 폭우의 빗방울 하나, 폭설의 눈 한 송이, 해변의 모래알 하나, 그 하나가 존재하는 것과 존재하지 않는 것 사이의 차이를 묻는다. "(병이) 나을 수 없을지도 몰라. 하지만 더 행복해질 수는 있어"라는 문장이 가진 마음의 힘이 모두에게 전해지기 바란다. 수상을 축하드린다.

자기만의 공간 혹은
기억되어야 할 것들

권영민 權寧珉 | 월간 『문학사상』 편집주간, 심사위원장

2023년도 제46회 이상문학상 본심에 오른 작품은 모두 16편이다. 예심을 통과한 작품들에 대한 전반적인 인상을 요약한다면, 작품의 소재와 그 경향이 다채롭다는 점과 단편소설의 양식적 특성을 제대로 갖춘 작품들이 많아졌다는 점이다. 소설적 소재의 다양성은 현실적 삶의 양상이 그만큼 빠르게 변화하고 있음을 말해 준다. 단편소설의 양식적 특성이란 소설 구성의 기법과 표현이 서로 균형을 이루어 작품의 완결성을 이루고 있음을 의미한다. 문단의 세대론적 구분을 생각한다면 1990년대에 등단한 작가의 작품들이 거의 예심을 통과하지 못했다는 점이 아쉽다. 올해 이상문학상 최종심에 오른 작품 대부분은 2000년대 이후의 새로운 세대가 내놓은 소설적 성과라는 점이 특징적 요소라고 하겠다.

이상문학상 본심 과정에서 내가 주목했던 작품은 최진영의 「홈

스위트 홈」, 최은미의 「그곳」, 이장욱의 「크로캅」, 안보윤의 「애도의 방식」이었다. 위수정의 「우리에게 없는 밤」, 박서련의 「나, 나, 마들렌」 등도 흥미로운 소재를 다루고 있다는 점에서 거론의 대상으로 삼았다.

안보윤의 「애도의 방식」은 전형적인 단편소설의 요건을 갖추고 있으며 구성의 완결성을 보여 준다. '학교폭력'의 가해자가 사고로 죽은 뒤 피해자였던 '나'의 복잡한 내면 심리를 치밀하게 그려 내고 있다. 이야기의 후반부에서 드러나는 소설적 장면의 전환과 결말에 이르는 이야기의 내적 연결이 설득력 있게 전개된다. 이 작품은 폭력에 대한 사과와 용서와 화해의 새로운 가능성을 제시함으로써 단순한 학교폭력 사건의 소재적 한계를 넘어서고 있지만 그 소재 자체의 평이함이 오히려 불필요한 선입견을 만들어 낸다는 문제가 있다. 간결하면서도 섬세한 묘사적 문장이 상황 제시에 큰 효과를 거두고 있다는 점은 평가할 만하다.

이장욱의 「크로캅」은 격투기 선수 크로캅의 승리와 실패 그리고 복수를 이야기의 외피로 내세운다. 변화 있는 문체와 잘 다듬어진 소설적 기법이 먼저 눈에 들어온다. 그러나 실상은 '너'와 '나'로 지칭되는 두 사내의 갈등 대립 관계와 그 파탄의 과정을 긴장감 있게 그려 내고 있다. 두 사람은 회사의 동료였지만 노조를 둘러싼 사내 구성원의 분열과 대립 과정에서 서로 원한과 갈등 관계를 보여 왔다. 이들은 작은 아파트의 위아래 층에 살면서 여전히 서로를 불신하고 감시한다. 옥타곤 안에서 벌어지는 격투기는 승패가 분명하지만, 일종의 게임에 불과하다. 그러나 회사에서 벌였던 싸움은 그 갈등의 원인이 근본적으로 제거되지 않을 경우 서로 원한을 낳고 각자의 삶을 파괴한다. 소설적 결말에서 결코 '우리'가 되지 못하고 파멸에 이르는 두 사람의 삶에 대한 환멸을 어떻게 설명할 수 있을지 궁금하다.

최은미의 「그곳」은 위험사회의 징후를 읽어 내는 작가의 치밀한 관찰력이 돋보인다. 이 소설의 이야기에서 문제가 되는 '국민체육센터'는 운동과 휴식의 공간이지만 태풍과 폭우의 위험에 대비하기 위한 대피 공간이기도 하다. 그러나 대피소가 된 '국민체육센터' 근처에서 사육하던 곰이 탈출하자 일대가 봉쇄되고 폭우로 전기마저 끊긴다. 오히려 재난을 대피하기 위한 공간이 위험지대로 바뀐다. 작가가 주목하고 있는 것은 폐쇄된 공간에 함께 모여 있는 사람들이 어떻게 서로 유대 관계를 지탱하면서 위기를 극복하게 되는가 하는 점이다. 그런데 상황적 위기의 긴장 상태를 그려 내는 데에 긴박감이 제대로 느껴지지 않는다는 점이 문제다.

최진영의 「홈 스위트 홈」은 집이라는 공간을 통해 '장소의 기억' 만들기를 절묘하게 서사화하고 있다. 소설의 문체는 간결하고 묘사가 섬세하다. 전체적인 구성은 단순하지만, 주제를 구현하는 이야기 자체의 짜임새가 치밀하다. 이 작품에서 이야기의 중심인물은 말기 암을 진단받은 여성이다. 집이라는 자기만의 공간을 제대로 누리지 못하고 쪼들리며 살아온 주인공은 병원의 침대 위에서 죽음을 기다리지 않겠다면서 시골의 폐가를 구해 집수리에 착수한다. 이 집수리 작업은 주인공에게는 죽음을 준비하는 일이라고 할 수 있지만, 결코 어둡거나 칙칙하지 않다.

소설 「홈 스위트 홈」에서 주인공이 아픈 몸을 이끌고 시작한 폐가 수리 작업은 미래의 어느 여름 행복한 삶이라는 상상적 흔적으로 구체화하기 위해 자기 삶의 공간을 스스로 구성하는 일이다. 우물 속의 물을 두레박으로 퍼 올리듯 기어에는 시간적인 계산의 척도가 필요하지 않다. 기억은 아주 가까운 곳을 아득히 먼 곳으로, 아주 먼 곳을 가까운 곳으로 가져올 수가 있기 때문이다. 그러나 기억은 머릿속에서 기억되는 것일 뿐. 기억은 장소라는 구체적 공간과 만날 때에 비로소 막연한 추상성에서 벗어날 수 있다.

이 소설에서 주인공이 생의 마지막 단계에서 꿈꾸는 집은 자신만이 누려 온 시간과 공간을 특이하게 직조할 수 있는 장소가 된다. 자기만의 삶을 꾸릴 수 있는 장소로서의 집은 현재의 삶을 과거의 시간과 연결하고 먼 과거의 일들을 현재로 끌어와 회상할 수 있도록 만들어 준다. 인간의 삶과 그 존재 방식을 그대로 담아낼 수 있는 공간이야말로 집이 아니고 무엇이겠는가? 이 작품은 집이라는 장소에 내재해 있는 숱한 기억이야말로 삶의 실재성을 떠나서는 생각하기 어려운 요소라는 점을 다시 일깨워 준다. 집이라는 특정한 공간은 언제나 특별한 기억의 힘을 살려낸다. 집은 거기서 살아온 사람의 삶을 고스란히 기억 속에 간직

할 수 있도록 하는 구체적 장소이기 때문이다. 작품의 이야기 속에서 확인할 수 있는 것처럼 소설에서 그려 내는 집수리의 과정은 인간의 삶에서 크고 작은 사건과 사소한 물건들에 얽힌 기억을 만들어 내고 그것을 되살리는 작업이다. 이 과정에서 살아남는 기억들은 시간의 경계를 뛰어넘는 것이지만 집이라는 장소가 지니는 고유한 공간성의 의미를 지워 버리지는 않는다. 그러므로 집이라는 공간을 통해 만들어질 수 있는 다채로운 기억들은 인간의 삶에 내재하는 심오한 존재론적 의미와도 맞닿게 된다. 이와 같은 작품의 소설적 성취는 인간의 삶을 따뜻하게 바라보는 작가의 상상력에 의해 뒷받침되고 있음은 물론이다.

최진영 작가에게 박수를 보낸다. 그리고 이상문학상을 더욱 풍요롭고 다채롭게 꾸며 준 작가 여러분께도 고마움을 표한다.

이상문학상의 취지와 선정 규정

한국의 가장 오랜 그리고 으뜸의 문학상으로 평가받는 것은
이 규정에 따른 심사의 공정성과 그 작품성에 있다.

1. 취지와 목적: (주)문학사상(이하 주관사라고 한다)이 1977년에 제
   정한 '이상문학상李箱文學賞'(이하 본상이라고 한다)은 요절한 천재
   작가 이상李箱이 남긴 문학적 유산과 업적을 기리며, 매년 가장
   탁월한 소설 작품을 발표한 작가들을 표창하고, 『이상문학상
   작품집』(이하 '작품집'이라고 한다)을 발행해 널리 보급함으로써,
   한국문학의 발전에 기여할 것을 목적으로 한다.

2. 수상 대상 작품: 전년도 본상 심사 대상對象 작품의 마감 이후
   인 발행일을 기준으로 해, 당해 1월부터 12월까지 발표된 작
   품을 모두 심사와 수상/선정의 대상對象에 포함한다. 문예지(월
   간지의 경우 당해 1월 초부터 12월 말일 이전에 발행된 것으로 하고 계간지도
   포함한다)를 중심으로 해서, 각종 정기간행물 등에 발표된 작품
   성이 뛰어난 중·단편소설을 망라해 본심에 회부한다. 예비 심
   사 과정에서는 심사 대상對象에 오른 작품이 대상大賞 수상작 또

는 우수작으로 선정될 경우, 본상의 규정에 따른 수락 의사 유무를 직접 또는 간접적으로 확인한다. 중·단편소설을 시상 대상對象으로 하는 까닭은, 문학의 중심이 장편소설에서 점차 중·단편소설로 이행하는 추세를 감안하고, 작품 구성과 표현에 있어서의 치밀성과 농축성이 짙고 강렬한 소설 미학의 향기와 감동을 자아내게 한다고 믿기 때문이다.

3. 상의 종류: 본상은 가장 뛰어난 작품에 대한 대상大賞 1명을 시상하고, 대상大賞 수상작에 버금하는 5~7편 이내의 우수작을 선정한다. 대상大賞 수상자에게 상금 5천만 원을 수여한다.

4. 예심 방법: 문학평론가 등으로 이루어진 예비 심사위원 3~4명을 위촉한다. 주관사의 편집진이 당해 문예지에 발표된 작품을 취합 정리해 예비 심사위원에게 전달한다. 이를 검토한 예

비 심사위원은 작품을 10~20편으로 추려 본심에 회부한다.

5. 본심 방법: 예심을 거쳐 본심에 회부된 작품은, 권위 있는 평론가와 작가로 구성된 5~7인의 심사위원회에 넘겨지고, 수일간 개별적인 검토를 마친 후 본심위원회의에서 대상大賞 수상작과 우수작을 선정한다. 본심은 각 심사위원의 의견을 청취한 후 대체 토론을 통해 본심에 회부된 작품 가운데 10편 내외의 작품을 먼저 선정한다. 이 작품에 대한 심사위원들의 평가를 듣고, 1편의 대상大賞 수상작을 선정하고, 나머지 작품 중에서 5~7편의 우수작을 선정한다. 작품 결정에 있어 심사위원의 의견이 일치하지 않을 경우에는, 각 위원마다 작품을 3편씩 추천하는 연기명 비밀 투표로써 최종 결정을 한다.

6. 이상문학상 작품집 발행의 목적: 이 작품집은 본상의 공정성과 권위를 광범위한 독자에게 널리 알리고, 수록된 작품과 그

작가들에 대한 표창과 영예의 뜻을 담고 있어 그 밖의 다른 목
적으로 이용할 수 없다.

7. 이상문학상 운영위원회: 주관사의 발행인을 위원장으로 하고
월간『문학사상』의 편집주간 및 이사회가 선임한 위원으로 구
성되며, 본상의 운영에 관한 모든 업무를 관장한다.

8. 이상문학상 심사위원회: 이상문학상 운영위원회는 각 연도마
다 5~7인의 본상 심사위원을 위촉해 심사위원회를 구성한다.
동 심사위원회는 본상의 대상大賞 수상작과 우수작으로 선정
할 작품을 심의 결정한다.

(주) 문학사상
이상문학상 운영위원회

제46회 이상문학상 작품집

1판 1쇄   2023년 2월 10일
1판 14쇄   2024년 6월 3일

지은이   최진영 · 김기태 · 박서련 · 서성란 · 이장욱 · 최은미

펴낸이   임지현
펴낸곳   (주)문학사상
주소   경기도 파주시 회동길 363-8, 201호(10881)
등록   1973년 3월 21일 제1-137호

전화   031) 946-8503
팩스   031) 955-9912
홈페이지   www.munsa.co.kr
이메일   munsa@munsa.co.kr

ISBN 978-89-7012-564-0 (03810)